EL ACCIDENTE DE LAUREN MARSH

GUILLEM MORALES

EL ACCIDENTE DE LAUREN MARSH

PLAZA & JANÉS

Primera edición: febrero de 2020

Travessera de Gràcia, 47-49. 08021 Barcelona

Printed in Spain – Impreso en España

ISBN: 978-84-01-02392-7
Depósito legal: B-22.391-2019

Compuesto en Comptex & Ass., S. L.
Impreso en Romanyà Valls, S. A.
Capellades (Barcelona)

L 0 2 3 9 2 7

Penguin
Random House
Grupo Editorial

Índice

1

El accidente

La gente suele correr para huir de un peligro. Lauren, en cambio, corría para caer en uno.

Como cada lunes, se había levantado de madrugada, cuando aún era de noche. Después de ingerir una manzana y beber un vaso de agua, había hecho sus estiramientos de diez minutos en el suelo del salón. Los lunes siempre estaban destinados a la primera de sus tres rutinas semanales, que incluía un trote suave durante un kilómetro y el resto de la actividad a intensidades variables.

Equipada con ropa deportiva y el monitor de ritmo cardíaco para controlar el nivel aeróbico, Lauren terminó de calzarse las zapatillas y ajustó sus auriculares. Como cada mañana de los días alternos que dedicaba al ejercicio, a las cinco y media estaba lista para iniciar su recorrido por la zona residencial donde vivía.

Lauren había empezado a correr hacía cuatro años.

Se levantaba temprano, antes del alba, cuando la ciudad todavía soñaba, y se transformaba en una criatura nocturna y sigilosa que transitaba por la oscuridad mientras las ventanas de los edificios comenzaban a iluminarse. Siempre era la primera en pisar las solitarias calles. Ella estrenaba el nuevo día antes que cualquiera, con la sensación de ir siempre un paso por delante de todo el mundo, de estar ya en movimiento mientras los demás todavía dormían, de jugar con ventaja y anticiparse a los acontecimientos.

Cuando Lauren corría, sentía que perseguía sus ideales, sus ambiciones, sus sueños... Y nada podía detenerla. Ni el cansancio, ni un dolor de cabeza, ni una menstruación dolorosa o un poco de fiebre. No importaba que hiciera demasiado frío o lloviera. Daba igual que se hubiera acostado tarde la noche anterior o tuviera una reunión a primera hora, durante cuatro años nada había impedido a Lauren correr sus tres rutinas semanales.

Nada.

Ni siquiera lo que había sucedido aquella maldita noche de hacía un año, cuando la esperanza se desvaneció de su mundo y la realidad se convirtió en un infierno. Aquella noche, su corazón roto y su mente ofuscada tampoco lograron detenerla. Lauren se calzó las zapatillas y, como cada mañana, salió a correr. Corrió desencajada. Corrió llorando. Y eso la salvó de la locura.

Día tras día, semana tras semana, siguió corriendo. Pero ya no era lo mismo, porque esos momentos preciosos de soledad en el alba se habían convertido en una incomodidad permanente. Ahora el ruido de sus zapatillas resonando sobre el pavimento parecía ir detrás de sus pasos, y su propia sombra proyectada en el suelo parecía amenazar con alcanzarla. Lauren había pasado de perseguir a ser perseguida, a ser asediada por algo que no conseguía dejar atrás. Por eso Lauren ahora corría por inercia, porque aunque quisiera ya no podía dejar de correr. Atrapada en su obsesiva rutina, tenía que seguir siempre en movimiento porque le aterraba detenerse.

Y así, condenada a correr sin interrupciones por las calles desiertas de la zona residencial, Lauren abandonó el trote suave después de diez minutos y, pasando a la intensidad variable como cada mañana, aceleró.

Pero esa mañana no era como tantas otras. Porque esa mañana, en un tenebroso rincón de la zona residencial, se habían reunido las circunstancias perversas que conjuran un accidente. Y ese accidente tenía como víctima a Lauren Marsh.

El inminente siniestro tendría lugar en una de las calles más desérticas de la zona, que había sufrido hacía pocos meses la invasión de un aparatoso proyecto de obra. Una mejora de las fosas sépticas que pertenecían a uno de los edificios. Bajo la experta supervisión de la empresa Urbanis, el asfalto había sido levantado y se habían practicado nuevas excavaciones. Durante el día, la calle era una ruidosa zona en obras. Pero por la noche estaba tan pobremente iluminada que las siluetas de las enormes excavadoras, los cargadores frontales y las topadoras sobresalían de entre los escombros como titanes derrotados.

Y allí, donde la luz de las farolas apenas llegaba, en las tinieblas, se encontraba una vieja fosa inservible que había sido reutilizada temporalmente para material de desecho. En su interior se acumulaban trozos de cemento resquebrajado, bloques escarpados, cristales rotos y todo tipo de piezas descartadas. No era un pozo. Era una monstruosa boca abierta en el suelo con voraces y afilados dientes, esperando tragarse a su víctima cuando esta cayera en ella. Y, como toda amenaza que espera inmóvil y escondida a su presa, en el sitio aguardaba un silencio tenso y angustioso.

Sobre ese silencio empezó a oírse el eco de las pisadas de Lauren, resonando por la calle mientras sus pies golpeaban el pavimento una y otra vez, aproximándose a su macabro destino, cada vez más cerca del siniestro.

Sin embargo, justo al doblar la esquina, Lauren se paró de repente. Era la primera vez que se detenía durante su entrenamiento. Había sentido una punzada de dolor en la pierna. Sin dejar de jadear, se agachó y se examinó el tobillo. Le dolía. Lo movió lentamente, para asegurarse de que no se lo había torcido o que ninguno de sus tendones había sido lastimado. Solo había sido un mal gesto.

Se levantó de nuevo y fue entonces cuando observó la calle en construcción delante de ella. Por alguna razón, le pareció que estaba más oscura de lo habitual. Tan oscura que algunas partes del camino formado por las barreras de protección para los peatones ni siquiera podían verse. Durante un momento sopló un viento funesto que pareció susurrarle palabras en el oído como si tratara de advertirle. Lauren se miró el tobillo de nuevo y pensó en volver a casa. Pero desde donde se encontraba podía ver, más allá de la oscuridad, el otro lado de la calle. Y allí, esperándola, había luz.

Desechando todos sus temores, Lauren reanudó la marcha a la velocidad que su tobillo le permitió. Mientras corría por el camino destinado a los peatones y se sumergía en unas tinieblas temporales, pareció que toda la calle aguantara la respiración. Hasta que, de repente, el suelo desapareció bajo sus pies y cayó dentro de la fosa, donde le esperaba una munición de bloques cortantes.

Cuando Lauren soltó un grito agónico de dolor, la calle pareció respirar de nuevo.

2

Rutinas olvidadas

1

Un sollozo pareció emanar del otro lado de la cama y, como un cuchillo afilado, rasgó la membrana del sueño de Cédric.

Sus ojos se abrieron alarmados y sus oídos tensos prestaron atención a la oscuridad, hasta que el sollozo se convirtió en un grito ahogado. Con el corazón todavía dormido, Cédric se abalanzó sobre la mesilla de noche. Logró encender con rapidez la lámpara, pero el pánico se apoderó de sus dedos y la volcó sin querer. La lámpara cayó al suelo y desde allí, todavía encendida, proyectó una fantasmagoría de sombras en la habitación.

Sudoroso y jadeando, Cédric observó el otro lado de la cama. No había nadie. Solo los retazos de su pesadilla. Aun así, palpó las sábanas y acarició la almohada, como si esperara descubrir en ella una presencia invisible. Pero en la habitación solo estaban él y la cama. Una cama que ahora parecía demasiado grande. La alarma del despertador volvió a sonar. Cédric la apagó enseguida. Miró la hora: las seis de la mañana.

Se dirigió a la ventana y abrió las cortinas. Contempló la ciudad. Estaba amaneciendo, pero muy lentamente, como si el día todavía quisiera retozar un poco más con la noche. Cédric observó el edificio de enfrente, cuyas ventanas se iban iluminando. Eran sus vecinos que, como cada lunes, bostezaban ante su rutina, desperezaban su letargo y arrastraban sus pasos soñolientos hasta la ducha. Cédric los conocía. A todos. Les había visto mil veces hacer lo mismo. Cada lunes. Pero este lunes era diferente porque Cédric, después de un año, volvía a despertarse con ellos.

El agua de la ducha tardó en calentarse más de lo habitual y Cédric tuvo que esperar un rato. Era incapaz de ducharse con agua fría. A causa de una hipersensibilidad, no soportaba el agua helada, ni el aire acondicionado, ni los cubitos de hielo, ni todo aquello que hiciera incrementar la permanente sensación de frío hasta el dolor. Delante del espejo, Cédric se entregó a un ritual casi olvidado: afeitarse. Se puso la crema en la cara con facilidad, pero cuando se disponía a deslizar la cuchilla por su cuello se detuvo. Su mano temblaba sin control. Era un ligero temblor, pero suficiente como para cortarse, y lo último que Cédric quería era hacerse sangre.

Por un momento pensó en saltarse esa parte de la rutina. Pero contempló su imagen en el espejo y su mente la contrastó cruelmente con el reflejo que recordaba de sí mismo tiempo atrás. Su pelo, antes moreno y frondoso, era ahora flácido y estaba plagado de canas. Su rostro solía tener luz y sus facciones salud. Ahora sus ojeras delataban una prolongada falta de sueño y sus pómulos hundidos, la carencia de una buena alimentación. La barba descuidada no enaltecía precisamente el conjunto. Tenía que librarse de ella. Así que Cédric sujetó con firmeza su temblorosa mano con la otra y procedió a afeitarse procurando no herirse más de la cuenta.

Se vistió sin ganas. Se hizo el nudo de la corbata cruzando el extremo ancho sobre el angosto, y durante un instante se preguntó si el procedimiento era ese o justamente el contrario. Lamentaba no haberse comprado un par de trajes nuevos. Esa había sido su primera idea, pero luego pensó que no había nada malo en los trajes que ya tenía. Se dijo a sí mismo que en un año la moda no había cambiado tanto. Pero no tuvo en cuenta que, en realidad, el que había cambiado era él. Había engordado y ahora sus dos trajes le quedaban estrechos. Cédric acabó de hacerse el nudo de la corbata, retrocedió y se contempló en el espejo. Al traje demasiado ajustado ahora se le añadía una corbata que había quedado demasiado corta. La deshizo y empezó de nuevo.

En la cocina, se tomó sus pastillas con el café, pero no desayunó. A esa hora de la mañana nunca tenía apetito. Ya comería algo durante el almuerzo con los compañeros del trabajo. De pronto, la idea de volver a verlos lo incomodó. No había sabido nada de ellos. Al principio, mantuvo el contacto con algunos a través de llamadas, de algún café, incluso de una breve visita. Pero pronto esas llamadas dejaron paso paulatinamente al silencio y luego a la más absoluta desconexión. Algunos probablemente pensaron que jamás volverían a verlo. Cédric sabía que hoy la mayoría de sus compañeros de trabajo se sentirían tan incómodos como él.

Miró el reloj de la pared. Era la hora de irse. Ordenó todos sus papeles y los puso dentro del maletín. Al cerrarlo no pudo evitar fijarse en la alianza que todavía llevaba en el dedo anular de su mano derecha. Aunque ya lo había intentado otras veces sin ningún éxito, agarró el anillo con firmeza y, haciendo la máxima presión posible, trató de quitárselo... pero no lo consiguió. Cédric se dirigió entonces a la encimera y, como de costumbre, usó el jabón a modo de lubricante. Esta vez tampoco hubo suerte. La alianza se resistía a abandonar su dedo. Miró de nuevo el reloj de la pared. No quería llegar tarde el primer día. Tenía que irse, así que se dio por vencido.

Mientras se ponía el abrigo echó una rápida ojeada al salón para cerciorarse de que no olvidaba nada. Allí, una de las paredes presentaba dos grandes agujeros donde antes había estado sujeta una estantería flotante. La estantería descansaba ahora apoyada en el bajo de la pared, con las baldas dramáticamente hacia fuera. Una de ellas estaba un poco torcida, con los tacos todavía cubiertos del yeso de la pared. Al lado de la estantería se hallaban perfectamente apilados unos cuantos libros muy pesados cubiertos por una ligera capa de polvo. Había, además, un candelabro de cerámica roto en tres pedazos, tarjetas de felicitación de Navidad y el retrato enmarcado de Cédric y de una mujer pelirroja con el cristal partido por la mitad. Antes de salir de su apartamento, Cédric anotó mentalmente por millonésima vez que algún día debería arreglar el maldito desperfecto.

2

Como el ascensor de carga estaba ocupado, Cédric utilizó las escaleras. Vivía en el cuarto piso de una antigua fábrica textil, ahora parcialmente reconvertida en un edificio de viviendas.

Danielle y él habían comprado el apartamento cuatro años antes de que este existiera, cuando la rehabilitación era solo un proyecto y su hogar una mera idea sobre el papel. Les había seducido el estilo loft, las paredes de ladrillo visto, los techos altos y los grandes ventanales, especialmente a Danielle. El precio era razonable y ninguno tenía prisa. Podían esperar. Y esperaron durante tres largos años. Al final de esos años pudieron disponer del piso, pero las obras del edificio se habían retrasado. Hasta la fecha, solo las plantas segunda, tercera y cuarta habían sido reconvertidas en los espacios modernos prometidos. Los bajos, el primer piso y la azotea todavía estaban en construcción. La empresa les había asegurado mediante un comunicado oficial que la reforma estaría terminada a finales del verano.

Cédric esquivó unos cables que asomaban por el hueco de la escalera y alcanzó a leer un nuevo comunicado colgado en una de las puertas: ¡PRÓXIMA APERTURA DE GIMNASIO Y SPA!

La expresión de su rostro fue de inevitable incredulidad. Les habían asegurado que el ascensor estaría listo para las pasadas Navidades y aún seguían utilizando un viejo elevador de carga que quedaba de la antigua fábrica.

Cuando cruzó el vestíbulo del tercer piso, Cédric descubrió que dos obreros estaban utilizando el dichoso elevador para transportar material de construcción. Lo habían abarrotado de sacos de cemento y ladrillos y todavía pretendían meter dos enormes bloques de hormigón. De inmediato, Cédric pensó que lo estaban cargando demasiado, pero optó por no decir nada y siguió bajando las escaleras.

De repente, un crujido procedente del elevador lo obligó a detenerse, y un segundo chasquido le hizo volver la cabeza.

Atónito, Cédric pudo ver con una violenta sacudida el suelo del elevador hundiéndose bajo el peso excesivo. Uno de los obreros tambaleándose hacia atrás. El otro saltando para salir del elevador, pero solo consiguiendo agarrarse al suelo del piso. El elevador soltando un rugido de aire y metal y precipitándose al vacío. Cédric pudo oír el grito del hombre que estaba dentro siendo engullido. Y pudo ver la expresión de horror de su compañero, intentando salir lo más rápido posible. Vio la parte superior del elevador desplomándose sobre él como una guillotina, mutilándole parte del brazo, atrapándole la cabeza con un horrible crujido de huesos y desencajándole la mandíbula, reventándole el cráneo y esparciendo sangre y cerebro por todo el rellano...

Cédric no pudo aguantar más. Cerró los ojos... y al cabo de unos segundos los abrió de nuevo, quitándose la alucinación de encima. Observó de nuevo a los obreros, que seguían cargando el ascensor.

Se acercó a ellos.

—¿Cuánto peso? —preguntó.

Los dos hombres dejaron de trabajar.

—¿Perdón? —dijo uno.

—¿Cómo dice? —replicó el otro.

—¿Cuánto peso están cargando? —volvió a preguntar Cédric.

Se miraron entre ellos sin saber qué decir. Uno se encogió de hombros. Cédric examinó el interior del ascensor.

—Porque creo que el máximo para este tipo de elevadores es de mil kilos.

Los dos obreros parecían desconcertados.

—¿O es que pretenden hundirlo con ustedes dentro?

Ellos negaron con la cabeza.

—Si no están seguros del peso total del material que están cargando, hagan dos viajes en vez de uno. Por si acaso.

Los hombres asintieron. Y Cédric, pensando que había hecho lo que debía, siguió bajando las escaleras.

3

Como cada lunes en hora punta, el tráfico en la gran ciudad avanzaba lentamente por una jungla de semáforos que parecían tardar una eternidad en cambiar. Los peatones más ansiosos cruzaban por entre los vehículos sin esperar su turno mientras conductores con mala cara, todavía arrastrando la resaca del fin de semana, se dedicaban a lanzar imprecaciones. Una multitud se desplazaba entre gritos, teléfonos móviles, bocinas y cafés. Era el desesperante ritual de los lunes. Ahora Cédric volvía a formar parte de él. Y eso, en lugar de agobiarle, le hizo sonreír tímidamente por dentro.

Era como si, por una especie milagro, hubiera sido posible volver atrás en el tiempo para descubrir que nada había cambiado. El edificio de su oficina continuaba siendo el bloque impersonal de inspiración brutalista. La plaza de aparcamiento donde Cédric solía dejar el coche seguía parpadeando con sus luces amarillas. Incluso el ascensor que lo llevaba a la quinta planta todavía lucía esa moqueta fea que había inspirado un centenar de bromas.

Todo seguía igual. El mundo se había congelado durante un año y se había vuelto a activar de nuevo esa misma mañana.

Sin embargo, cuando Cédric emergió al vestíbulo, las enormes letras de la compañía lo paralizaron: AGENCIA DE SEGUROS CARLSON & VAUGHN. Es cierto que Cédric no había pasado por la empresa desde hacía más de un año, pero no recordaba que las letras fueran tan imponentes. Se preguntó si esa era la impresión que la compañía perseguía causar en los clientes por primera vez.

Cédric respiró hondo, como si fuera a sumergirse en aguas profundas, y se adentró en la oficina. Había decidido actuar como si nada hubiera pasado. Eso le inyectaría más confianza y le ayudaría a conservar su dignidad. Cruzaría la oficina y no se detendría hasta llegar a su despacho, que se hallaba al final del pasillo.

Durante el trayecto, Cédric vislumbró algunas caras conocidas. Incluso tuvo tiempo de detectar algunos cambios rápidamente. Alguien que había adelgazado, alguien que había decidido dejarse el pelo largo o alguien que estaba embarazada.

Y él también sintió las miradas de sus compañeros de trabajo. Aunque la mayoría evitaban mirarle directamente, otros no se molestaban en esconder su reacción de asombro.

—¡Cédric! Pero ¿cuándo...? —exclamó una secretaria sorprendida al cruzarse con él.

—Buenos días, Giselle —le respondió Cédric sin detenerse.

Casi podía oír el rastro de murmullos que iba dejando detrás de él. Pero los ignoró y siguió caminando hasta que consiguió refugiarse dentro de su modesto despacho. Cerró la puerta de inmediato y se apoyó contra ella como si quisiera impedir la entrada a las miradas curiosas y las lenguas indiscretas.

Con la cabeza agachada, suspiró profundamente y, cuando se sintió preparado, alzó la mirada para contemplar su despacho. La tenue luz que entraba por la ventana incidía en los gabinetes, alineados contra las paredes, ahora atestados de informes. Bajo la ventana y sobre su escritorio reconoció el teléfono, varios lapiceros y un pisapapeles. Detrás de la mesa todavía asomaba su silla ergonómica.

Se despegó de la puerta y rodeó la mesa. Depositó su mano sobre el cabecero de la silla, evaluándola. Era tal y como la recordaba. Finalmente, se sentó... pero la altura de la silla no era la correcta. Había sido modificada para una persona mucho más alta. Se dispuso a rectificarlo cuando alguien llamó a la puerta y, sin esperar respuesta, entró.

Se trataba del señor Carlson, el jefe de Cédric, un hombre de unos sesenta años, con chaleco, gafas y pajarita. A Cédric le recordaba a un personaje salido de una película de espías durante la Guerra Fría. El señor Carlson forzó una sonrisa.

—Espero que haya encontrado todo exactamente como lo dejó.

—Creo que sí —dijo Cédric, y ajustó la silla discretamente para que sus codos estuvieran a la altura de la mesa. El señor Carlson se percató.

—Siento si hay algo fuera de sitio. Hemos tenido a otra persona ayudándonos de manera temporal.

—No se preocupe. Lo entiendo perfectamente. —Cédric puso su maletín encima de la mesa.

—Y bien... —El señor Carlson mantuvo la sonrisa pero se frotó las manos, incómodo—. ¿Cómo se encuentra?

—Estupendamente. Mejor. Gracias —contestó Cédric.

—Tiene buena cara.

—He engordado.

—Engordar siempre es bueno —dijo Carlson, y bromeó a

modo de distensión—. Apuesto a que le fue difícil volver a despertarse tan temprano.

—No duermo precisamente bien —respondió Cédric, tratando de seguir la broma.

Pero su comentario causó el efecto contrario y provocó un silencio largo e incómodo. Cédric se apresuró a romperlo.

—Solo quiero empezar a trabajar de nuevo, señor Carlson —dijo tratando de sonar honesto—. Y lo más pronto posible.

Como si Cédric hubiera pronunciado la palabra mágica, el señor Carlson se activó, poseído por una inesperada ráfaga de energía.

—¡Excelente! Porque tengo algo para usted. —Aleteó hacia Cédric y se posó en uno de los extremos del escritorio—. Esta misma mañana ha llamado el jefe de operaciones de Urbanis.

Cédric volvió la cabeza hacia Carlson con súbito interés.

—¿Barbier?

—Sí, Simon Barbier. Si no me equivoco, ustedes dos solían trabajar juntos, ¿verdad? —Sus cejas se arquearon esperando confirmación.

—Así es.

—Bien, pues van a hacerlo de nuevo. —El señor Carlson se quitó las gafas y empezó a limpiárselas con un pañuelo—. A primera hora de esta mañana ha habido un accidente en Century Europa.

—¿Century Europa? ¿De qué me suena? —preguntó Cédric.

—Es una zona residencial a las afueras, construida durante los setenta y olvidada al final de los noventa. Hasta que sus habitantes empezaron a quejarse de las malas condiciones y la alarmante negligencia... Desde entonces no ha dejado de estar en obras.

—Entiendo. —Cédric se inclinó hacia atrás—. Uno de los obreros de la construcción ha tenido un accidente.

—No exactamente. —Carlson volvió a colocarse las gafas y parpadeó—. La accidentada es una de las residentes. Estaba corriendo a primera hora de la mañana y se ha caído dentro de una de las fosas sépticas.

—Vaya. —Cédric arrugó la frente.

—Por fortuna, no ha ocurrido nada grave. Solo se ha roto una pierna. Pero necesito que alguien vaya allí, eche una ojeada, haga algunas preguntas y rellene los informes. La compañía quiere reanudar las obras lo antes posible. —El señor Carlson lo miró atentamente—. ¿Cree que podría hacerse cargo?

Cédric dibujó en su rostro lo más parecido a una sonrisa.

—Es el caso perfecto para empezar, señor Carlson.

—Eso mismo pensé —confesó el hombre devolviéndole la sonrisa, y saltando de la mesa se dirigió hacia la puerta—. Hablaré con Barbier para que le envíe por correo electrónico todos los detalles. Manténgame informado, ¿de acuerdo?

—Descuide, señor Carlson.

Justo cuando iba a salir, el señor Carlson se detuvo en la puerta.

—Ah, Cédric... —dijo. Cédric alzó la mirada—. Estamos contentos de tenerle otra vez con nosotros.

Cédric sabía que eso no era cierto, que su jefe solo trataba de ser amable, pero lo agradeció. Satisfecho, el señor Carlson cerró delicadamente la puerta.

Fue entonces cuando Cédric se percató de la ausencia del cerrojo. Lo habían quitado. Pero no se extrañó. Entendió que era una medida de precaución. Supuso que querían asegurarse de que no volviera a suceder lo que pasó la última vez que Cédric se encerró en su despacho, cuando en un acto de oscura, profunda y descarnada desesperación había intentado quitarse la vida.

3

Century Europa

1

Century Europa era una pesadilla arquitectónica. Pero todas las pesadillas fueron alguna vez el sueño de alguien. Y Century Europa había sido el sueño de un hombre llamado Théodore Dubois, un magnate de origen belga que amasó su fortuna a principios de los sesenta gracias al negocio hotelero y al creciente auge del turismo.

Dubois llegó a crear una cadena internacional de hoteles. Su imperio siguió creciendo hasta límites insospechados. Y su desmesurada ambición también. La proliferación de las primeras zonas residenciales en Europa en los setenta y la devoción que Dubois procesaba por la sociedad americana, le llevaron a la adquisición de un terreno de dieciséis hectáreas sobre el que planificó construir su propio complejo de viviendas, como ya había visto en algunas ciudades de Estados Unidos.

Para su propósito contrató a Maximilian Cartwright, un arquitecto de Nueva York amante de la arquitectura clásica, y el faraónico proyecto comenzó a erigirse. Una espectacular zona residencial compuesta por ocho enormes edificios de siete plantas de altura, cuatrocientos apartamentos de lujo interconectados por más de treinta calles, cinco áreas comunales, doce patios interiores, cinco gimnasios, cuarenta tiendas, sesenta restaurantes, tres grandes zonas de ocio con capacidad para albergar a más de mil residentes.

A la monstruosidad había que encontrarle un nombre. El señor Dubois podía haberse inspirado en los ocho planetas del sistema solar, en los nombres de los dioses de la Antigua Grecia, o simplemente en compositores de música clásica, pero ese mismo año Bélgica asumió la presidencia del Consejo de la Comunidad Europea y el Reino Unido e Irlanda ingresaron en ella. Para Dubois esto fue casi una revelación de lo que sería su obra magna como empresario y decidió bautizar el complejo residencial como «Century Europa» y los ocho edificios con el nombre de las capitales de los ocho países que en ese momento formaban parte de la consolidada Comunidad Europea. Así pues, los residentes de Century Europa podrían vivir en el edificio Londres, Dublín o París, pasear por las fincas de Copenhague o Berlín y cenar en el restaurante del pabellón de Bonn (luego rebautizado Berlín), Luxemburgo o Roma.

Después de más de un lustro de imparable construcción, hacia 1979, Century Europa por fin salió al mundo. Había llegado el momento de recuperar la inversión. Un ejército de agentes inmobiliarios especializados en negocios de lujo invadieron el mercado con un abanico de ofertas. La repercusión fue inmediata. Century Europa ocupó centenares de páginas en prensa escrita, reportajes televisivos, debates en la radio, artículos de opinión. Era el sitio que las empresas elegían para formalizar sus negocios y los famosos para organizar sus fiestas; incluso los escándalos eran más sonados en Century Europa.

De la noche a la mañana, se convirtió en el sitio exclusivo de moda. Había interminables listas de espera para comprar o alquilar alguno de sus apartamentos. Century Europa reinó en el imaginario popular a lo largo de casi una década.

Dubois había cumplido su sueño.

Pero quiso seguir soñando. Y durante los años ochenta,

coincidiendo con la adhesión a la Comunidad Europea de Grecia, España y Portugal, decidió añadir al complejo residencial tres edificios más: Atenas, Madrid y Lisboa.

Después, llegaron los noventa y con la nueva adhesión a la Unión Europea de Austria, Finlandia y Suecia, volvió a repetirse lo mismo; los edificios Helsinki, Viena y Estocolmo también fueron erigidos y anexionados a Century Europa. Se había establecido un inquietante paralelismo con la Unión Europea y el complejo de Dubois crecía con ella al unísono.

Cuando en 2004 entraron los países de Europa del Este y Dubois quiso añadir más edificios al complejo, como Varsovia, Riga o Budapest, en la junta de dirección sonaron todas las alarmas. El consejo de administración mostró unánimemente su oposición más rotunda. La edad de oro de Century Europa había quedado atrás. El valor de los apartamentos había disminuido a la mitad. Ya no había lista de espera y los agentes inmobiliarios tenían que perseguir a posibles clientes con ofertas indignas. El coste de mantenimiento se había triplicado y apenas podía cubrir las necesidades. De manera asidua había averías, fallos y desperfectos que el equipo de reparación no podía asumir. A menudo, para cuadrar los números del ya de por sí exiguo presupuesto, tenían que posponer los arreglos y las reformas. Los residentes empezaban a quejarse y ya habían tramitado las primeras denuncias en los juzgados por negligencia e incumplimiento de contrato. Con este panorama, añadir más edificios al complejo no supondría beneficio alguno y el gasto arruinaría al grupo empresarial. Sería un suicidio.

Pero Dubois decidió suicidarse.

Despidió a todo el consejo de administración y a cualquier cargo directivo que se atreviera a llevarle la contraria. Hizo caso omiso de todas las advertencias. No se inmutó cuando los socios de la junta directiva dimitieron en bloque. Varsovia, Riga y Budapest se construirían y se añadirían al conjunto de Century Europa. Y a estos les seguirían en un futuro los demás países de Europa del Este.

Y fue entonces cuando el sueño se convirtió en pesadilla.

Las obras empezaron de nuevo bajo la supervisión de un arquitecto lunático que incrementó los costes de construcción a un nivel estratosférico. Ninguno de los edificios llegó a completarse. No había dinero suficiente. Se inyectó más dinero procedente del presupuesto general. La partida de mantenimiento se recortó al mínimo de manera salvaje. Las primeras grietas empezaron a aparecer en los edificios. Los apagones se sucedían con más frecuencia. El material envejecía, se resquebrajaba, se convertía en caduco o defectuoso. Century Europa era una zona en ruina permanente que amenazaba con el derrumbe. Las acciones se desplomaron en bolsa. Las denuncias y los escándalos se sucedían en los juzgados. Hubo las primeras condenas y con ellas vinieron las multas y las compensaciones millonarias. La empresa quebró. Y, finalmente, el corazón de Dubois también.

Con su muerte, había llegado el momento de recoger los pedazos y volver a unirlos. Pero reparar Century Europa era una ardua tarea que nadie quería asumir. Hasta que un par de años después el grupo empresarial Horizon compró el complejo a precio de saldo. Y así empezó el lento camino de la reforma. Las obras comenzaron a proliferar en el recinto. Las grietas a cerrarse. Los apartamentos a venderse otra vez. El proceso era agónico pero seguro. Se calculó que se tardaría unos cinco años en obtener beneficios, rehacer la totalidad del conjunto casi una década, y recuperar el prestigio llevaría al menos otra. Pero a nadie le extrañó, porque Century Europa se erigía como la absoluta demostración, el ejemplo fehaciente y la indiscutible constatación de que destruir era mucho más fácil que construir.

2

Cédric no había estado nunca en Century Europa. Siguiendo las instrucciones de Simon, usó la entrada norte para acceder al hermético recinto. El control de acceso consistía en dos guardas, con garita incluida y barrera de seguridad.

Cédric le mostró su identificación a uno de los guardas. Mientras este la inspeccionaba, Cédric recalcó que iba tarde y preguntó cuál era el camino más rápido para llegar al sitio del accidente. El guarda agarró un mapa de la zona y se inclinó sobre la ventana del coche.

—Puede aparcar el coche delante del edificio Berlín —le dijo—, y luego cruzar los patios interiores hasta el otro lado. Es exactamente aquí, ¿ve? —Señaló un punto en el mapa con el dedo—. No tiene pérdida. Y cruzando los patios se ahorrará rodear todo el edificio.

Cédric observó el mapa una vez más y se lo devolvió al guarda, quien lo rechazó con un gesto de la mano.

—Quédeselo. Lo necesitará —le respondió y, volviéndose, le hizo una señal a su compañero para que alzara la barrera y permitiera entrar a Cédric.

El mundo cerrado de Century Europa le dio la bienvenida. Cédric avanzó con el coche por entre calles y bloques de edificios. La arquitectura, impregnada por la estética de los setenta con reminiscencias clásicas, despertó en Cédric un incómodo sentimiento de nostalgia. El antiguo esplendor del que Century Europa había gozado era evidente, tanto por su concepción de extravagancia posmoderna como por su marcada preferencia por las formas sobre la técnica. Pero había un contraste perturbador. Mientras unos apartamentos seguían exhibiendo lujo, otros parecían literalmente abandonados y algunos incluso ruinosos. De vez en cuando la opulencia de los detalles dejaba paso a zonas en mal estado con fisuras en las paredes, grietas en el pavimento o jardines en nefastas condiciones.

Al mismo tiempo, Cédric observó las numerosas obras de reconstrucción que se estaban llevando a cabo, casi en cada edificio. Estaba claro que Century Europa se hallaba en un estado de constante reforma. Aparte de esto, no había nada de extraordinario en el complejo y, aunque Cédric no tenía grandes expectativas, halló el conjunto hasta cierto punto decepcionante por su aparente normalidad. La gente andaba por la calle, cruzaba los semáforos, paseaba el perro o hacía deporte. Century Europa era una simple prolongación de la vida que transcurría fuera de su zona cerrada.

Dejó su vehículo estacionado en el aparcamiento delante del edificio Berlín, exactamente donde le habían recomendado. Miró de nuevo el reloj. Llegaba tarde. Agarró el mapa y salió del coche, dispuesto a encontrar el lugar del siniestro cuanto antes.

Se encaminó a paso ligero a la puerta de acceso del edificio que lo llevaría directamente al otro lado a través de los patios interiores. Bajó unas escaleras y se internó en un área ajardinada, compuesta por varios caminos vallados que se cruzaban de vez en cuando formando diferentes zonas de descanso. Consultó el mapa una vez más y empezó a andar por uno de ellos.

Y entonces lo sintió. Le estaban observando. Cédric miró a su alrededor y por encima del hombro. La única gente visible, solo unos pocos, se hallaba en los balcones, fumando. Pero nadie parecía prestarle atención.

Siguiendo el mapa, pasó junto a una escultura sin brazos que le recordó a la Venus de Milo. Seguidamente, dobló una de las esquinas para torcer por una callejuela y se encontró que el paso estaba bloqueado. Uno de los muros se había derrumbado en medio del camino y el acceso se había acordonado por seguridad. Probablemente ni siquiera los guardas de la entrada estaban al corriente de que el camino se encontraba inaccesible.

Cédric chasqueó la lengua y miró el mapa de nuevo, tratando de averiguar el modo de acceder al otro lado del edificio usando otro camino. Trazó con el dedo un nuevo recorrido sobre el mapa. Luego volvió sobre sus pasos, pasó de nuevo junto a la estatua sin brazos y se metió por otro sendero vallado. Anduvo en esa dirección durante un rato, todavía con la sensación de que le estaban observando, hasta que se dio cuenta de que en lugar de acercarse al otro lado del edificio lo que hacía era alejarse.

Se detuvo. Miró de nuevo el reloj. Llegaba muy tarde. Pensó en llamar a Simon, pero aún no quería tragarse el orgullo, así que decidió obviar los atajos. Ya le daba igual. Saldría de los malditos patios y rodearía el edificio Berlín tal y como debería haber hecho desde un principio.

Regresó con paso ligero, esperando hallar de nuevo la estatua sin brazos al doblar la esquina. Pero la estatua no estaba ahí. Cédric se dio la vuelta, observando a su alrededor, y se percató de que no reconocía nada y le era imposible deducir dónde estaba.

Empezó a sudar. Miró el mapa otra vez, tratando de encontrar un sentido al espacio, ubicarse en él. Pero no hubo manera. Se había perdido... y no había nadie para ayudarle. Estaba solo, excepto por la permanente sensación asfixiante de ser observado por alguien. Con el sudor frío trepándole por la espalda, Cédric se puso a recorrer la encrucijada de caminos. Tenía que salir de los patios lo antes posible. La atmósfera se había vuelto opresiva y su respiración, súbitamente entrecortada. Aceleró el paso, pero sintió en su pecho las punzadas dolorosas de un inminente ataque de ansiedad. Tuvo que detenerse y cerrar los ojos. Pensó que todo estaba perdido cuando de repente oyó su nombre.

—¡Cédric!

Alguien lo estaba llamando.

—¡Cédric!

Se giró y en la lejanía atisbó una figura que le hacía señales con la mano.

—¡Cédric! ¡Aquí!

Reconoció de inmediato la voz de Simon. Su amigo venía al rescate con paso firme a través de los patios. Tratando de disimular su amago de ataque, Cédric fue a su encuentro y, mientras lo hacía, se preguntó cuántas veces había sido salvado por Simon.

Recordó la noche en la que ambos se habían emborrachado tanto que Cédric se cayó por accidente dentro de las vías del tren. Simon lo había sacado de la vía justo antes de que el tren lo arrollara. O cuando, al cruzar la calle con prisas, lo había detenido para no ser atropellado por una moto. O cuando una vez había impedido que Cédric rodara por las escaleras, agarrándole con fuerza.

Simon siempre había estado ahí para salvarle, aunque fuera en el último momento. Como ahora.

Llegó hasta él y extendiendo los brazos hacia delante dibujó una amplia sonrisa. Lo abrazó. No fue un abrazo intenso, pero tampoco demasiado ligero. Fue un abrazo de viejos amigos que no se han visto durante un tiempo pero que han pensado en el otro de vez en cuando. Simon retrocedió un paso.

—Deja que te vea —dijo sin perder la sonrisa.

Cédric se sintió un poco avergonzado, pues sabía que estaba desmejorado. Simon, en cambio, apenas había cambiado. Seguía luciendo la misma figura atlética, su rostro bronceado y su sonrisa ganadora. Seguramente seguía manteniendo una relación feliz con su esposa Harriet y su hijo continuaba siendo el más listo de la clase. Cédric no preguntó por ellos.

—Te has afeitado finalmente. Y te has cortado el pelo. ¡Incluso la corbata combina con el traje! Se te ve estupendo.

—Qué mal sigues mintiendo —respondió Cédric.

—Y tú sigues siendo un tardón.

Empezaron a avanzar por los patios.

—No es culpa mía —dijo Cédric en su defensa—. El tráfico estaba imposible. Y me he perdido. Este sitio es un laberinto.

—Eso es justamente lo que el arquitecto tenía en la cabeza cuando lo diseñó —explicó Simon—. Por lo visto, estaba obsesionado con la mitología griega. Dicen que, como en todo laberinto, incluso escondió en él a su propio Minotauro.

Simon se detuvo, pensativo.

—Aseguran que el monstruo está en algún sitio escondido, aguardando a su Teseo.

—¿En serio? —preguntó Cédric y, por un instante, le asaltó el pensamiento de que el Minotauro fuese el que lo había estado espiando.

Simon se rio al ver la expresión seria de Cédric.

—No te asustes, solo se trata de una estatua. La he buscado pero todavía no he podido encontrarla —aclaró—. Ven, te llevaré al sitio del accidente. Por aquí.

Y se pusieron de nuevo en marcha.

—¿Qué averiguaciones has hecho? —preguntó Cédric.

—La víctima del accidente es una mujer inglesa llamada Lauren Marsh. Es ingeniera técnica industrial. Trabaja en Devos International Group. Tiene treinta y siete años y muy buena salud. Le encanta el deporte. De hecho, estaba corriendo por la zona residencial cuando se cayó dentro de una antigua fosa séptica. El resultado es una pierna rota. Se la han llevado al Hospital Saint Berthélemy.

—¿Quién la encontró? —preguntó Cédric.

—Una abogada americana de una de las oficinas que había estado trabajando toda la noche.

—¿Vio el accidente?

Simon negó con la cabeza.

—La señora Sanders caminaba cerca de la zona cuando oyó los gritos de una mujer. Llamó a una ambulancia de inmediato.

—O sea que no hay testigos —resumió Cédric.

—Me temo que no.

Simon dobló una esquina y enfiló por unas escaleras.

—¿Imágenes? —preguntó Cédric.

—Mucho me temo que tampoco. El sitio del accidente está fuera del ángulo de las cámaras de seguridad.

—¿Cómo es posible que cayera dentro de la fosa? ¿No había barreras de seguridad?

—No estaban puestas.

—O sea que los obreros olvidaron ponerlas correctamente.

—Eso es lo que parece.

—Y el jefe de obra olvidó comprobarlo.

—Eso es exactamente lo que pensé.

—Entonces es su responsabilidad. ¿Quién es el jefe de obra?

—Alain Courbet. Lleva años trabajando para la compañía, muy leal, con una trayectoria profesional intachable.

—No por mucho tiempo. —Cédric miró a Simon—. Ahora va a tener que admitir el descuido.

—Ahí está el problema. No lo admite.

Cédric se detuvo, obligando a Simon a hacer lo mismo.

—¿Qué quieres decir?

—Insiste en que las barreras estaban puestas correctamente.

—¿Qué dicen los demás obreros?

Simon le entregó a Cédric una carpeta.

—Aquí están sus declaraciones. La mayoría son turcos que apenas hablan francés, flamenco o inglés. Pero todos ellos suscriben las palabras de Courbet.

Cédric se puso las gafas y abrió la carpeta.

—¿No quieren perder su empleo? —Ojeó los informes por encima.

—Es una situación delicada para ellos, y también para la empresa.

—No te preocupes, averiguaré quién es el responsable. Empezaré por Courbet —dijo Cédric.

—He intentado hablar con él, pero no admite la negligencia. —Simon hizo una pausa y añadió—: Y sé que oculta algo porque miente.

Cédric frunció el ceño.

—¿Cómo lo sabes? —preguntó.

Simon extendió la mano hacia la carpeta, dispuesto a mostrarle algo en los informes.

3

Con la obra detenida, la zona ahora estaba debidamente acordonada y bajo vigilancia. Los obreros habían sido recluidos en una de las dependencias del hotel más cercano, donde podían ser interrogados con facilidad.

Alain Courbet había ejercido como jefe de obra de Urbanis durante los últimos cinco años. Era un hombre robusto, de facciones grandes y mirada desconfiada. Cédric lo halló en la cafetería del hotel, sentado en una de las mesas aisladas del fondo, como si quisiera pasar desapercibido. Sus manos toscas y agrietadas acariciaban con delicadeza una diminuta taza de café de la que no se atrevía a beber.

En la sala contigua, un trío de camareros estaba montando un centenar de mesas bajo la caótica supervisión de una encargada inexperta. Las mesas y las sillas eran arrastradas sin descanso, causando un ruido molesto.

—Hay un banquete de empresa esta tarde —le explicó el camarero de la cafetería a la vez que se encogía de hombros con resignación.

Pero Courbet no percibía ningún ruido. Parecía estar ausente, con la mente absorta en el ritmo interno de sus pensamientos.

—¿Alain Courbet?

El hombre alzó la mirada hacia Cédric, confundido.

—Mi nombre es Cédric Dereumaux, trabajo para Carlson

& Vaughn. —Cédric le ofreció la mano a modo de saludo—. Soy el perito.

—¿Perito? —preguntó Courbet, y le dio la mano acto seguido.

—Sí. Taso las pérdidas y llevo a cabo la investigación judicial —aclaró—. ¿Puedo sentarme?

El señor Courbet dudó pero le hizo un gesto hacia la silla.

Cédric tomó asiento bajo su mirada desconfiada.

—Supongo que está aquí para salvar a la empresa.

—Mi trabajo consiste en encontrar la causa del accidente, señor Courbet. —Cédric puso su maletín sobre la mesa—. Y en hacer un informe imparcial para todos los implicados.

Cédric sacó un documento del maletín y se lo entregó. El hombre le echó una ojeada recelosa y se lo devolvió.

—Pero usted ya sabe qué poner aquí, ¿verdad?

Cédric frunció el ceño.

—¿Lo sé?

Courbet sonrió con cinismo.

—Que olvidé supervisar las barreras de seguridad.

Cédric juntó las manos y miró a Courbet directamente a los ojos.

—¿Y lo olvidó?

Courbet desvió la mirada.

—¿Lo ve? Eso es lo que usted piensa.

—Se equivoca. Eso es lo que usted cree que pienso. No me gusta precipitarme en mis conclusiones.

Courbet dudó un segundo, durante el cual echó un azucarillo al café.

—Da igual. Urbanis me echará la culpa de todo —se lamentó—. La aseguradora pagará el dinero. Y yo pagaré con mi reputación.

—Le juro que no trabajo para Urbanis ni para ninguna otra compañía —aseguró Cédric—, y siempre me remito a los hechos. Mi obligación es descubrir lo que ha pasado realmente y quién tiene la responsabilidad. —Hizo una pausa y añadió—: Y para eso necesito su ayuda.

—¿Mi ayuda? ¿Cómo? —preguntó el jefe de obra.

—Puede empezar respondiendo a algunas preguntas —dijo Cédric.

—No sé qué espera que le diga. —El azucarillo ya se había deshecho. Courbet se tomó el café de un sorbo.

Cédric apoyó el bolígrafo contra sus labios y, mientras repasaba los informes, lanzó una mirada furtiva a Courbet. El hombre estaba sentado enfrente pero su mente se encontraba en otro sitio, muy lejos de la cafetería. Cédric se propuso averiguar dónde.

—Señor Courbet... —El hombre alzó la mirada—. Debido a su cargo, usted es el último en abandonar la obra.

—Así es.

—Y parte de su trabajo es supervisar la recogida de la obra al final de la jornada, ¿verdad?

Courbet asintió.

—Entre otras cosas —añadió entonces—, tengo que chequear que las máquinas estén desconectadas, los materiales resguardados de la lluvia, los productos peligrosos en un sitio seguro...

—Y que las barreras estén donde tienen que estar —agregó Cédric.

—Por supuesto. Eso también. Debo supervisarlas cada día al terminar la jornada.

Cédric bajó la mirada, releyendo el informe.

—¿A qué hora termina normalmente la jornada?

—Hacia las cinco.

Cédric pudo detectar un parpadeo nervioso en el ojo de Courbet.

—¿Y a qué hora se empieza a recoger la obra? —siguió preguntando.

—Unos quince minutos antes.

Cédric hizo una pausa.

—¿Y debo suponer que ayer, como de costumbre, también terminó a las cinco?

—En esta época del año oscurece muy temprano —apuntó Courbet tratando de sonreír.

Pero Cédric se fijó en que sus toscas manos acariciaban nerviosamente la taza vacía. Señaló los papeles.

—Aquí tengo los informes de sus obreros. Dicen que ayer terminaron a las cuatro y media.

—Se equivocan —respondió con rapidez el jefe de obra.

—Lo han dicho todos. ¿Cree que todos ellos se equivocan?

La fortaleza de Courbet empezaba a resquebrajarse.

—Quizá estén confundidos —tartamudeó.

—De hecho, dicen que la semana pasada terminaron a las cuatro y media todos los días —afirmó Cédric, y se incorporó hacia delante—. Y no creo que aquí, en Century Europa, oscurezca más temprano.

Courbet se masajeó la mandíbula, atrapado.

—¿Cómo explica eso? —preguntó Cédric directamente.

El señor Courbet se encogió de hombros.

—No sé, igual tengo el reloj atrasado.

—¿Media hora?

—Es posible.

Cédric agarró a Courbet por la muñeca y observó su reloj. Lo comparó con el suyo.

—Su reloj parece estar bien. —Cédric suavizó el tono de voz y clavó su mirada en él—. ¿Por qué ha estado terminando últimamente media hora antes?

Courbet bajó la mirada y se quedó quieto, en silencio, como si se hubiera encerrado dentro de un caparazón.

—¿Qué hace cuando termina la jornada?

No respondió. Pero su respiración se agitó.

—¿Se va a casa? —Cédric siguió preguntando—. ¿Cena con su familia?

El hombre negó con la cabeza.

—¿Al gimnasio? ¿Al casino? ¿Al bar?

—No bebo —musitó.

—¿Qué hace, entonces?

Tardó unos segundos en responder, pero cuando alzó la mirada de nuevo hacia Cédric, sus ojos contestaron primero. Dos gotas de emoción brillaban en ellos, a punto de convertirse en lágrimas.

—Voy al hospital —dijo con la voz quebrada.

—¿Al hospital? —Era evidente que Courbet estaba afectado. Cédric cerró la carpeta con los informes y se quitó las gafas—. ¿Por qué? ¿No se encuentra bien?

—Yo estoy bien. Mi hijo no.

Y, de repente, ese hombre que parecía una fortaleza se derrumbó por dentro y a través de sus grietas se podía entrever a un ser vulnerable y derrotado.

—¿Tiene hijos? —preguntó Courbet.

Cédric negó con la cabeza.

—Mi hijo está ingresado allí desde que le diagnosticaron leucemia hace dos semanas.

—Lo siento.

—Solo tiene nueve años, está muy asustado. Mi mujer y yo lo estamos todavía más, pero intentamos disimular.

—Debe de ser duro.

—Es muy duro.

—Lo imagino.

—Y el tratamiento es muy caro, así que ni yo ni mi mujer podemos dejar de trabajar.

—¿Ella cómo lo lleva?

—Se ha pasado al turno de noche, así puede estar con él por las mañanas hasta la tarde. Entonces nos turnamos.

—Y llevan haciendo esto durante dos semanas.

—Apenas la he visto desde entonces. Pero hablo con ella por teléfono.

Cédric hizo una pausa.

—Señor Courbet, entiendo que esta es la razón por la que ha estado terminando la jornada antes de lo previsto.

—Solo media hora antes.

—Comprendo perfectamente su situación. No tengo hijos, pero yo también hubiera hecho lo mismo. —Courbet alzó la mirada hacia Cédric—. Usted está viviendo un momento altamente estresante —se inclinó hacia Courbet con expresión seria—, pero ahora necesito que me conteste a una última pregunta. Y quiero que piense muy bien la respuesta porque quiero la verdad. ¿Entiende lo que le digo?

Courbet asintió con la cabeza. Cédric prosiguió.

—¿Está usted completamente seguro de que ayer no se olvidó de supervisar las barreras de seguridad?

El señor Courbet sostuvo la mirada a Cédric durante un momento. Luego se incorporó lentamente.

—Tiene razón. Estoy tan preocupado que solo pienso en mi hijo. No puedo pensar en nada más. Todo el tiempo. Desde que me levanto hasta que me acuesto. A todas las horas del día. Incluso cuando estoy trabajando. Como jefe de obra, soy el último en marcharme, así que solo pienso en acabar lo antes posible para estar con mi hijo. Por eso he estado terminando media hora antes de lo previsto, apremiando al resto de los trabajadores, supervisando las medidas de seguridad a toda prisa. —Courbet se inclinó hacia delante, su rostro cubriéndose con la máscara del orgullo—. Pero soy un profesional con años de experiencia. Sé perfectamente en qué consiste mi trabajo. Y le juro por la vida de mi hijo que ayer, como he hecho durante los últimos veinte años, me aseguré de que todo estuviera en orden y, cuando me marché a las cuatro y media, esas malditas barreras de protección estaban en su sitio.

4

Lauren Marsh

1

—Pero tú crees que miente, ¿no? —constató Simon señalando a Courbet con un ligero movimiento de cabeza—. Aunque no haya confesado, aunque lo niegue, tú crees que él miente, ¿verdad?

Cédric oteó el fondo de la sala donde el jefe de obras estaba firmando su declaración. Al hacerlo, Courbet levantó la cabeza para devolverle la mirada, como si supiera que los dos hombres estaban hablando de él.

—Es pronto para sacar conclusiones —dijo Cédric.

—Lo sé, pero necesito saber qué piensas al respecto.

—Simon, por favor...

—Vamos, somos amigos. Dímelo —insistió Simon.

Cédric miró con detenimiento a su amigo y suspiró.

—Según los hechos, lo más probable es que mienta —explicó—. Es obvio que las barreras no estaban en su sitio y por eso Marsh tuvo el accidente. —Hizo una pausa—. Pero si Courbet miente, significa que algunos de ellos también mienten.

Esta vez Cédric señaló a la sala contigua, donde los obreros estaban aguardando instrucciones.

Simon entrecerró los ojos con desconfianza.

—No me extrañaría —juzgó—. Ellos solo quieren cobrar

a fin de mes. Si Courbet ha cometido alguna negligencia serían muy capaces de cubrirle.

—O quizá se cubren mutuamente —aventuró Cédric.

—¿Qué quieres decir? —preguntó Simon.

—Igual uno de los obreros se olvidó de poner las barreras y Courbet, con las prisas, se olvidó de comprobarlo. Una vez ocurrido el lamentable accidente, ambos deciden callar.

—En este caso, tendríamos una responsabilidad compartida.

—Y ambas por omisión —matizó Cédric.

—Es otro posible escenario.

—Pero, de todas maneras, hay algo que no me convence —confesó Cédric—. Aunque la evidencia dice exactamente lo contrario, Courbet insiste en que las barreras estaban en su sitio.

—Porque está desesperado —dijo Simon.

—Puede, pero cuando lo dice, parece sincero y muy seguro de sí mismo.

—Quizá lo recuerde mal, o quizá se confunde con otro día. O incluso es posible que haya terminado por creerse su mentira. No sería el primer caso.

Cédric se golpeó la barbilla con la punta del bolígrafo. Volvió a observar a Courbet, pensativo.

Era evidente que Courbet estaba preocupado por la salud de su hijo. Cédric sabía por experiencia cómo las preocupaciones pueden asaltar la mente en cualquier momento e instalarse en el cerebro como un tumor y secuestrar los pensamientos, apoderarse de las acciones cotidianas y desbarajustar la rutina con la que la cordura se afianza, hasta que un día se descubre con espanto que uno se ha dejado el gas de la cocina abierto o la puerta de casa abierta.

Simon preguntó algo, pero Cédric estaba tan sumido en sus pensamientos que no lo oyó.

—Perdona, ¿qué decías?

—¿Quieres visitar el lugar del siniestro? —volvió a preguntar Simon.

—Si no te importa, antes me gustaría hablar con nuestro único testigo, la señora Sanders.

—De acuerdo. —Simon asintió.

—¿Dónde se encuentra? —preguntó Cédric.

—En el vestíbulo de los apartamentos Berlín.

Simon se dirigió a la puerta de la cafetería y la abrió, invitando a Cédric a salir fuera del recinto.

—No está lejos. Es justo el edificio de aquí delante —dijo Simon mientras empezaba a cruzar la calle con paso enérgico. Cédric intentó imitar el ritmo de su paso pero sin éxito.

Al fondo de la calle podía verse la zona en obras y el lugar del siniestro, ahora custodiado por varios agentes de policía.

Cédric no pudo evitar fijarse en el número de curiosos que se arremolinaban alrededor de la zona acordonada.

Alzó la cabeza y descubrió también a un número considerable de vecinos en algunos balcones y a trabajadores de las oficinas asomándose a las ventanas.

—¿Cuánta gente vive en este edificio? —preguntó.

Simon se detuvo.

—Unos doscientos, creo.

—Doscientos pares de ojos y oídos, y solo tenemos a un testigo. —Cédric volvió a alzar la cabeza y observó de nuevo a la gente—. ¿Dónde demonios estaban todos cuando sucedió el accidente?

—¿Durmiendo? —dijo Simon.

Cédric lo miró.

—No todo el mundo duerme.

2

La señora Sanders era una mujer en sus cincuenta, delgada, con la espalda un poco encorvada y mirada cansada. Vestía un caro y elegante traje de ejecutiva que ahora deslucía arrugado y ligeramente manchado de sangre. Sus párpados luchaban por continuar abiertos y su boca por permanecer cerrada, pero no podía evitar bostezar de vez en cuando.

Cédric y Simon la hallaron paseando de un lado a otro del vestíbulo. Se detuvo de inmediato cuando los vio entrar.

—El señor Dereumaux es el perito de la aseguradora. —Simon presentó a Cédric a la señora Sanders, quien le estrechó la mano—. Desearía hacerle algunas preguntas.

La expresión de la señora Sanders se ensombreció y se volvió hacia Cédric con la monótona cadencia de quien está atrapada en una realidad que parece cíclica.

—Hace más de veinticuatro horas que no duermo. Ya no sé qué hacer para mantenerme despierta —dijo.

—¿Quiere otro café? —le preguntó Simon.

—No, gracias —respondió la señora Sanders a Simon, y se volvió de nuevo hacia Cédric—. No sé cuántos he tomado. Ya he perdido la cuenta.

—Sentimos retenerla, señora Sanders —dijo Cédric con amabilidad—, pero parece ser que usted es nuestro único testigo.

La señora Sanders abanicó el aire con la mano, como si quisiera restarle importancia a eso.

—Pero no sé en qué más puedo ayudarles —se quejó—. Le he contado todo lo que sé a la policía, a los médicos, al señor Simon, aquí presente, y a no sé cuántas personas más. Incluso he firmado una declaración. —La señora Sanders entornó los ojos y miró fijamente a Cédric—. ¿La ha leído?

Cédric asintió.

—Y precisamente por eso necesito hacerle unas cuantas

preguntas. —Y añadió—: Luego podrá marcharse a casa. Se lo prometo.

La señora Sanders hizo una pausa y se rindió por undécima vez.

—De acuerdo, pero no me obligue a sentarme o me quedaré dormida.

—Al contrario —aseguró Cédric—, quiero que venga conmigo al lugar del siniestro. Hablaremos durante el paseo.

Y abrió la mano invitándola a salir del vestíbulo. La señora Sanders se puso su abrigo y cogió el bolso de una silla.

Ella y Cédric salieron de nuevo a la calle y empezaron a dirigir sus pasos hacia el lugar del siniestro. Simon les seguía a distancia, hablando por el móvil.

—Ha debido de ser una larga noche para usted —dijo Cédric.

—No veo el momento de pillar la cama —confesó la señora Sanders—. Y cuando lo haga, voy a dormir dos días seguidos.

—Trabaja como abogada a nivel internacional, ¿verdad?

—Para la compañía Rosenkrantz Wollaston Moore, está en el edificio Berlín. —Levantó una mano señalando las ventanas de unas oficinas—. Allí tengo el despacho.

—Y anoche estuvo trabajando hasta altas horas de la madrugada —dijo Cédric.

La señora Sanders asintió.

—¿Puedo saber por qué? —preguntó Cédric.

—Formo parte de un equipo que prepara la defensa de un cliente americano muy importante que está siendo investigado por la Comisión Europea. Por eso estamos trabajando conjuntamente con otro gabinete de Los Ángeles.

—Entiendo. De ahí sus horarios, supongo —concluyó Cédric.

—Normalmente termino mi jornada hacia las ocho, a veces se alarga hasta las diez, depende de las reuniones. Pero este horario nos vuelve a todos locos.

—O sea que lo de anoche fue excepcional —resumió Cédric para sí mismo.

—No aguantaría mucho tiempo en la empresa si cada jornada fuera como la de ayer. —La señora Sanders ahogó otro bostezo.

—Entonces, usted salió de las oficinas a eso de las cinco y media de la mañana.

—Un poco más tarde. Las cinco y cuarenta, para ser exactos —corrigió, y acto seguido aclaró—: Lo sé porque nada más salir del edificio llamé a un taxi para que viniera a recogerme a la puerta principal.

Cédric miró las calles de alrededor.

—¿Y qué hizo exactamente cuando salió del edificio? —preguntó.

—Crucé por esas dos calles en dirección a esa de ahí —explicó señalando su trayectoria—. Todavía era de noche y estaban desiertas. Estaba pasando por delante del restaurante cuando la vi corriendo —señaló otro punto en la dirección opuesta—, justo por ahí, acercándose a la calle donde están las obras.

Cédric miró hacia donde la mujer indicaba y trató de imaginarse a una joven corredora. Inmediatamente, le surgió una duda.

—¿Cree que ella la vio a usted?

—No creo. Pero tal vez debería preguntárselo a ella —La señora Sanders se detuvo—. Verá, yo estaba justamente aquí y ella venía corriendo por aquella calle, así que todo el rato me daba la espalda.

—¿A qué velocidad iba?

La señora Sanders pensó durante un segundo.

—¿Antes o después de que se detuviera?

—¿Se detuvo? —preguntó Cédric.

—Sí, justo al inicio de la calle —explicó—. Supongo que para descansar o recuperar la respiración. Se detuvo durante un par de minutos o así y luego retomó la marcha. Ahí fue cuando se metió dentro de la calle y la perdí de vista. Seguí andando y al cabo de unos segundos oí un ruido sordo y un grito. Corrí tan rápido como pude al lugar de donde procedía.

Cédric y la señora Sanders se internaron en la calle de las obras. Avanzaron por el camino reservado a los peatones hasta que llegaron cerca del punto del siniestro, ahora acordonado y custodiado. Se detuvieron. La señora Sanders señaló la fosa que se hallaba a unos pocos metros de distancia.

—La encontré ahí. Se había caído dentro de esa especie de pozo —Se abrazó a sí misma durante un instante—. Parecía como si la tierra se la estuviera tragando.

Cédric se volvió hacia ella.

—Señora Sanders, quiero que observe atentamente el lugar del siniestro una vez más.

La mujer asintió en silencio y obedeció.

—¿Puede confirmar que las barreras de protección están ahora exactamente como usted las encontró? —preguntó, y luego añadió—: Tómese su tiempo.

La señora Sanders entornó los ojos para concentrarse y examinó las barreras de toda la zona, moviendo la cabeza a un lado y al otro. Tardó en hablar y, cuando lo hizo, su voz titubeó.

—Todo parece un poco diferente a la luz del día —comentó—. Estaba oscuro, ¿sabe? Estaba tan oscuro que tuve que usar la linterna de mi móvil. Pero sí, recuerdo esa barrera de ahí. Y también esa de allí. Y estas de aquí estaban en el mismo sitio. Esas no. Esas estaban detrás de usted pero las movieron los paramédicos para poder sacar a la pobre muchacha con la camilla.

—¿Cuánto tiempo tardaron en llegar? —preguntó Cédric.

—Unos diez minutos, por suerte el hospital está cerca.

—Y durante este tiempo, ¿qué hizo?

La señora Sanders depositó de nuevo su mirada en la fosa, a pocos metros. Parpadeó, buceando en su memoria.

—Básicamente, calmar a Lauren. Estaba alterada, confusa, muy angustiada. Le dolía la pierna y quería salir del pozo. Desconocía el alcance del daño y no quería que se hiciera más. Tuve que sujetarla para impedir que se moviera. Le hablé, le hice preguntas, necesitaba distraerla. Es lo que hubiera hecho todo el mundo en mi situación.

—Y durante todo ese tiempo estuvieron solas —constató Cédric.

—Sí.

—Nadie salió de los edificios. —Ella negó con la cabeza—. O se asomó por las ventanas.

—Recuerdo que se encendieron algunas luces. La gente se estaba despertando.

—Pero no había nadie más en la calle.

La señora Sanders movió la cabeza, incómoda.

—No —soltó. Y la negación sonó tardía y poco convincente.

Cédric frunció el ceño.

—¿Está segura?

Miró fijamente a Cédric.

—Bueno, es curioso que me pregunte eso —dijo.

—¿Por qué?

La mujer abrió la boca con la intención de decir algo, pero se interrumpió.

—Por nada.

—No, dígame —la animó Cédric.

—Va a pensar que es una tontería.

—Cuénteme esa tontería —insistió él.

La señora Sanders se humedeció los labios y ladeó la cabeza.

—Mientras estaba atendiendo a Lauren, recuerdo que ella miró por encima de mi hombro un par de veces, muy nerviosa. Me pregunté qué estaría mirando.

—¿Y qué estaba mirando?

—Desde mi posición, y por la manera que la sujetaba, apenas podía girarme. Y, como ya le he dicho, todo estaba muy oscuro. Así que fue más una sensación. —La señora Sanders habló muy despacio, como si quisiera invocar las palabras precisas—. Pero por un momento hubiera jurado que había alguien más con nosotras, alguien detrás de mí.

La señora Sanders permaneció en espectral silencio, mientras una ráfaga de viento azotó a Cédric provocándole un escalofrío. La mujer sonrió.

—No me haga mucho caso. Con toda seguridad lo imaginé. Ya le dije que era una tontería.

—No se preocupe, le agradezco su tiempo —dijo Cédric—. Váyase a descansar, lo tiene bien merecido.

La señora Sanders se despidió y encaminó sus pasos hacia la salida de la zona en obras, donde Simon seguía hablando por teléfono. Cuando vio acercarse a la señora Sanders colgó para ir a hablar con ella.

Cédric contempló una vez más la zona del siniestro. Luego sacó su libreta y el bolígrafo e hizo un boceto con la posición de las diferentes barreras de seguridad. Simon se acercó a él.

—¿Y bien? —preguntó, echando una indiscreta ojeada a la libreta—. ¿Alguna nueva conclusión?

—Todavía no —respondió Cédric.

—¿Quieres investigar un poco ahí dentro, en la zona del siniestro? Así podrán reanudar los trabajos cuanto antes.

—Me gustaría hablar primero con Lauren Marsh y saber un poco más del accidente —dijo Cédric cerrando la libreta y guardando el bolígrafo. Y añadió—: Si no es molestia.

El teléfono de Simon estaba vibrando de nuevo, pero él forzó una sonrisa.

—No te preocupes. Tienes el hospital ahí mismo —contestó, señalándole un alto edificio en la distancia—. Te pondré un coche para que te lleve y te vuelva a traer lo antes posible.

3

El doctor Toussaint desplegó un abanico de radiografías sobre el tablero luminoso. Su voz era grave y monótona.

—Tiene una fractura espiral de la fíbula distal —anunció y, con el dedo, señaló la zona borrosa en una imagen espectral de los huesos—. ¿Ve aquí?

Cédric solo veía dos manchas que parecían dividirse, pero asintió.

—No es fácil romperse la tibia así —declaró el doctor, y su voz delató una extraña fascinación. Su dedo se deslizó hasta otra radiografía fantasmal—. Aparte de eso, se ha desencajado el pie y se ha roto algunos ligamentos.

El dedo terminó sobre la radiografía de un pie luxado.

—Concretamente aquí, aquí y aquí.

El doctor se apartó de la pantalla, quizá para que Cédric pudiera inspeccionar mejor las radiografías.

—¿Y todo esto es a causa de la caída? —preguntó Cédric.

—Para romperse la tibia es necesario un impacto muy fuerte —respondió el doctor desde algún punto de la oscuridad—. Pero, como sabe, la señorita Marsh cayó sobre cristales, cemento roto y otros materiales afilados.

—No he visto todavía el contenido del pozo —admitió Cédric.

—Es un conjunto espeluznante —dijo el doctor.

De repente, encendió la luz de la consulta. El resplandor cogió a Cédric desprevenido y sus ojos se cegaron durante un momento. La voz del doctor continuaba explicando, pero ahora desde una blancura dolorosa.

—Las puntas escarpadas de los diferentes materiales penetraron en la pierna derecha por todos lados, desde diferentes posiciones, seccionando, cortando, cercenando...

Cédric parpadeó hasta recuperar de nuevo la visión.

—Imagine caerse dentro de un cubo con una decena de cuchillos apuntando hacia arriba.

Cédric no estaba seguro de querer imaginarlo.

—Pues eso es lo que le ha sucedido a la señorita Marsh.

El doctor Toussaint rodeó su escritorio y se desplomó en su silla. Era un hombre impaciente.

—Afortunadamente, ha tenido mucha suerte y no será necesaria ninguna intervención quirúrgica.

Cédric se sentó en la silla frente al escritorio.

—¿Y qué hay acerca de la pierna izquierda?

El doctor juntó las manos rozándose las yemas de los dedos.

—El impacto fue menos agresivo —prosiguió el doctor Toussaint—, tiene magulladuras y algunos cortes, pero no hay traumatismo.

—¿Cuál va a ser el tratamiento?

El doctor Toussaint se inclinó hacia atrás en su butaca y juntó las manos.

—Le he inmovilizado la pierna derecha desde la rodilla hasta el pie con una férula de metal. No debería llevarla más de ocho o doce semanas para evitar la rigidez del tobillo. En un par de semanas le repetiré las radiografías, y luego dentro de un mes y al cabo de dos meses, simplemente para observar la posición de los huesos en las diferentes fracturas. Cuando la unión vuelva a consolidarse, le quitaré la férula y empezaremos con la rehabilitación. —El doctor suspiró—. ¿Alguna pregunta más?

Cédric asintió.

—¿Puedo verla?

4

Lauren Marsh se encontraba en una de las habitaciones de la tercera planta, concretamente en la 315. La puerta entreabierta hizo que Cédric se detuviera en el umbral. Dentro había silencio. Desde su posición solo podía ver la pierna elevada de la mujer, enjaulada en la férula de metal.

Llamó a la puerta delicadamente con los nudillos.

—¿Señorita Marsh? —musitó, pero nadie respondió.

Al final, Cédric empujó la puerta y entró. Lauren se encontraba en la cama, durmiendo profundamente. Su caja torácica subía y bajaba en un ligero espasmo, siguiendo el ritmo del trance del sueño.

Cédric se acercó a ella con sigilo. Sus facciones duras pero atractivas contrastaban con la placidez de su expresión dormida. Solo un mechón de pelo moreno sobre su frente sudorosa rompía la languidez de su rostro. Un ligero soplido se escapaba a través de sus labios entreabiertos.

Como no se atrevía a despertarla, Cédric se volvió hacia la puerta de la habitación, pensando en ir a buscar a una de las enfermeras. Pero cuando sus ojos se posaron de nuevo sobre la cama, a Cédric le dio un vuelco el corazón.

La que estaba en la cama no era Lauren Marsh.

Era una mujer pelirroja y de rasgos suaves, solo alterados por una herida en la sien. También tenía los ojos cerrados y la boca ligeramente entreabierta, pero el color había abandonado sus mejillas y la tensión en su rostro se había desvanecido. La mujer pelirroja no estaba durmiendo... Estaba muerta.

Cédric se cubrió la boca con una mano temblorosa, como si con ese gesto tratara de ahogar el grito que subía por su garganta. Quiso apartar la mirada del cadáver pero no pudo. Esa era la mujer que había conocido una tarde lluviosa en Gante. Y a la que había besado por primera vez esa misma noche bajo el puente de San Miguel.

Esa era la mujer con la que había compartido un apartamento en el barrio de Saint-Gilles y una luna de miel en Florencia.

Esa era también la mujer que podía detener el tiempo y protegerle de sí mismo, que podía hablar su mismo lenguaje secreto incluso en el silencio.

Esa era la mujer a la que tanto había amado.

Los ojos de Cédric se inundaron de lágrimas y en sus entrañas se abrió un vacío frío y doloroso que amenazó con destrozarlo por dentro.

—Danielle... —susurró con un hilo de voz.

De repente, el cadáver de Danielle respiró, su boca exhaló aire y sus párpados muertos temblaron.

Cédric retrocedió asustado, tambaleándose. Sin querer, golpeó la mesilla de noche, volcando un recipiente de metal que cayó al suelo con un estrepitoso ruido. Los ojos de Danielle se abrieron y se clavaron en su alma. Cédric aguantó la mirada de Danielle con fascinación y horror durante unos segundos, hasta que no pudo más y tuvo que desviar la suya.

Cuando volvió a mirar hacia la cama, el espejismo de Danielle se había desvanecido y la mujer se había convertido de nuevo en Lauren Marsh, que ahora observaba a Cédric entre aturdida y alarmada.

—¿Quién es usted? —preguntó Lauren en francés, pero arrastrando las palabras a causa de la medicación.

Cédric se secó con rapidez las lágrimas, disimulando.

—Lo siento, no pretendía asustarla.

—¿Quién es usted? ¿Qué hace en mi habitación? —insistió ella.

—Yo, verá... —Cédric metió la mano en el bolsillo de su chaqueta.

—¡Enfermera! ¡Enfermera! —gritó Lauren, alterada.

Cédric sacó una tarjeta justo cuando una enfermera malhumorada apareció por la puerta.

—¿Qué ocurre? —le inquirió a Cédric.

—Nada. —Le ofreció la tarjeta a la enfermera—. Cédric Dereumaux, trabajo como perito de seguros para la compañía Carlson & Vaughn. Estoy investigando el accidente de la señorita Marsh.

La enfermera examinó la tarjeta.

—Solo quiero hablar con su paciente —siguió Cédric—, hacerle unas preguntas.

La enfermera miró a Lauren buscando su aprobación. Ella le sostuvo la mirada y asintió.

—Todo está bien, Véronique. Gracias —dijo con voz entrecortada.

La enfermera le devolvió a Cédric la tarjeta.

—Estaré fuera, por si me necesita —declaró, y abandonó la habitación dejando la puerta entreabierta.

Ante la atenta mirada de Lauren, Cédric acercó una silla a la cama y se sentó en ella.

—¿Cómo se encuentra? —preguntó.

—No muy bien. Sigo un poco aturdida. —Lauren bostezó.

—Ha tenido mucha suerte.

—Todo el mundo me dice lo mismo.

La mujer fijó sus ojos en Cédric mientras este sacaba una libreta.

—¿Por qué investiga mi accidente?

—Para encontrar al responsable. —Cédric abrió la libreta—. ¿Recuerda qué estaba haciendo justo antes del accidente?

—Estaba corriendo, haciendo ejercicio.

—¿Suele correr cada mañana?

—Solo tres veces por semana. Lunes, miércoles y viernes —contestó Lauren.

—Entiendo. Sigue un programa. —Lauren asintió—. ¿Y es constante?

—Lo soy.

—Yo intenté empezar a correr una vez, por la noche —confesó Cédric—, pero fui incapaz de crear el hábito.

—Tiene que levantarse temprano, ese es el secreto.

—¿A qué hora se levanta usted?

—Muy temprano.

—¿A las seis?

—A las cinco.

Cédric enarcó las cejas, sorprendido. Lauren le aguantó la mirada. Había algo desafiante en ella.

—Salgo a correr hacia las cinco y media —prosiguió—, durante treinta minutos.

—¿A qué hora entra a trabajar?

—A las ocho.

—En Devos International Group, ¿cierto?

—Soy ingeniera técnica industrial —declaró Lauren.

—¿En qué consiste su trabajo?

—Básicamente, en encontrar los defectos de un producto y mejorarlo.

Cédric asintió y anotó los horarios en la libreta. Luego hizo una pausa y levantó la mirada hacia Lauren.

—¿Por qué corrió a través de esa calle en obras? —preguntó.

La mujer pensó en ello durante un momento y se encogió de hombros.

—Llevo corriendo por esa calle los últimos cuatro años, forma parte de mi recorrido. Tengo una ruta y estoy acostumbrada a ella, me resulta cómodo, así no tengo que pensar. —Lauren mantuvo la mirada sobre los ojos de Cédric—. ¿Debería alterar mi ruta porque, de repente, decidan hacer obras? Esa calle lleva así más de seis meses. La he recorrido decenas de veces y nunca me ha pasado nada.

—Hasta esta mañana. —Cédric escrutó la reacción de Lauren—. ¿Nunca pensó que correr por allí podría ser un poco peligroso?

Lauren le sostuvo la mirada.

—Se supone que hay un camino seguro para los peatones. —Entrecerró los ojos y su tono cambió—. ¿Para quién ha dicho que trabaja?

—Para Carlson & Vaughn.

—¿Y Carlson & Vaughn para quién trabaja?

—Oficialmente, para Urbanis.

Lauren hizo una pausa y sonrió cínicamente con media boca.

—Ya entiendo... O sea que usted investiga para la compañía cuya negligencia casi me ha costado una de mis piernas.

—Se equivoca. Soy un perito independiente. Investigo los hechos sin tomar partido. Mi objetivo es encontrar al responsable del accidente.

—Y piensa que es culpa mía.

—No elaboro ninguna conclusión hasta que no tengo toda la información.

—¿Qué más información necesita? Se olvidaron de colocar las barreras de seguridad.

—Eso parece... —dijo Cédric.

—¿Cómo que eso parece? —Lauren se indignó—. Yo solo estaba corriendo por el camino señalizado y allí no había ninguna barrera de seguridad. Por eso me caí y me destrocé la pierna. Ya le he dicho que he pasado por esa calle en obras decenas de veces.

—Y si ha pasado tantas veces, ¿cómo es que no vio que faltaban unas barreras de seguridad?

—Las cambian a medida que avanza la obra, dependiendo de la parte de la calle en la que están trabajando —explicó Lauren ahogando una punzada de dolor—. Cuando me di cuenta de que había algo diferente ya era demasiado tarde. Me había caído dentro de ese maldito pozo.

Cédric miró de nuevo a Lauren.

—¿Qué recuerda de ese momento?

Lauren hizo una mueca. Parecía que el efecto de la medicación estaba desapareciendo, cediendo paso al dolor.

—Es importante —recalcó Cédric.

—Fue como si, de repente, alguien quitara el suelo de debajo de mis pies. No me dio tiempo a sujetarme a nada. Simplemente me hundí. El impacto fue tan brusco que no sentí nada, pero grité. Mi cuerpo había quedado atrapado. Y mi perspectiva había cambiado. Estaba confusa, intentando entender lo que había ocurrido, cuando el dolor explotó en mis piernas y subió hasta mi espalda. Era agudo e insoportable.

Cédric recordó las radiografías y casi pudo sentirlo, un dolor de carne hecha jirones y de hueso roto.

—Me asusté —continuó Lauren—, porque no podía ver nada, era como cuando uno está en el agua intentando ver lo que hay debajo. Traté de moverme con cuidado y darme la vuelta, pero noté la sangre caliente brotando, derramándose por mis piernas. —Hizo una pausa—. Y entonces vi que alguien se acercaba, era esa mujer de las oficinas.

—La señora Sanders —apuntó Cédric, y acto seguido preguntó—: ¿La había visto antes?

Lauren negó con la cabeza.

—Y entonces ¿qué pasó?

—Ella trató de tranquilizarme —prosiguió Lauren—. Y me sujetó para que dejara de moverme. Se quedó conmigo hablándome hasta que llegó la ambulancia. Una buena mujer. Debería usted hablar con ella.

Cédric mordió la punta del bolígrafo.

—Ya lo he hecho.

—Entonces ya sabe todo lo ocurrido —zanjó Lauren rápidamente.

Cédric consultó la libreta y levantó la mirada.

—Señorita Marsh, ¿estaban ustedes solas hasta que llegó la ambulancia?

—¿Qué quiere decir?

—Aparte de la señora Sanders, ¿vio a alguien más?

—No —respondió Lauren—, recuerdo que se iluminó alguna ventana. Pero siempre se iluminan ventanas a esas horas, es cuando la gente se despierta.

Cédric se golpeó la barbilla con el bolígrafo.

—La señora Sanders dijo que, en algún momento, usted pareció fijar su mirada sobre su hombro, como si mirara a alguien más. ¿Lo recuerda?

Lauren frunció el ceño, pensando.

—Recuerdo que miré un par de veces hacia la entrada para ver si venían los paramédicos. El dolor me estaba matando y solo deseaba que llegasen lo antes posible. Tardaron apenas diez minutos, pero fueron los minutos más largos de mi vida. —Lauren hizo una pequeña pausa y miró a Cédric—. No había nadie más que nosotras.

—Entiendo —asintió Cédric.

—¿Tiene más preguntas? —dijo Lauren con voz de súplica—. El dolor me está nublando la mente y, si no le importa, me gustaría descansar.

Cédric encajó la petición. Lauren no quería continuar hablando.

—Por supuesto, es suficiente.

Cerrando la libreta, Cédric se levantó para marcharse.

—Solo una última cuestión —apuntó—. ¿Por qué se detuvo?

—¿Perdón?

—La señora Sanders me dijo que usted se detuvo antes de entrar en la calle.

—Porque me dolía el tobillo. Por un momento creí que me lo había torcido.

—¿Y se lo había torcido?

—No.

—O sea que tuvo tiempo de mirar bien la calle.

—Sí.

—¿Recuerda algo en particular?

Lauren sacudió la cabeza.

—Nada destacable.

—¿Qué pensó? —preguntó Cédric.

—¿Qué pensé...? —repitió Lauren frunciendo el ceño—. Pensé en volver a casa.

—¿Por qué? —preguntó de nuevo.

—Algo había cambiado.

—¿Qué? —insistió Cédric—. ¿Qué es lo que había cambiado?

Un escalofrío recorrió el cuerpo de la mujer.

—Hubiera jurado que la calle estaba más oscura.

—¿Más oscura?

—Más oscura de lo normal.

—¿Y por eso quiso volver a casa?

—Sí.

Pero en el rostro de Lauren había asomado el terror. Y Cédric, tratando de hallar una respuesta, miró dentro de sus ojos.

—¿De qué tiene miedo, señorita Marsh?

Lauren no contestó. Tan solo aguantó su mirada.

—¿Le da miedo la oscuridad? —preguntó Cédric.

De repente, la mujer empezó a agitarse con sacudidas de dolor. Cédric retrocedió, alarmado.

—¿Qué le ocurre?

Lauren no podía hablar, solo aullaba de dolor. Su pierna sufría espasmos incontrolados. La enfermera entró rápidamente. Cédric se volvió hacia ella, sintiéndose culpable sin saber por qué, pero ella lo apartó de en medio y se abalanzó sobre Lauren.

—Váyase —le ordenó—, tiene que descansar. —Y acto seguido empezó a preparar una inyección.

Cédric abandonó la habitación preocupado. Había visto

el miedo asomar en la mirada de Lauren solo durante un segundo, un instante de nada. Pero había sido suficiente para poder identificar la naturaleza de su horror. Y, aunque todavía ignoraba su procedencia, estaba seguro de algo.

Lo que aterraba a Lauren Marsh no era solo una calle oscura.

5

El testigo accidental

1

La farola estaba rota. A simple vista y desde la calle era imperceptible, pero si uno se molestaba en mirarla de cerca y desde dentro del perímetro de la obra, el destrozo era evidente. La grieta se abría ovalada, como una boca gritando, y a través de la abertura se entreveía lo que quedaba de la bombilla. Alguien había lanzado una piedra con intención de romperla.

Cédric examinó el pie de la farola y halló los cristales esparcidos alrededor. Decidió sacar un par de fotografías, pero en ese momento oyó unos pasos aproximándose. Pertenecían a Simon y al jefe de obra, que venían por la pasarela destinada a los peatones. Courbet llevaba un casco y un par de botas en la mano.

—Cédric, ¿tienes todo lo que necesitas para examinar la zona del siniestro? —preguntó Simon.

—Creo que sí.

El jefe de obra le tendió el casco.

—Debe ponerse esto, por seguridad. —Cédric no pudo evitar que las palabras dichas por Courbet resonaran en sus oídos con un ligero tono de ironía.

Agarró el casco y se lo encajó en la cabeza.

—¿Cuánto tiempo crees que necesitas ahí dentro? —le preguntó Simon sin poder ocultar su creciente ansiedad. Su teléfono vibraba continuamente en el interior de su bolsillo.

Cédric miró a su amigo y pensó en la presión insoportable que los empresarios de Urbanis debían de estar ejerciendo sobre él.

—Solo necesito sacar unas fotografías, tomar algunas notas y tal vez recoger alguna evidencia. Una hora como mucho. Luego podrás reanudar las obras. Te lo prometo.

Simon asintió, satisfecho por la respuesta.

Courbet alargó la mano nuevamente hacia Cédric con un par de botas.

—Por si no quiere ensuciarse —le dijo señalando los zapatos tipo mocasín de Cédric.

Cédric observó las botas, eran las típicas que usaban los obreros en la construcción.

—Son su talla —informó Courbet.

—Gracias, no lo dudo —respondió Cédric—, pero con el casco será suficiente.

Cédric señaló la farola.

—Señor Courbet, ¿cómo se rompió esta farola?

Courbet se encogió de hombros.

—Ni siquiera sabía que estaba rota.

—¿Significa eso que ayer se encendió como de costumbre?

El jefe de obra observó la farola como si en ese momento hubiera descubierto que existía.

—Es posible —dijo no muy convencido—, pero la verdad es que no sabría qué decirle.

—A simple vista, tan solo parece un acto vandálico —añadió Simon con la esperanza de finalizar el asunto.

—¿Ha ocurrido algo similar otras veces desde que empezaron las obras? —preguntó Cédric a ambos, y aclaró—: No me refiero solo a romper farolas, sino también a otros actos vandálicos.

—Alguna vez hemos echado de menos algunos ladrillos o algo de material —explicó Courbet—, pero esos pequeños robos son habituales en cualquier obra de construcción.

La respuesta no dejó satisfecho a Cédric y se volvió hacia Simon.

—Simon —le dijo—, ¿es posible averiguar cuánto tiempo lleva rota esta farola?

—Si crees que es verdaderamente importante...

—Quizá sea solo un acto aislado de vandalismo —apuntó Cédric—, pero es curioso que tanto la señora Sanders como la señorita Marsh coincidan en sus declaraciones en que la calle estaba demasiado oscura. —Se giró para mirar la farola rota—. Y ahora ya sabemos por qué.

—Déjamelo a mí, hago un par de llamadas y lo averiguo —resolvió Simon.

Cédric se metió la libreta en uno de los bolsillos de su chaqueta y se dirigió a Courbet.

—¿Puede quedarse por aquí cerca? Es posible que lo necesite.

El jefe de obra asintió.

Y ante la atenta mirada de ambos, Cédric pasó el cordón policial de seguridad y se introdujo en la zona del siniestro.

A Cédric le dio la impresión de que, a plena luz del día, el lugar del accidente parecía menos tétrico. No había áreas oscuras que conspiraban para macabros accidentes, ni siluetas amenazantes que conjuraban la estrategia de un peligro, ni el silencio compacto y asfixiante de una calle dormida. Era como si después de una intensa pesadilla nocturna se encendiera la luz para examinar los rincones de una habitación en busca de los monstruos que antes pululaban en ella.

Bajo un cielo gris que amenazaba tormenta y un viento frío como un aliento de muerte, la zona del siniestro parecía más el escenario en el que había tenido lugar una cruenta batalla. Los plásticos azotados por el viento cubrían las enormes máquinas como cadáveres gigantes. Las ruinas de las obras, el pavimento descorchado, los derrumbes y los escombros apilados de cualquier manera transmitían toda la desolación de un campo arrasado. La falta de presencia humana incrementaba la sensación de abandono, pervirtiendo un espacio dedicado a la construcción en la catastrófica imagen de una zona de desastre.

Cédric se aproximó al borde de la fosa séptica y se inclinó con cuidado para echar una ojeada. No era muy profunda, apenas un metro y medio, pero su interior era la plasmación de una pesadilla. Los cristales fragmentados, los bloques puntiagudos, el cemento escarpado y demás materiales de forma acicular convertían la antigua fosa séptica en una improvisada trampa macabra.

Cédric se agachó y se fijó en la sangre, ahora seca y oscurecida, esparcida aquí y allí. Sacó unas cuantas fotos desde diferentes ángulos.

Cuando terminó, Cédric buscó al jefe de obra con la mirada. Estaba distraído hablando con Simon.

—Señor Courbet... —le llamó. El jefe de obra reaccionó inmediatamente y Cédric le hizo un gesto para que se aproximara.

Courbet saltó el cordón de seguridad y avanzó con paso firme hasta donde Cédric estaba mientras este sacaba la libreta y el bolígrafo.

—La fosa parece bastante antigua —observó Cédric.

—Pertenece a la primera fase de construcción de Century Europa, en los años setenta —explicó Courbet—. Ahora es inservible. Por eso la hemos estado usando como contenedor.

—¿Y por qué está llena de este material tan cortante?

—Precisamente para quitarlo de en medio y que así no sea tan peligroso —respondió Courbet, y añadió con ironía—: La idea nunca fue que alguien se cayera dentro de ella.

—Lo imagino.

Cédric observó la fosa, pensativo.

—¿Estaba cubierta?

—¿Ve ese tablón de ahí? —Courbet señaló un tablón de madera a los pies de Cédric—. Es lo que utilizamos para cubrirla.

Cédric sopesó el tablón.

—¿Y es seguro?

La expresión de Courbet se ensombreció ante el escepticismo de Cédric.

—Es muy resistente y también sirve como pasarela —aseguró.

—¿Puede mostrarme cómo estaba colocado sobre la fosa? —preguntó Cédric.

El jefe de obra resopló y avanzó hacia él. Por un momento, pareció amenazador. Pero se agachó y agarró el tablón. Lo dejó caer sobre la fosa con un ruido seco.

—¿Lo ve? Colocado así de manera transversal sobre la fosa nos permite cruzarlo en caso de que sea necesario. Y, al mismo tiempo, dejamos cierta abertura a ambos lados para que los obreros puedan seguir arrojando el material que consideren pertinente desechar.

Courbet se acercó a la fosa examinando uno de los lados del tablón.

—Por una de esas aberturas es por donde cayó Lauren Marsh cuando...

En ese instante los pies de Cédric resbalaron. Perdió el equilibrio, su cuerpo se inclinó hacia delante. Por un momento pareció que Cédric iba a precipitarse dentro del foso, pero Courbet lo agarró con fuerza por el brazo.

Por un segundo a Cédric se le pasó por la mente la posibilidad de que el jefe de obra pudiese simplemente soltarlo. Pero Courbet lo apartó del borde de la fosa.

—Tenga cuidado, podría caerse —le dijo.

Luego se encendió un cigarrillo mientras Cédric trataba de recuperar la compostura. Este señaló la barrera que debería estar bloqueando la entrada de la fosa.

—O sea que todo esto sucedió porque esta barrera no estaba puesta correctamente —dijo Cédric.

Courbet dio una calada.

—No es solo esa barrera de protección —declaró—; las otras tampoco están bien puestas. No tiene ningún sentido.

Cédric miró las barreras a su alrededor, sacó la libreta y se dirigió a Courbet.

—¿Cómo deberían estar?

—¿Perdón?

—Según el protocolo de seguridad, ¿puede decirme cómo deberían estar situadas?

Courbet dio otra larga y compulsiva calada.

—Esa que está allí —dijo señalando una de las barreras que estaba como apartada— debería estar justo aquí, bloqueando el camino hacia la fosa.

Cédric lo anotó en su libreta y luego, con la cámara, sacó una fotografía de la barrera.

—Esa de allí, justo detrás de usted —Courbet avanzó unos pasos hacia una barrera transversal—, debería estar bloqueando el otro lado de la fosa.

Cédric hizo un nuevo apunte y sacó otra fotografía.

—Y supongo que esa de ahí —dijo Cédric señalando otra barrera que ahora descansaba oblicua como un obstáculo— tampoco está bien. ¿Estoy en lo cierto?

—Así es. —Courbet asintió—. Debería estar arrinconada hacia la pared, no en medio del camino. Como ya le he dicho, la manera como están colocadas no tiene sentido, es un auténtico disparate.

Tras anotar y fotografiar las últimas posiciones, Cédric se acercó a la última barrera de protección e intentó moverla. No era fácil.

—Son más pesadas de lo que parece, ¿verdad? —constató Courbet.

Cédric asintió y bajó la mirada, examinando las marcas del suelo. Era evidente que la barrera había sido arrastrada.

Siguió el rastro de las marcas en el suelo con los ojos cuando, de repente, se dio cuenta de que su pie derecho estaba pisando cemento fresco y dejando en él la huella de su zapato.

—¡Mierda! —exclamó Cédric.

—No se preocupe —soltó Courbet, casi riendo—. Es de una prueba que hicimos ayer, el cemento debería estar seco.

Cédric miró de nuevo su zapato y levantó el pie del suelo, percatándose de que Courbet tenía razón: el cemento estaba seco. La huella no era suya.

El teléfono de Courbet empezó a sonar. El hombre miró quién llamaba y la alarma se instaló en su rostro.

—Disculpe, pero es mi mujer y tengo que cogerlo —dijo, y se llevó el móvil al oído—. Dime, ¿qué ocurre?

Courbet se alejó con cara de preocupación dejando solo a Cédric, que volvió a mirar la huella en el cemento seco. Ladeó la cabeza. No parecía pertenecer a ninguna de las enormes botas que solían calzar los obreros de la construcción. Era de un calzado de cuero similar al suyo.

Se arrodilló para examinar mejor la huella. El patrón de la suela del zapato había quedado impreso y mostraba una serie de líneas horizontales muy juntas entre sí y ligeramente quebradas que le recordaban al dibujo de las olas del mar.

Cédric cogió la cámara y se dispuso a sacar una fotografía.

—Perdone, señor —dijo de repente una voz masculina desde el otro lado del perímetro.

Cédric levantó la cabeza preguntándose quién estaba hablando con él.

—¿Señor? Disculpe... —siguió hablando la voz desde algún sitio—. Oiga, señor...

Finalmente, Cédric alcanzó a ver a través de la hormigonera la cabeza despeinada de un anciano en batín que le estaba observando directamente desde el exterior del perímetro de seguridad.

—¿Sí? —respondió Cédric.

—¿Cómo se encuentra? —preguntó el anciano con evidente preocupación.

—¿Quién?

—La chica que se cayó dentro —aclaró.

—¡Oh! Se encuentra bien. Solo se ha roto una pierna, nada grave.

—Ha tenido mucha suerte —dijo el anciano y soltó un suspiro de alivio.

—Es lo que dice todo el mundo.

—Y tienen razón. Podría haber terminado como yo, ¿sabe?

Cédric se puso de pie y descubrió que el anciano estaba en una silla de ruedas.

—Perdone que le haya molestado —se disculpó con los cabellos blancos agitados por el viento—, pero no he podido sacarme de la cabeza la imagen de ella cayendo y estaba preocupado. Me alegro de que esté bien.

Y con un movimiento preciso, el anciano giró su silla de ruedas y empezó a dirigirse hacia la entrada del edificio más cercano.

Cédric se quedó petrificado, con las palabras del anciano rebotando dentro de sus oídos. ¿Había dicho realmente que no podía sacarse de la cabeza la imagen de ella? Si era así, significaba que ese hombre había sido testigo directo del accidente.

Finalmente reaccionó.

—¡Perdone! —gritó al anciano. Pero este, en vez de detenerse, se alejó todavía más rápido con la silla de ruedas.

Cédric se disponía a correr detrás de él cuando Courbet lo detuvo.

—¿Hemos terminado? —preguntó.

—Todavía no —exclamó Cédric apartando al jefe de obra y rodeando la máquina de hacer cemento.

Pasó por debajo del cordón de seguridad justo cuando el anciano iba a doblar la esquina.

Le vio desaparecer.

Cédric salió disparado detrás de él en una improvisada carrera. Consiguió interceptar al anciano antes de que pudiera abrir la puerta de su apartamento.

—Perdone, perdone —llamó entre jadeos.

El anciano se volvió hacia él asustado.

—¿Puedo hacerle algunas preguntas? —logró articular Cédric mientras recuperaba la respiración.

El anciano escaneó a Cédric de arriba abajo.

—¿Qué clase de preguntas?

—Acerca del accidente de esta mañana.

El hombre lo escrutó entrecerrando los ojos.

—¿Es usted policía? —preguntó desconfiado.

Cédric negó con la cabeza.

—Solo perito de una aseguradora.

El anciano se quedó contemplando a Cédric, pensativo.

—Tengo la sensación de que no me va a dejar en paz hasta que no conteste a sus malditas preguntas. ¿Tengo razón?

Cédric asintió. El anciano masculló.

—En ese caso, será mejor que entre y acabemos cuanto antes.

Y dicho eso, abrió la puerta.

2

El anciano se llamaba Matthieu Tremblay. O mejor dicho, doctor Matthieu Tremblay. En su desordenada vivienda todavía conservaba algunos diplomas médicos colgados en las paredes. Entre ellos destacaba: «Doctor en Medicina por la Universidad Johns Hopkins de Baltimore».

Viejos libros de medicina y filosofía asomaban entre centenares de revistas y periódicos apilados entre bolsas, maletas y montañas de ropa. En la cocina también se amontonaban los platos y otros utensilios.

—Perdone el desorden —dijo el doctor Tremblay—, no esperaba ninguna visita y llevo tres días buscando mi querida colección de sellos. Sé que está en algún sitio, pero esta vez se resiste a aparecer.

—No se preocupe —contestó Cédric y sin querer derribó una columna de libros. Se apresuró a recogerlos del suelo.

—Y bien, ¿qué es lo que desea saber, señor Dereumaux? —preguntó Tremblay.

—¿Vio el accidente?

El doctor Tremblay deslizó su silla de ruedas hacia unas cortinas. Las abrió, descubriendo una ventana desde la cual podía verse perfectamente la zona del siniestro. Su mirada se perdió en el recuerdo.

—Fue como si el infierno se abriera bajo los pies de esa mujer y la arrastrara hacia abajo —dijo—. Antes de que pudiera reaccionar, una mujer vestida con traje de oficina apareció y llamó a una ambulancia. Al cabo de unos minutos acudieron los paramédicos. Tardaron casi media hora en sacarla del foso. Fue horrible. —Se volvió hacia Cédric—. ¿Qué más necesita saber?

Cédric avanzó un paso hacia él.

—Entonces ¿usted estaba mirando por la ventana justo antes de que pasara el accidente?

—Estaba pendiente de Platon —explicó Tremblay.

—¿Platon? —Cédric frunció el ceño.

Un maullido a sus espaldas le hizo girarse y vio a un gato negro y desaliñado encima de una cajonera, como si hubiera respondido a su nombre.

—Le gusta meterse en líos, ¿sabe? Eran casi las cinco de la mañana y todavía no había vuelto de sus aventuras nocturnas. Estaba preocupado. Gracias a Dios, aquí por la noche, al contrario que por el día, reina el más absoluto silencio. Así que cuando oí una especie de roce afuera, pensé que era él y miré por la ventana.

—Pero no era el gato.

—No, no era Platon —repitió Tremblay—. Fue entonces cuando vi el accidente. Pero eso ya se lo he contado.

El anciano se quedó observando a Cédric, dando por sentado que ya no habría más preguntas. Pero Cédric alzó la cabeza de la libreta.

—Aparte de ese roce, ¿oyó algún otro tipo de ruido durante la noche?

—¿Qué clase de ruido? —gruñó el anciano.

—No sé, ¿una farola rompiéndose, por ejemplo?

—Tengo el sueño muy pesado.

—¿Vio algo más a través de la ventana esa noche? —siguió preguntando Cédric.

—No. —La respuesta del anciano vino esta vez acompañada de un enérgico movimiento de cabeza.

—¿Y durante el día?

—Durante el día están realizando obras como maníacos y hacen un ruido insoportable. Si abro las cortinas, todavía entra más ruido y me vuelve loco.

Tremblay se había puesto a la defensiva. Cédric decidió seguir con el interrogatorio.

—¿Vio cuando acababan la jornada ayer, hacia las cuatro?

—¿Cree que me dedico a espiar a los obreros todo el día? ¿Por quién me ha tomado?

—Solo quería saber si les vio poner las vallas de protección al terminar la jornada.

—¿Por qué? —El anciano casi soltó un ladrido—. ¿Qué sucede con las vallas?

—La mujer cayó dentro de la fosa séptica porque las barreras de protección no estaban colocadas debidamente. Esto es un hecho. Pero el jefe de obra asegura que las dejó en su sitio.

—¿Y estaban en su sitio esta mañana? —preguntó Tremblay.

—No —respondió Cédric.

—Entonces es evidente que el jefe de obra miente —concluyó el anciano.

Cédric hizo una pequeña pausa.

—O que alguien las movió durante la noche —añadió entonces.

—¿Quién querría mover unas vallas?

—No sé, pero pesan mucho y hay que arrastrarlas. —Cédric buscó los ojos del anciano—. Y usted acaba de decir que aquí hay silencio por la noche. ¿Está seguro de que no oyó nada más?

El anciano alzó la vista y clavó su mirada en la de Cédric aceptando el desafío.

—Señor Dereumaux, le he contado todo lo que vi y oí. Y ahora, si me disculpa, me gustaría retomar la búsqueda de mi colección de sellos.

Pero Cédric no se movió.

—Una mujer ha tenido un horrible accidente ahí fuera.

—No hace falta que me lo recuerde, yo mismo vi cómo sucedía.

—Esa mujer está en el hospital con una pierna destrozada. Y mi obligación es encontrar al responsable de su accidente.

—Buena suerte, señor Dereumaux. Le espera una tarea titánica. Va a meterse dentro de un laberinto y no va a encontrar con facilidad la salida. La gente le va a mentir constantemente.

—¿Por qué dice eso? —preguntó Cédric.

—Porque nadie quiere ser responsable de un accidente. Nadie. La gente siempre prefiere culpar a otra persona.

En la voz de Tremblay asomaba un mundo de dolor. Cédric observó la silla de ruedas y se aventuró.

—Usted también tuvo un accidente, ¿verdad?

—Sí —dijo con amargura—, pero yo conozco al culpable de mi accidente. Fue él. —El anciano señaló a Platon—. Él tuvo la culpa. —Empezó a acariciar al gato—. ¿Verdad que fue culpa tuya, demonio?

El gato maulló como si quisiera darle la razón.

—¡Claro que lo fue! —repitió el anciano.

Cédric se incorporó y dijo casi susurrando:

—¿Por qué no me cuenta lo que vio?

Tremblay alzó la cabeza y clavó sus ojos en los de Cédric.

—Porque, al contrario de Platon, que le encanta meterse en líos, yo prefiero evitarlos.

Se sostuvieron la mirada durante unos segundos hasta que finalmente el anciano bajó la cabeza y siguió acariciando a Platon. Cédric ya no pudo aguantar más y se puso de pie, ofendido.

—Celebro que conozca al culpable de su accidente, doctor Tremblay —en su voz había firmeza—, pero creo que Lauren Marsh también merece conocer al suyo. Solo espero que al preferir no meterse en líos, eso no le obligue a ocultar información que podría ayudar.

Y se dirigió a la puerta dispuesto a abandonar el apartamento. Pero cuando cerró su mano sobre el pomo, oyó la voz del anciano a sus espaldas.

—Espere —dijo.

Cédric se volvió. El anciano era un amasijo de dudas.

—No tenga tanta prisa. Solo quería saber si podía confiar en usted. Siéntese.

Cédric apartó un montón de libros de una vieja butaca y se sentó.

—¿Y bien?

El doctor Tremblay se aclaró la garganta.

—Salen de noche —empezó a decir—, siempre van juntos, les gusta hacer salvajadas y destrozar cosas, como romper farolas, por ejemplo. Son unos auténticos vándalos. Y suelen perseguir a perros y gatos. Por eso me preocupo tanto por Platon cuando tarda en regresar por la noche, porque sé que a ellos les divierte hacer puntería con ellos, encerrarlos, obligarlos a luchar o incluso prenderles fuego. —Tremblay ahogó una mueca de rabia y disgusto—. Los que maltratan a los animales son unos malnacidos. Nada puede justificarles. Nada. Ni siquiera el hecho de ser menores de edad, que posiblemente lo sean.

Cédric no quería interrumpirle pero necesitaba ir al fondo del asunto.

—¿Quiénes son? —preguntó.

—Se pasean por esta zona como si fueran sus dominios. Y suelen desperdiciar las tardes fumando o bebiendo en el parque que hay al lado del edificio Riga. Siempre los veo ahí.

—¿Son una banda?

—Puede. Suelen ser cuatro o cinco belgas de origen africano, todos chicos, por supuesto. —El anciano hizo otra mueca de desaprobación—. Ayer noche estaban ahí fuera, yo los oí. Los oí reírse y también los vi. Los vi salir corriendo de las obras como si acabaran de hacer alguna trastada y no quisieran que les pillaran.

Tremblay miró a Cédric desde su silla de ruedas.

—¿Usted está buscando a alguien que pueda haber movido esas vallas y provocar indirectamente que esa pobre muchacha tuviera un accidente? Han sido ellos.

Cédric cerró la libreta y sonrió al anciano, agradecido.

—Gracias por la información, doctor Tremblay —dijo con sinceridad.

El anciano gruñó una vez más.

—No les diga que ha hablado conmigo.

3

Cuando Cédric salió del apartamento del doctor Tremblay, divisó a Simon hablando acaloradamente con Courbet y con dos hombres trajeados con aspecto de empresarios.

Los obreros se habían reunido alrededor de la zona del siniestro, aguardando instrucciones. El cielo se había oscurecido y parecía preñado de una tormenta inminente. Si Cédric tenía una oportunidad de encontrar a esa banda de chicos en el parque debía apresurarse antes de que lloviera.

Simon advirtió a Cédric y se acercó a él de inmediato.

—Te he estado llamando. ¿Dónde demonios estabas? —le dijo.

—Interrogando a otro testigo.

Cédric sacó el mapa que le habían dado en la entrada.

—¿Qué testigo? —Simon no podía ocultar su impaciencia.

—Un anciano que vive justo ahí —dijo Cédric señalando el edificio que acababa de abandonar—. Se pasa las horas mirando por la ventana. Vio el accidente.

—Estupendo. ¿Y has sacado alguna conclusión?

—Tengo que hablar con una banda de adolescentes que ayer por la noche estuvo merodeando por aquí. Entraron dentro de la zona de obras. —Cédric desplegó el mapa delante de Simon—. ¿Cuál es la ruta más rápida para llegar al parque del edificio Riga desde aquí?

Simon hizo caso omiso y preguntó:

—¿Has terminado la inspección de la zona del siniestro?

—Todavía no.

Simon se puso serio.

—Cédric, la compañía Urbanis desea reanudar los trabajos de construcción lo más pronto posible, y estoy empezando a recibir presiones.

—¿Puedes darme un poco más de tiempo?

—Cédric...

—Solo media hora —interrumpió Cédric—. Déjame hablar con esos chicos. Es posible que fueran los que rompieron la farola o movieran las vallas.

Cédric suplicó a Simon con la mirada.

—El parque que buscas está dos calles más abajo, a la derecha. —Simon suspiró, vencido—. Me inventaré algo para distraerlos, pero solo media hora más, ¿de acuerdo?

—De acuerdo —repitió Cédric cerrando el pacto.

Simon regresó a hablar con Courbet y los empresarios mientras Cédric se dirigía hacia el edificio Riga con paso ligero.

De vez en cuando alzaba la mirada hacia el cielo, deseando que la tormenta tardara un poco más en estallar, pero el cielo se estaba oscureciendo. Apretó el paso a través de las calles desconocidas, siguiendo el mapa arrugado y las instrucciones de Simon. Dobló varias esquinas hasta que el parque apareció al fondo de la última calle, en la distancia, como un oasis en medio de un desierto de cemento.

Los primeros relámpagos se marcaron a través de los nubarrones como venas en una piel maltrecha. A cada rayo le seguía el retumbar de los truenos, cada vez más cercanos. Cuando Cédric llegó a una de las entradas del parque, se levantó una fuerte ráfaga de viento que casi le detuvo el paso.

La tormenta era inminente.

Cédric empezó a correr por el parque en busca de los chicos. Pero no era el único que corría, había más gente haciendo lo mismo en todas direcciones, huyendo en caótica coreografía en busca de un improvisado refugio. Se cruzó con vecinos que habían sacado a pasear a sus perros, parejas de paseantes, padres con niños, ancianos, deportistas, pero ni rastro del grupo de chicos.

Cuando llegó al banco mencionado por Tremblay, no había nadie. Con la amenaza de tormenta, el parque se había vaciado con rapidez, dejando a Cédric solo, con la respiración agitada, sudado por dentro y azotado por el viento. El esfuerzo había sido en vano. Cédric alzó la mirada y maldijo a los cielos, y estos respondieron con otro relámpago y unas primeras gotas de lluvia que cayeron como balas verticales. Miró a su alrededor y descubrió que el refugio más cercano era un quiosco de música. Corrió hacia la entrada.

Y entonces los vio.

Un grupo de cuatro adolescentes belgas de origen africano, ataviados con ropa deportiva, cabezas escondidas bajo las capuchas, acurrucados en una esquina del quiosco. Con seguridad el presagio de la tormenta les había obligado también a resguardarse allí. Estaban bebiendo latas de cerveza y fumando entre risas y palabras arrastradas. No debían de tener más de quince años.

Tenían que ser ellos. Tenía que ser el grupo de adolescentes que el doctor Tremblay había mencionado.

Cédric se acercó a ellos pensando que, al menos, en el quiosco de música no podrían escaparse con facilidad de él, cosa que había temido que sucediera al abordarles en un banco al aire libre. De igual manera, trató de bloquear con su cuerpo la posible salida.

—Perdonad que os interrumpa —dijo Cédric.

Los chicos ocultaron discretamente las cervezas y el cigarrillo. Uno de ellos, el más alto, se volvió hacia Cédric, disfrazando su sorpresa con una actitud retadora.

—¿Qué quiere? —preguntó.

—Solo hablar con vosotros.

Otro, el más flaco, se quedó mirando a Cédric completamente paralizado. El tercero, que llevaba la capucha puesta y ocultaba un cigarrillo, ni siquiera se inmutó.

—No tenemos nada que hablar con usted —dijo el cuarto, que llevaba el pelo corto.

Cédric no se movió.

—¿Está sordo? —volvió a decir el más alto, y se puso en pie, desafiante.

Cédric invocó las palabras de Tremblay e improvisó.

—No me obliguéis a continuar esta conversación en comisaría —amenazó.

La mentira surtió efecto.

Cédric había conseguido llamar la atención de los chicos. Todavía trataban de mantener la dureza en su compostura, pero en sus expresiones se intuía un destello de preocupación.

—Solo quiero que contestéis a unas preguntas.

—¿Sobre?

—El accidente que ha ocurrido a primera hora de esta mañana.

Los chicos intercambiaron algunas miradas tensas. El del pelo corto bajó sus grandes ojos, incómodo. Era evidente que sabían perfectamente de qué les estaba hablando.

—¿Y qué tiene que ver con nosotros? —dijo el alto.

—Exacto. No es problema nuestro —recalcó el que sostenía el cigarrillo, inmóvil.

Un relámpago recortó el paisaje contra el quiosco de música, seguido por el retumbar del trueno. Los cielos todavía retenían la tormenta.

—Lo es desde el momento en que estuvisteis en la zona de obras ayer por la noche. —Todos se paralizaron—. No os molestéis en negarlo. Alguien os vio —añadió Cédric para asfixiar la conversación.

—¿Quién?

—No os lo puedo decir.

—Es el viejo, ¿verdad? —adivinó el más alto—. El viejo de la silla de ruedas.

Cédric calló para proteger al anciano, pero su silencio se convirtió en la respuesta afirmativa que los chicos estaban esperando.

—¿Y qué más le ha dicho? —preguntó el de la capucha.

—No crea nada de lo que diga —dijo el alto—. Nos odia.

—Es cierto —añadió el flaco—. Nos odia desde que Amir...

El alto le dio una patada al flaco para hacerlo callar. Cédric anotó mentalmente el nombre «Amir».

—Por eso he venido a hablar con vosotros —dijo Cédric—, para saber la verdad.

—¿La verdad? —replicó el del pelo corto—. La gente miente todo el rato. ¿A quién le interesa la verdad?

—A mí me interesa —respondió Cédric—. ¿Qué hicisteis ayer por la noche en la zona de obras?

—Nada.

—¿Rompisteis una farola? —preguntó Cédric.

No hubo respuesta.

Otro relámpago estalló detrás del cielo encapotado.

—¿Movisteis las barreras de protección? —preguntó de nuevo, y esta vez trató de detectar la respuesta en las miradas de los chicos, pero estos sostuvieron expresiones inescrutables, hasta que el alto avanzó un paso hacia él.

—No rompimos ninguna farola ni movimos ninguna barrera, solo estuvimos un rato ahí dentro.

—No fueron ni diez minutos —añadió el flaco.

—Eso es todo —dijo el de la capucha.

—¿Y por qué salisteis corriendo si no hicisteis nada malo? —preguntó Cédric.

Uno de los chicos frunció el ceño, confuso.

—Nosotros no salimos corriendo. Fue David.

—¿David? —preguntó Cédric—. ¿Quién es David?

—El vecino de este —dijo el flaco señalando al chico de la capucha.

—Lo llamamos el «cuatro ojos» —se burló Amir.

—No forma parte de la banda —añadió el de la capucha—, pero ayer lo dejamos venir con nosotros porque era su cumpleaños.

—Él es el que empezó a correr.

—Nosotros solo lo seguimos.

Otro relámpago. Otro trueno más cercano.

—¿Y qué le hicisteis para que saliera corriendo? —continuó Cédric.

Los chicos se miraron entre ellos, ofendidos y divertidos a la vez.

—¿Nosotros? Nada.

—Entonces ¿por qué corría?

—Se apartó para mear, y al cabo de unos minutos...

—Empezó a correr.

—Más que correr, huía —puntualizó el del pelo corto—. como si algo lo persiguiera. Lo llamamos pero ni siquiera volvió la vista atrás.

Amir tomó un trago de cerveza.

—Era como si hubiera visto un fantasma.

—¿Un fantasma? —repitió Cédric.

—Es lo que parecía que acababa de ver.

—Y vosotros, ¿visteis algo? —preguntó Cédric.

—¿En la zona de obras? —El de la capucha dio una larga calada—. Aparte de ladrillos, cemento y la maquinaria, nada.

—Ningún fantasma, si se refiere a eso —se rio el flaco.

—Y David, ¿os dijo lo que había visto?

Los cuatro negaron con la cabeza casi al unísono.

Un trueno retumbó en la cercanía.

—No hemos tenido nada que ver con su accidente —le dijo Amir a Cédric.

—Pues anoche alguien movió las barreras de protección en la zona de obras —insistió Cédric.

—¿Y eso qué tiene que ver con nosotros o con David?

—Pues que eso es precisamente lo que causó el accidente —replicó Cédric.

Los chicos parpadearon y volvieron a cruzar miradas entre ellos, confusos.

—¿Cómo?

—¿De qué demonios está hablando?

Cédric suspiró.

—Lauren Marsh cruzó corriendo la zona en obras siguiendo las malditas barreras de protección.

—¿Quién es Lauren Marsh? —preguntó el del pelo corto.

—La mujer que ha sufrido el accidente —respondió Cédric—. ¿La conocéis?

—No.

—¿Y qué le ha ocurrido?

—Cayó dentro de uno de los pozos. Se ha roto una pierna.

Amir se dirigió a Cédric.

—¿Es ese el accidente al que se ha estado refiriendo?

—Sí, claro. ¿No lo sabíais?

Los chicos lo observaron en silencio, con actitud pasmosa.

—¿Cómo es posible que no os hayáis enterado de lo ocurrido esta mañana en la zona de obras? —preguntó Cédric, incrédulo.

—Pues supongo que de la misma forma que usted no se ha enterado de que anoche hubo un atropello justo ahí —respondió el del pelo corto señalando el final de la calle.

Cédric no estaba seguro de entender.

—¿Perdón?

—Uno de los vecinos lo golpeó con el coche —explicó Amir.

—Lo tiró al suelo de un impacto —dijo el flaco.

—Las ruedas le pasaron por encima —añadió el de la capucha.

Cédric parpadeó. Ahora era él el que estaba confuso.

—¿De quién demonios estáis hablando?

Los chicos miraron a Cédric, intrigados.

—De David, por supuesto —respondió el flaco.

Amir dio otro paso al frente para terminar la conversación.

—Oiga, no sabemos quién es esa tal Lauren Marsh —le dijo a Cédric—. Para nosotros, el único accidente que ocurrió anoche y del que fuimos testigos fue el de David.

6

El extraño cumpleaños de David Mertens

1

Había ocurrido otro accidente.

Solo dos calles más abajo, justo en la intersección formada por los edificios París y Lisboa, cuatro horas antes de que Lauren Marsh se precipitara dentro del pozo abierto en la zona de obras.

La víctima había sido David Mertens, un habitante del edificio Roma que acababa de cumplir dieciséis años. Fue atropellado en una de las calles más solitarias del complejo, casi de madrugada, por un habitante del edificio París, un dentista retirado de origen alemán llamado Theodor.

Cuatro chicos llamados Mohamed, Rayan, Amir y Adam lo habían presenciado y todos aseguraron que fue un accidente silencioso, sin frenazos, sin gritos, ni siquiera lágrimas.

Cédric se preguntó si por eso el accidente había pasado tan desapercibido.

Los gritos sucedieron a puerta cerrada, en el interior de los apartamentos, entre los padres de los cuatro chicos de la banda y la madre de David. Subieron el tono de voz y se dijeron cosas de las que luego se arrepentirían.

Los gritos siguieron en el Hospital Saint Berthélemy, donde David tuvo que lidiar, según uno de los doctores que le atendió, con una operación bastante dolorosa, de urgencia.

Ninguno de los chicos había vuelto a hablar con David. Ni siquiera lo habían visto. De hecho, estaban convencidos de que su madre no les permitiría verlo de nuevo. Y ellos no pensaban insistir. Confesaron que a pesar de ser un empollón y no pertenecer a su banda David les caía bien, pero no querían buscarse problemas con su madre.

Según ellos, la madre de David era una mujer posesiva, obsesionada con la seguridad, que lo protegía demasiado. Ella no quería que David tuviera amigos ni hiciera las cosas que hacen todos los chicos a su edad.

Rogando al cielo que la tormenta se desatase de una vez para así ganar tiempo, Cédric hizo caso omiso de las llamadas perdidas de Simon y telefoneó al hospital para recabar más información sobre el atropello. Según el informe, David había cruzado la calle con el semáforo en rojo y el conductor no tuvo tiempo de frenar y lo había embestido, empujándolo al asfalto. Una de las ruedas del coche le pasó por encima del brazo derecho, rompiéndole el hueso y parte del tejido muscular.

A pesar de lo aparatoso del accidente no había sido lo suficientemente grave como para que David perdiera el brazo, cosa que hubiera podido ocurrir. En el hospital habían optado por inmovilizárselo y horas más tarde le dieron el alta y le enviaron de vuelta a casa.

No fue difícil para Cédric averiguar que David y su madre, una agente de ventas llamada Elvira Mertens, vivían en uno de los apartamentos del edificio Roma, relativamente próximo al de Lauren.

Cédric decidió que debía hablar con él cuanto antes. Estaba convencido de que David había visto algo en la zona de obras y que su testimonio sería fundamental para determinar la identidad del responsable del accidente de Lauren Marsh.

2

—Mi hijo nunca había sufrido un accidente —afirmó la señora Mertens con orgullo, y añadió visiblemente incómoda—: hasta ayer por la noche.

Cédric no supo qué contestarle. Y su silencio fue interpretado como una muestra de escepticismo. La señora Mertens se puso a la defensiva.

—No me cree, ¿verdad?

Cédric trataba todavía de encontrar las palabras adecuadas.

—Pues le puedo jurar que desde que nació, mi hijo no había sufrido nunca ni el más mínimo rasguño.

—Parece casi un milagro —dijo finalmente Cédric con intención de halagar a la mujer.

—No tiene nada que ver con ningún milagro. Ha sido gracias a mucho trabajo, constancia y dedicación. ¿Acaso la misión de toda madre no es cuidar de sus hijos?

Era evidente que Elvira Mertens trataba de gestionar emocionalmente el hecho de que su hijo había sufrido un accidente.

—Esta ha sido precisamente mi vocación, señor Dereumaux. He dedicado toda mi vida a proteger a David.

La luz de un relámpago a través de las ventanas inundó durante un momento el comedor, recortando la guirnalda de «Feliz cumpleaños» que todavía colgaba en ellas.

La señora Mertens entrecerró los ojos, observando a Cédric con detenimiento.

—Su trabajo consiste en investigar accidentes, ¿no?

Cédric asintió.

—Pues entonces ya debe saber que el peligro acecha en todas partes y de maneras muy diferentes. Y que la única forma de combatirlo es la prevención.

—Así es —admitió Cédric.

—Por eso siempre he extremado las medidas de precaución —explicó ella—. Nunca he dejado a mi hijo solo en el baño o en la cocina, a no ser que estuviera segurísima de que nada, absolutamente nada, iba a ocurrirle. He mantenido siempre los medicamentos fuera de su alcance, los productos de limpieza bien guardados, las bolsas de plástico bajo custodia, la puerta de la casa siempre cerrada, he usado protectores en las puertas para evitar cierres bruscos. He vigilado que los juguetes fueran los apropiados para su edad y que no tuvieran piezas pequeñas que pudieran causar asfixia. Los fuegos artificiales y los globos siempre han estado prohibidos en sus fiestas.

—¿Los globos? —interrumpió Cédric, extrañado.

Elvira le fulminó con la mirada.

—Los globos siempre son peligrosos, tanto hinchados como sin hinchar —afirmó sin entrar en más detalles, y continuó—: Por no hablar de estufas, planchas y radiadores, fuegos, barbacoas. Y la electricidad. Hay también que evitar que el niño llore, ría o hable con la boca llena. —La mujer se desplomó en el sofá, agotada—. La lista es interminable. Y todavía se vuelve más interminable cuando el peligro acecha fuera del hogar. Las piscinas, los parques y las calles albergan horribles amenazas ocultas, desde una exposición al sol demasiado prolongada a zanjas mal señalizadas. El secreto es imaginar siempre lo que veríamos a la altura de los ojos del niño. Hay que tener cuidado con las salidas de los garajes, advertirle de no cruzar entre dos coches aparcados, enseñarle a cruzar solo con la luz en verde sin olvidar mirar antes a ambos lados.

La mujer hizo una pausa para coger aire y miró a Cédric. Volvió a entrecerrar sus diminutos ojos, tratando de adivinar sus pensamientos.

—Debe de pensar que estoy loca.

—No —aseguró Cédric, pero la mujer lo ignoró.

—Que he tenido encerrado a mi hijo dentro de una jaula

desde que nació, que he sido una madre posesiva, castradora y vigilante. Pues se equivoca. Es todo lo contrario. Puedo asegurarle que a pesar de organizar mi vida alrededor de la prevención, David goza de una vida como la de cualquier otro adolescente. Hace deporte. E incluso gana premios. Aprendió a nadar cuando tenía seis años, a montar en bici a los siete, a coser a los nueve, a freír un huevo frito a los diez. Y nunca se cayó de la bici, se quemó con el aceite o se pinchó con la aguja. ¿Y sabe usted por qué?

Cédric calló la respuesta mientras otro relámpago silencioso estallaba entre los ventanales.

—Porque es un chico responsable —se respondió la mujer a sí misma—. Siempre lo ha sido. Desde niño, he educado a David indicándole dónde se encontraba exactamente el peligro, incluso como una posibilidad remota. Y eso es algo de lo que me siento especialmente orgullosa. Sobra decir que todavía tiene más mérito siendo madre soltera.

El retumbe del trueno resonó muy cerca. La mujer hizo una pausa.

—David no tiene padre. Ese bastardo nunca ha querido saber nada de él. Así que solo me ha tenido a mí. He sido su madre y su padre. Y también su profesora.

Cédric sintió que dentro de ese diminuto apartamento de repente le faltaba el aire.

—Lo he sido todo para él —continuó la señora Mertens—, pero esa dedicación absoluta me ha impedido trabajar todo lo que me hubiera gustado. Mis ingresos disminuyeron tanto que hace unos años tuve que vender mi antigua casa y venir aquí.

Cédric se imaginó la antigua casa de la señora Mertens como una fortaleza inexpugnable de seguridad.

—Cuando llegué a Century Europa supe que algo malo iba a pasarnos. Lo supe desde el primer momento en que puse los pies en esta estafa de sitio. Me engañaron completamente.

Se aprovecharon de mi desesperada situación económica para endosarme este apartamento sin advertirme de que este sitio se estaba cayendo a pedazos. A día de hoy sigo intentando vender este maldito apartamento e irme a otro con un entorno mejor, más seguro para David. —Los ojos de la mujer reprimieron las lágrimas—. Aunque ahora ya es demasiado tarde.

La mujer dejó escapar un largo suspiro lleno de dolor.

—Pero ¿quién querría comprar este horrible apartamento?

—No está tan mal —dijo Cédric tratando de animarla.

—Por suerte, no es uno de esos edificios del ala este, que están en ruinas y medio caídos. Pero si se fija, estamos rodeados de grietas —dijo la mujer señalando el techo y parte de las paredes—. Están por todas partes.

—Tengo entendido que una empresa está intentando arreglar el complejo.

—Como si eso pudiera ser un consuelo —se lamentó la mujer—. Llevamos años cercados por zonas de obras que no terminan nunca, que en lugar de solventar las deficiencias se convierten en los escenarios perfectos para que sucedan toda clase de accidentes. ¿Acaso no me ha dicho que está investigando un accidente ocurrido en las inmediaciones?

—Efectivamente, trato de encontrar al responsable.

La mujer miró a Cédric con seriedad.

—No estará sospechando de mi hijo, ¿verdad? —dijo levantándose del sofá.

—No, no —se apresuró a negar él.

Pero la mujer no le estaba escuchando.

—Lo único que ha hecho David es dejarse convencer por esa banda de pequeños criminales en potencia. Nunca me gustaron esos chicos. Pero sus padres todavía me gustan menos. Son incapaces de infundir en ellos moral alguna.

—¿Desde cuándo va David con ellos?

—Desde hace unos pocos meses. Uno de los chicos, Mohamed o Amir, vive al otro lado de la escalera. Es de su misma edad. Al principio se encontraban en los pasillos, luego empezaron a hablar, a intercambiarse libros, creo que David le ayudó con las matemáticas. —La mujer chasqueó con la lengua—. Debería haber impedido que David se relacionara con ellos. Sabía que tarde o temprano lo arrastrarían a cometer alguna locura. Supongo que ellos lo planearon todo. Debieron de convencerle para que se reuniera con ellos después de la fiesta de cumpleaños, por la noche. Lo engañaron y se lo llevaron a... —la señora Mertens tembló solo de pensarlo— a esa horrible zona en obras.

—Pero allí no tuvo lugar el accidente —matizó Cédric—. A su hijo lo atropelló un coche dos calles más abajo.

La mujer se llevó una mano a la nuca, nerviosa.

—Porque esos chicos lo obligaron a correr por las calles de noche con los semáforos en rojo en vez de cruzarlas cuando estaban en verde, caminando y mirando a ambos lados, como yo le enseñé cuando solo tenía siete años.

—Sus amigos dicen que ellos no tuvieron nada que ver con eso.

—No son sus amigos —aclaró la mujer.

—Ellos dicen que David se encontraba en la zona de obras y que empezó a correr por su cuenta.

—Eso es absurdo, ¿por qué mi hijo debería hacer algo así?

—Quizá tuvo miedo de algo —insinuó Cédric.

—David es precavido pero no miedoso.

—Ellos dicen que parecía que había visto un fantasma.

—Mi hijo no tiene imaginación —aseguró la mujer—. Y eso es algo bueno. La fantasía distrae y hace que uno se olvide de la realidad y, por consiguiente, de los peligros que la rodean.

—¿Le ha comentado a usted lo que vio ahí dentro, en la zona en obras? —preguntó Cédric.

—No —respondió la mujer, y Cédric entendió que ella ni siquiera se lo había cuestionado.

Pero Cédric se lo preguntaba. Se preguntaba qué era lo que David había visto para que echara a correr de manera enloquecida. Porque fuera lo que fuese, tuvo que ser lo suficientemente aterrador como para hacerle olvidar uno de los principios básicos que su madre le había inculcado cuando era pequeño, el de no cruzar una calle corriendo con el semáforo en rojo sin mirar.

Cédric fijó sus ojos en la mujer y dijo:

—¿Puedo hablar con él?

3

Elvira Mertens llamó a la puerta ligeramente con los nudillos...

—¿David? —preguntó.

Pero la abrió antes de recibir una respuesta del otro lado.

Era obvio que la mujer estaba habituada a abrir las puertas a su antojo, sin esperar ningún tipo de permiso. El golpeteo con los nudillos era solo el residuo de una prudencia social que había ido arrinconando, una deferencia que había decidido tener por la presencia de Cédric.

Cédric pensó lo duro que debía de ser para David ese desprecio a su intimidad, justamente ahora que ya se había deslizado al proceloso terreno de la adolescencia. Trató de adivinar su reacción a la intrusión que su madre había perpetrado con un desconocido que entraba en la caverna privada de su habitación, y se lo imaginó fulminándola con su mirada rabiosa de adolescente desde su cama deshecha, donde probablemente había estado chateando con sus amigos, sin ni siquiera quitarse los auriculares con la música a todo volumen.

Pero Cédric se encontró con otra realidad.

La habitación de David era casi aséptica y olía a aire ventilado. Los escasos muebles, de tamaño adecuado y preciso, encajaban a la perfección en un espacio ordenado y su disposición obedecía a necesidades prácticas. Los cajones estaban cerrados. Y no había ropa en el suelo. Los pósteres de superhéroes, películas y cantantes habían dejado paso a una tabla de los elementos químicos, un mapa de geografía universal y un desplegable con la constelación de los planetas.

Los videojuegos habían sido sustituidos por libros, perfectamente ordenados en estanterías impolutas.

David presidía todo este orden desde su mesa de escritorio, situado enfrente de la ventana, pero de espaldas a la puerta y a su madre y a Cédric.

—Este señor desea hablar contigo —le informó la señora Mertens—. Es sobre tu accidente. Dice que es importante.

—Disculpe que no pueda girarme —respondió David—, pero mi movilidad ha quedado reducida considerablemente.

La mirada de Cédric se fijó en el aparatoso cabestrillo que inmovilizaba el brazo del chico, lo pegaba a su torso y que, por consiguiente, le impedía volverse.

—No te preocupes, hijo, estoy segura de que el señor Dereumaux lo comprende. Solo quiere hacerte algunas preguntas sobre tu accidente.

Cédric avanzó unos pasos con discreción hacia la mesa, en una tentativa de descubrir el rostro de David, pero apenas pudo vislumbrar el contorno de su perfil. La disposición de su escritorio era metódico y ordenado. En él destacaba un libro de química abierto.

—Tengo exámenes la semana que viene y voy un poco atrasado —protestó el chico.

—No tardaré mucho —aseguró Cédric—. Solo son unas preguntas.

—Si solo son unas pocas... —dijo la señora Mertens haciendo el gesto de sentarse en la cama, dispuesta a responderlas por él.

Cédric la detuvo amablemente.

—¿Le importaría dejarnos solos?

La mujer observó a Cédric como si le estuviera hablando de algo incomprensible.

—¿No puedo estar aquí?

—Es parte del protocolo —dijo él.

Ella seguía sin entender, pero antes de que pudiera seguir protestando, David la interrumpió:

—Estaré bien, mamá.

La mujer miró a Cédric una vez más, esta vez buscando su apoyo. Era obvio que le costaba irse y dejar a su hijo solo. Pero Cédric no dijo nada, permaneció impasible, esperando, hasta que finalmente asumió la derrota y abandonó la habitación.

—Si me necesitas estaré fuera —dijo antes de irse, con un tono que sonó más como una amenaza.

Cuando cerró la puerta tras ella y se quedaron solos en silencio, Cédric pudo sentir a David casi suspirar de alivio.

Observó al chico de espaldas y luego paseó su mirada por la habitación tratando de buscar algo que le permitiera iniciar una conversación con él.

Advirtió media docena de felicitaciones de cumpleaños con el número «16» apiladas en una de las estanterías.

Pensó en preguntarle por su fiesta de cumpleaños pero lo descartó inmediatamente.

—¿Qué te regalaron por tu cumpleaños? —preguntó Cédric.

—Una bolsa de deporte y unas zapatillas nuevas.

Cédric se acercó a una estantería donde lucían unos trofeos para examinarlos.

—Te gusta hacer deporte, ¿eh?

Trató de coger uno, pero descubrió que no era posible moverlo.

—Están pegados al estante —le informó David, y luego añadió—: es para evitar que se me caigan encima.

Cédric observó atentamente a David y le sacudió una ligera inquietud. A no ser que el chico tuviera ojos en la nuca, ¿cómo le había visto acercarse a los trofeos?

—¿Qué le ha contado mi madre? —preguntó.

—Dice que nunca antes habías tenido un accidente —respondió Cédric, acercándose de nuevo al chico.

En ese momento, la tormenta estalló de manera silenciosa azotando la ventana. Fue entonces cuando Cédric advirtió el reflejo de David en el cristal. Un rostro de facciones suaves enmarcado por un peinado perfecto, labios finos y gafas, detrás de las cuales lo inspeccionaban unos ojos azules fríos que apenas parpadeaban.

El chico lo había estado mirando a través del reflejo del cristal de la ventana todo el tiempo. Y ahora seguía observándolo, fijamente, sin responder.

Cédric trató de encontrar sus ojos.

—Dice que ayer por la noche tuviste un accidente por culpa de tus amigos, que te arrastraron a la zona de obras.

Un silencio. David no apartó sus inquisitivos ojos de Cédric ni un segundo.

—No me arrastraron a la zona de obras —respondió finalmente—. Ni siquiera fue idea suya. —Hizo una pausa—. Fui yo. Yo les pedí que fuéramos. Ellos no querían ir, pero yo les convencí.

La súbita confesión del chico despertó la curiosidad de Cédric.

Pero decidió no intervenir y permitir que David siguiera contando.

—Era mi cumpleaños —dijo— y quería hacer algo diferente, algo que mi madre nunca me hubiera permitido hacer.

El chico había bajado la voz imperceptiblemente, como si sospechara que su madre estaba escuchando detrás de la puerta.

—Pero salió mal —se lamentó.

El silencio compacto de una conspiración llenó la estancia, solo interrumpido por la lluvia.

—No tan mal —matizó Cédric—. Solo tuviste un accidente.

—No es solo un accidente —explicó David—. Lo que me ocurrió anoche le da la razón a mi madre. Todas sus teorías se han vuelto realidad, todos sus temores existen de repente.

—Quizá lo que te ha ocurrido sirva también para algo.

—¿Para qué podría servir?

—Quizá a partir de ahora tu madre comprenda que puedes exponerte a peligros e incluso tener accidentes, que es algo que podía ocurrirte alguna vez. La posibilidad de que sufrieras uno parece haber sido siempre una amenaza para ella.

David sonrió, negando con la cabeza.

—Usted no la conoce.

Observando a David a través del cristal, Cédric pensó si su madre con sus ansias de protegerlo lo había convertido en el espectral reflejo que ahora estaba viendo de él.

—¿Cuánto tiempo tendrás que estar con el brazo inmovilizado? —preguntó para cambiar de tema.

—Los médicos no se ponen de acuerdo, pero todos dicen que será un proceso lento. Una rotura ósea y muscular lleva su tiempo, aunque aseguran que he tenido suerte, que el traumatismo no ha afectado a ningún tendón; de ser así, hubiera perdido el brazo.

—Tu madre me ha dicho que la rueda del coche te pasó por encima.

—Después de golpearme. Fue muy rápido.

—El conductor se debió de llevar un buen susto.

—Estaba temblando como un flan —aseguró el chico.

—Seguramente no esperaba encontrarse a alguien corriendo a esas horas.

—No.

Cédric miró fijamente a David a través del reflejo.

—¿Por qué corrías? —le preguntó.

David se volvió a quedar en silencio, a la defensiva, aunque no apartó la mirada en ningún momento.

—La gente corre cuando huye de un peligro —dijo Cédric—. ¿De qué huías, David?

—No sé a qué se refiere.

—Tus amigos me han dicho que ahí dentro, en las obras, te separaste de ellos.

—Me alejé porque quería mear.

—También me dijeron que saliste corriendo como si algo te persiguiera, que ni siquiera echaste la vista atrás ni respondiste cuando te llamaron.

—Todos ellos hablan demasiado y no saben lo que dicen.

—¿Qué viste allí dentro?

David permaneció callado.

—¿Qué es lo que viste, David? —preguntó de nuevo Cédric.

La espalda del chico se tensó, sacudida por una desconocida angustia.

—¿Por qué no me lo cuentas?

—Va a creer que estoy loco.

—¿Piensas que imaginaste lo que viste?

—No tengo imaginación. Supongo que mi madre también se lo ha dicho.

—Sí. Y está muy orgullosa de ello.

—Por eso no entiendo lo que vi —confesó David.

—Igual yo puedo ayudarte a entenderlo.

Hubo una pausa. Cédric volvió a encontrar la mirada de David a través del reflejo.

—Estábamos en la zona en obras cuando me entraron ganas de mear. Me separé de ellos y me alejé a una zona apartada, oscura. Estaba orinando cuando de repente oí un ruido, como un roce. Había alguien más ahí conmigo, en la oscuridad. No pude terminar de mear. Miré fijamente delante de mí, de donde parecía proceder esa especie de roce, esperé a que mis ojos se adaptaran a la oscuridad, hasta que me fue posible distinguir una figura. De repente sentí frío, mucho frío. Había algo en la figura que no estaba bien, algo siniestro, pero no podía distinguir lo que era. Pensé en salir corriendo pero me di cuenta de que la figura estaba observando a mis amigos puesto que ellos llevaban una linterna. Aunque ella no sabía que yo también estaba ahí en la oscuridad, observándola. Así que decidí quedarme quieto, en silencio... Pero de repente el haz de la linterna de Amir la iluminó solo un momento. Y entonces la vi. Vi a la figura.

David ahogó un grito de angustia.

—¿Cómo era esa figura? —preguntó Cédric.

El chico no respondió.

—¿Era alta, baja? ¿Gorda, delgada? —siguió preguntando—. ¿Era un hombre o una mujer?

David permanecía en silencio, incapaz de invocar las palabras.

—Pero viste a alguien, ¿verdad?

El adolescente asintió con la cabeza.

—Y ese alguien también me vio a mí —admitió.

—Entonces también pudiste verle la cara —dedujo Cédric.

David volvió a asentir, cada vez más incómodo.

—No solo la cara. Le vi también medio cuerpo.

Cédric frunció el ceño.

—Descríbela.

—No puedo.

La lluvia repiqueteaba contra los cristales.

—¿Por qué no?

—Porque lo que vi no era normal.

—¿En qué sentido? —preguntó Cédric.

—Eso... —dijo David con la voz temblando— no tenía boca y tenía un brazo de más.

Sin saber por qué, un escalofrío recorrió la espalda de Cédric. Y el que se quedó sin palabras ahora fue él.

—Sé que no tiene el más mínimo sentido —prosiguió el chico—, pero también sé perfectamente lo que vi. Vi su cara y sus ojos mirándome y debajo de su nariz no había nada. Y en su torso se movieron tres extremidades. Eso no era humano. Era, era... —David se resistía a decirlo— un monstruo.

—Los monstruos no existen, David.

—Eso me repito cada noche antes de irme a la cama, antes de apagar la luz. Que los monstruos no existen, que no existe un monstruo sin boca y con tres brazos. Pero en la oscuridad, cuando me quedo solo, siento que está ahí fuera... esperando.

—¿Esperando a qué?

La voz de David se quebró, atenazada por el miedo.

—A que tenga otro accidente y esta vez pierda el brazo.

7

Una conclusión inquietante

1

La tormenta había sido solo un chaparrón temporal, descompresor, casi histérico, como un grito lanzado dentro de una habitación vacía. Y así había sido también la investigación de Cédric. Una cacería sin presa, una pesca con el anzuelo roto, un camino tortuoso que había terminado en un callejón sin salida.

Ahora el cielo se había despejado de nuevo, las aguas se habían disipado por las alcantarillas y todo parecía haber vuelto a una tensa serenidad, a una lógica de informes, partes y otros trámites en la cafetería del hotel, justo donde esa misma mañana había tenido la primera entrevista con Courbet.

Cédric sintió crecer en su interior la sensación de fracaso. Recordó las palabras de Tremblay sobre meterse en un laberinto y se preguntó si realmente se había internado en uno, con sus recovecos, sus puertas falsas y sus juegos de espejos. De ser así, había permanecido dentro lo suficiente como para encontrar incluso a un monstruo en él, aunque fuera el producto de la alucinación de un chico que se había aventurado a una tropelía nocturna en busca de emociones.

Y ahora había terminado en el mismo lugar donde la investigación había empezado, sin haber llegado a ningún sitio. Se preguntó si realmente no hubiera sido mejor perderse en ese laberinto antes que volver al humillante punto de partida.

Aunque quizá la salida ni siquiera existía. Eso es lo que tienen los laberintos, pensó Cédric, que son una pérdida de tiempo, como lo había sido su investigación.

Sin embargo, había algo que le preocupaba.

En algún rincón profundo de su cabeza sonaba una alarma amortiguada, todavía brillaba una luz tenue que había olvidado apagar. Cédric reconocía a la perfección esa sensación porque la había experimentado antes y sabía lo que significaba, que se había olvidado por completo de algo muy importante para la investigación.

¿Qué era lo que había visto u oído que ahora no conseguía recordar, que le había pasado desapercibido? Su mente rebobinó las entrevistas y la sucesión de acciones tratando de encontrarlo, pero Cédric sabía que el esfuerzo era en vano. Tenía que esperar a un detonante externo que le ayudaría a establecer la relación directa con la información perdida en su memoria. Sabía que solo era cuestión de esperar.

Cuando regresó al lugar del siniestro, Simon se lo llevó de vuelta a la cafetería del hotel. Ambos se sentaron en una mesa cerca de la ventana, mientras la lluvia disminuía de intensidad. En la sala contigua había por fin silencio. Las mesas y las sillas con las que el trío de camareros habían estado trasteando por la mañana estaban ya dispuestas y preparadas para el banquete de empresa.

—¿Has encontrado lo que buscabas? —le preguntó su amigo.

—Si te refieres a los chicos, sí, he hablado con ellos.

—¿Algo que arroje luz a la investigación?

—Merodearon por la zona en obras pero aseguran que no movieron las vallas. Parece que solo estuvieron bebiendo y fumando.

—¿Vieron u oyeron algo?

Cédric no sabía qué contestar.

—Creyeron ver algo... —Se imaginó por un momento al monstruo deforme con múltiples miembros y sin boca emergiendo de la oscuridad. Obviamente, el fruto de una mente alterada por la imaginación. Y, por alguna razón, volvió a pensar en el laberinto y encontró que todo tenía aún menos sentido. Si existía algún monstruo en él debería tener la forma de un Minotauro.

—¿Qué?

Cédric se percató de que Simon estaba aguardando su respuesta.

—Su relato es confuso. No tiene validez alguna —se apresuró a decir.

Simon se recostó sobre la silla.

—Hasta cierto punto me alegro, porque mientras los estabas interrogando ha habido un nuevo giro —anunció Simon, sacando una carpeta de su maletín—. Finalmente, ha confesado.

—¿Quién? —preguntó Cédric.

—¿Quién va a ser? ¡Courbet! —aclaró Simon.

Cédric parpadeó, confuso.

—¿Y qué es lo que ha confesado?

—No puede asegurar que las barreras de protección estuvieran en su sitio. No se acuerda.

—¿Y los obreros?

—Tampoco. —Como en un truco de prestidigitación, Simon extrajo unos documentos de la carpeta—. Aquí tienes las nuevas declaraciones, todas firmadas.

Cédric paseó la mirada por los documentos. Frunció el ceño.

—¿Y su hijo? —preguntó.

—¿Qué hijo? —replicó Simon, sin entender.

—El hijo de Courbet, ¿cómo se encuentra?

—¿Qué tiene que ver con todo esto?

—Su mujer lo ha llamado hace una hora, delante de mí —Cédric alzó la mirada de los documentos y miró directamente a Simon—. El niño ha empeorado, ¿verdad?

—No te preocupes, tendrá un buen tratamiento, el mejor.

Cédric apretó los dientes.

—Ya veo la estrategia.

—¿Qué estrategia? —Simon enarcó las cejas.

—La empresa despide a Courbet y le paga una buena cantidad de dinero, justo la que necesita para el tratamiento de su hijo. ¿Es eso lo que has pactado con él?

—No he pactado nada. —Simon se quedó aguantando la mirada de Cédric en silencio.

—No me mientas —dijo Cédric.

—No te miento —aseguró Simon.

—Conozco esta expresión.

—¿Qué expresión?

—La que pones siempre cuando mientes.

Simon frunció el ceño, preocupado.

—¿Qué expresión pongo? —preguntó—. Dime, ¿qué es lo que hago? ¿Es una especie de tic nervioso o algo así?

—No te lo pienso decir, porque entonces te darías cuenta.

Simon soltó un bufido de frustración.

—Da igual. Te equivocas. Courbet ha confesado. Ha admitido que no se acuerda, Cédric. Léete la declaración.

—Simon, mi trabajo es encontrar al responsable.

—Y él es el responsable. Lo era desde el primer momento.

Simon se dio cuenta de que había alzado demasiado la voz. Suspiró.

—Oye, Cédric, comprendo tu posición —dijo bajando de nuevo la voz—, pero Courbet cometió una negligencia. Piénsalo bien, ¿qué más puede haber ocurrido aquí salvo que un hombre preocupado por la salud de su hijo no prestó a su trabajo la atención que requería?

Las palabras se abrieron paso por la garganta de Cédric, sorprendiéndose a sí mismo cuando dijo:

—Que otra persona hubiera movido las vallas por la noche.

Simon sacudió la cabeza.

—¿Quién, Cédric? ¿Esa banda de adolescentes?

—No lo sé, es posible. O quizá... —Cédric se interrumpió. El monstruo dotado de varios miembros volvió a rugir en silencio por su boca ausente.

Simon puso una mano firme sobre la suya para atraer su atención.

—No te compliques la vida —le aconsejó—. Tan solo es tu primer día de vuelta. —Desvió la mirada sobre el hombro de Cédric y este se giró.

Courbet había aparecido en el umbral de la puerta. Ante la mirada de Cédric, el jefe de obra bajó la cabeza, como si estuviera avergonzado.

—Al menos firma el cese de la investigación para que puedan volver al trabajo, ¿quieres? —dijo Simon.

Cédric miró a su amigo una vez más y asintió. De manera casi automática, cogió el bolígrafo y firmó el documento.

—Gracias —dijo Simon y, arrebatándole el documento, se levantó y se dirigió con paso firme a la puerta para entregárselo a Courbet.

A través de la ventana, Cédric pudo ver cómo Courbet se acercaba a los obreros que seguían aguardando y les gritaba que volvieran al trabajo. Los trabajadores se pusieron en marcha de inmediato. La cinta que acordonaba el lugar del accidente se arrancó. Los cascos de seguridad volvieron a sus cabezas y, sin más preámbulos, entraron en la zona de obras. El abandonado campo de batalla volvió a la vida.

Simon regresó de nuevo a la mesa con Cédric.

—Ahora ya podemos tomarnos todo el tiempo del mundo para hacer el informe —dijo aliviado, batiendo sus manos a modo de aplauso—. Voy a por un té. ¿Te apetece uno?

Cédric negó con la cabeza.

—¿Quieres un trozo de tarta de chocolate? Tiene una pinta estupenda.

—No, gracias. Toda para ti.

—No puedo, estoy a régimen. —Se palmeó la barriga.

—Tráeme una Coca-Cola. Sin hielo, por favor.

—Hecho —le dijo a punto de irse.

—Por cierto —preguntó Cédric—, ¿qué averiguaste de la farola?

—¿La que está rota?

—Sí. ¿Estaba iluminada ayer?

—Ayer no sé, pero anteayer sí funcionaba.

Cédric sacudió la cabeza.

—Una coincidencia —concluyó Simon encogiéndose de hombros y alejándose.

—No creo en las coincidencias —susurró Cédric por lo bajo.

Un concierto ruidoso estalló en la zona de obras, aunque apagado por los gruesos cristales de la cafetería. Cédric contempló cómo las cargadoras y las excavadoras se habían puesto en marcha. La hormigonera había entrado en movimiento de fraguado. Rodillos compactadores y martillos percutores transmitían sus vibraciones. Sierras y lijadoras se encargaban de los agudos de la partitura.

Cédric buceó de nuevo dentro de su cabeza. ¿Qué había olvidado? ¿Qué era eso tan importante? Si pudiera recordarlo... Con la esperanza de que algo le revelara lo que su mente se negaba a recordar, se puso las gafas y sus ojos empezaron a recorrer las fotografías, las declaraciones e informaciones esparcidas encima de la mesa. Pero nada se activó. Abrió la libreta y fue pasando las páginas, repasó las anotaciones de las conversaciones que había tenido, los apuntes sobre los hechos.

De repente, la voz de la encargada desde la sala contigua le arañó el cerebro.

—¡No, no, no! —les gritó a la pareja de camareros—. Así no están bien puestas. Hay que colocarlas de nuevo.

Cédric cerró los ojos dolorosamente. No era posible. La encargada empezó a arrastrar las mesas con un chirrido insoportable.

Cédric fulminó a la mujer con una expresión de odio.

—Así, ¿lo ven? —La encargada mostraba la nueva disposición de las mesas—. Tienen que crear un camino para que la gente pueda pasar a través de ellas.

El comentario cruzó la estancia como una saeta y se clavó en el inconsciente de Cédric. Sus ojos abandonaron a la encargada y se posaron en las mesas que estaban siendo arrastradas. Había dejado de importarle el ruido, solo se fijaba en el camino que los dos camareros estaban creando con tan solo cambiar la disposición de las mesas.

Como si estuviera poseído, en un arrebato Cédric se abalanzó sobre su libreta y estudió sus bocetos de las barreras de seguridad. Con el desquiciante chirrido de muebles arrastrados de fondo, pasó las páginas hacia delante y hacia atrás, una y otra vez, comparando los dos bocetos, contrastándolos, el que mostraba cómo Courbet había dejado las vallas y el que indicaba cómo las habían encontrado por la mañana.

Y, de repente, todas las piezas encajaron.

Todo cobraba sentido. Cédric había llegado a una conclusión. Pero era tan escalofriante que sintió como si una mano fría y repugnante se abriera paso a través de su garganta y le estrujara el estómago. Se quitó las gafas y se frotó los ojos. Su mano estaba temblando de nuevo. Se volvió a poner las gafas y contempló otra vez sus bocetos con la esperanza de estar equivocado, aunque sabía que eso no era posible.

Justo en ese momento, un pedazo enorme de tarta de chocolate apareció encima de la mesa, cubriendo la libreta.

Cédric alzó la mirada mientras Simon tomaba asiento enfrente de él, sonriente.

—No he podido resistirme —confesó salivando y, sin más preámbulos, hundió el tenedor en la tarta y se llevó un trozo a la boca.

Cédric quería hablar pero tenía la boca seca. Se pasó la lengua por los labios.

—Oye, Cédric —dijo Simon mientras masticaba—, la verdad es que llevo todo el día intentando decirte algo. —Hizo una pausa para tragar—. Quería decirte que lo siento, que siento no haberte llamado más a menudo desde lo de Danielle. No me gustaría que pensaras que...

Pero Cédric no estaba escuchando y apartó el plato de en medio.

—¿Puedes echarle una ojeada a esto? —le interrumpió, mostrándole los bocetos de su libreta.

Simon parpadeó, confundido.

—¿El qué?

—Fíjate en las barreras. —Simon ladeó la cabeza y miró el dibujo esquemático.

—¿Qué le pasa a las barreras?

—Así es como deberían haber sido colocadas —pasó de página al siguiente boceto—, y así es como estaban esta mañana.

Simon volvió a considerar los bocetos y luego alzó la mirada, sin entender.

—Ya. No estaban en su sitio, ¿y?

—No es aleatorio. Estaban puestas con la intención de crear un nuevo recorrido.

—¿Un recorrido? ¿Hacia dónde?

—Hacia el foso.

Simon dejó de masticar y esta vez examinó los bocetos con atención. Al cabo de unos segundos, levantó la cabeza frunciendo el ceño.

—Un momento, pero tú mismo has dicho que Lauren

Marsh había hecho ese recorrido mil veces. Tendría que haber advertido que las barreras la estaban llevando a otro sitio.

—No si la farola de la calle estaba rota. Con la oscuridad no podía ver el cambio del recorrido, ni el foso, hasta que fuera demasiado tarde.

Los ojos de Simon se posaron en la fotografía de la farola rota. Cuando volvió a hablar, lo hizo con un tono de preocupación.

—¿Qué estás sugiriendo?

Cédric hizo una pausa.

—Que quizá no fue un accidente.

—¿Quieres decir que fue... deliberado?

Cédric bajó el tono de voz sin darse cuenta.

—Las barreras de protección son pesadas y no se mueven con facilidad, a no ser que haya una intención de hacerlo. La farola se rompió oportunamente anteayer, dejando a oscuras la zona donde se encuentra la fosa. Los chicos con los que acabo de hablar y la señora Sanders han declarado que sintieron la presencia de alguien. —Cédric hizo una pausa—. Lauren Marsh tenía una rutina semanal, siempre salía a correr a la misma hora y acostumbraba a hacer el mismo trayecto.

Simon guardó silencio observando a Cédric.

—¿Insinúas que alguien preparó el accidente?

Cédric asintió.

—Y lo hizo anoche para que sucediera esta mañana —añadió.

Simon se había olvidado por completo de la tarta de chocolate.

—¿Qué evidencias tienes de eso? —preguntó.

—Los testigos dicen que...

—Los testigos solo hablan de sensaciones —interrumpió Simon—. Necesitas pruebas.

—Tengo pruebas —aseguró Cédric señalando los bocetos y algunas fotografías.

—Esto no son pruebas. Me refiero a marcas, vestigios, rastros, señales, huellas...

—Tengo una huella.

—¿En serio? ¿Dónde?

Cédric miró a Simon.

—Impresa en el cemento.

Se abalanzó con nerviosismo sobre la cámara y empezó a buscar la fotografía.

—Estaba al lado de una de las vallas y no se correspondía con el calzado de los obreros. El cemento es de un test que llevaron a cabo ayer. Tiene que pertenecer a la persona que preparó el accidente.

Cédric había pasado con rapidez todas las fotografías pero la que buscaba, justamente la de la huella, no aparecía. Pensativo, Simon observó a Cédric mientras este volvía a revisar hacia atrás todas las fotografías.

—¿Dónde demonios está? —La frustración de Cédric iba en aumento—. Te juro que la tengo. ¿Cómo es posible que no la encuentre?

—¿Estás seguro de que sacaste la foto? —preguntó Simon.

—Por supuesto que...

Pero Cédric se paralizó y su mente proyectó la imagen de Tremblay a través de la mezcladora de cemento, hablándole desde fuera del perímetro. Y de repente descubrió lo que se había estado susurrando a sí mismo todo el día. El detalle importante que, por mucho que lo intentara, no había logrado recordar: que nunca había sacado esa fotografía.

Cédric se giró alarmado hacia la ventana y oteó a través de ella. Entre los obreros trabajando, las excavadoras y las cargadoras, vislumbró, en la distancia, la hormigonera. El cemento ya estaba listo y la máquina empezaba a inclinarse lentamente, a punto de volcar todo su contenido sobre la única prueba existente, la huella.

—¡Mierda! —exclamó Cédric, saltando de la silla para cruzar la cafetería corriendo.

—Espera, ¿adónde vas? —le gritó Simon mientras salía detrás de él.

Cédric tropezó con una mujer que entraba en ese momento por la puerta. La mujer protestó pero Cédric la ignoró y, apartándola, consiguió salir fuera.

—¡La mezcladora! ¡Parad la mezcladora! ¡Paradla! —gritó Cédric a la vez que saltaba una valla de seguridad y se internaba dentro de la zona en obras.

Pero sus gritos quedaron absorbidos por el ruido de los martillos percutores.

Mientras se abría paso a través de sierras y generadores, vio cómo la cuba de la mezcladora de cemento giraba en sentido contrario y las palas empezaban a expulsar el hormigón por la abertura del extremo opuesto a la canaleta.

Cerca de la hormigonera, Courbet y otros tres obreros contemplaban impávidos la descarga, ajenos a la alarma de Cédric, que seguía gritando y moviendo sus brazos frenéticamente.

—¡No, no! ¡Detened la máquina! ¡Detenedla!

Al fin, uno de los obreros atisbó a Cédric aproximándose pero no pudo oír lo que estaba gritando debido al ensordecedor ruido procedente de una lijadora cercana.

Cédric cruzó el tablón puesto como pasarela sobre la fosa séptica tan rápido como pudo y alcanzó la mezcladora de cemento, justo cuando Courbet y los demás obreros volvían sus cabezas hacia él, preguntándose a qué se debía su agitación. Y también llegó en el preciso momento en que el cemento era volcado sobre la huella, viendo cómo la prueba desaparecía delante de sus propios ojos para siempre.

Golpeó con furia la mezcladora de cemento, soltando su frustración. Los obreros le observaron sin entender nada, entre ellos Courbet, quien le gritó sobre el ruido de la lijadora:

—¿Qué demonios ocurre?

—Había una prueba bajo todo ese hormigón —vociferó Cédric.

Courbet miró el cemento y luego a Cédric. Le mostró el papel que acababa de firmar.

—Lo siento, señor Dereumaux, pero usted mismo me dio permiso para continuar —gritó.

—Lo sé. Y fue un error —voceó Cédric, admitiendo su responsabilidad.

—Es fácil cometer errores cuando la mente está en otro sitio, ¿verdad? —dijo el jefe de obra, sosteniendo la mirada de Cédric durante unos segundos antes de volverse hacia los obreros para darles más instrucciones y continuar trabajando.

2

Desde que Cédric y Simon habían decidido encerrarse en el coche de este último para poder tener una conversación privada y sin interrupciones, habían perdido la noción del tiempo y ya se había hecho de noche. Los obreros habían terminado la jornada y la zona de obras había quedado de nuevo abandonada. Las farolas de la calle se habían ido iluminando, a excepción de la que estaba rota.

Desde el coche, Cédric y Simon podían ver que la zona de la fosa séptica se hallaba de nuevo sumida en la más absoluta oscuridad. Había empezado a llover de nuevo, pero era una llovizna fina, continua e incesante que repiqueteaba en el capó del coche, llenando el silencio entre los dos amigos. Los dos habían recibido la llovizna en secreto con una sensación de alivio.

Habían mantenido una larga conversación sobre el caso que les ocupaba, hablando de la huella, de las barreras de protección, de Courbet, de Lauren Marsh, de la farola rota, de la memoria y de las apariencias. Y en toda esa conversación habían utilizado muchas palabras. Excepto una.

Había una palabra que habían estado evitando todo el tiempo en un pacto inconfesable de prudencia y temor. Una palabra que habían pronunciado mil veces pero en silencio, sin despegar los labios, que habían emitido hacia dentro como enterrándola bajo sus gargantas. Esa palabra no podían pronunciarla fácilmente en voz alta. Porque si lo hacían, eso lo iba a cambiar todo.

Pero después de la puesta de sol, cuando la oscuridad reptó de nuevo por Century Europa y la noche los envolvió, ya no pudieron evitarlo por más tiempo. Porque hay palabras que pertenecen a la oscuridad y esa era una de ellas. Y como también era una palabra que, más que decirse, se susurra, cuando Simon la pronunció lo hizo con un hilo de voz y casi se atragantó con ella.

—¿Asesinato? —dijo finalmente. Cédric no respondió. Su amigo volvió a hablar desde la oscuridad—. Eso es lo que crees que ha ocurrido, ¿verdad, Cédric, un intento de asesinato?

—Nunca he dicho tal cosa.

—No. No lo has dicho, pero lo has insinuado. Y eso es lo que piensas.

Cédric fijó la mirada en la lluvia cayendo por el parabrisas.

—Podría serlo.

—Solo sigo tus conclusiones, ¿qué otra cosa podría ser?

—No lo sé —admitió Cédric—. Parece que esa persona sabía su rutina, sabía que Lauren Marsh iba a salir a correr por la mañana a esa hora y que su trayectoria incluía esa calle en obras. Lo tenía todo planeado.

—¿Planeado para asesinarla?

—O para hacerle daño. Eso es lo único que sabemos, Simon, que alguien ha querido hacerle daño.

—¿Quién podría hacer algo así?

Cédric dejó que su mirada se perdiera más allá de la lluvia, pero no consiguió vislumbrar nada.

—Un rival, un ex resentido, un compañero de trabajo, ¿quién sabe? La gente es extraña y guarda oscuros resentimientos.

Se quedaron en silencio de nuevo.

—¿Qué piensa ella?

—No parece sospechar nada. Cree que ha sido un accidente, aunque... —Cédric se interrumpió.

—Aunque ¿qué?

—Tiene miedo de algo. Todavía no sé de qué o de quién.

Quizá en ese miedo hubiera una pista para encontrar al asesino. Simon se agitó en su asiento.

—Dios mío, hablamos como si estuviéramos en medio de una investigación policial.

Cédric se volvió hacia Simon.

—¿Y no es así?

—Todavía no.

—Pero supongo que estás de acuerdo en que tenemos que ir a la policía. —Simon guardó silencio—. ¿Simon?

—Meter a la policía es un tema serio.

—Tú mismo lo has dicho, puede ser un intento de asesinato. Y eso significa que puede haber un asesino. —Cédric miró a Simon—. Pero necesito tu ayuda en esto.

—¿Qué quieres que haga?

—Sabes que yo no lo tengo fácil para tramitar una denuncia a la policía y que se abra una investigación oficial. Si les empiezo a contar todo esto, con mis antecedentes de baja por depresión, psicólogos, psiquiatras y toda esa basura, lo más seguro es que no me crean. Si tú vienes conmigo eso lo cambia todo. ¿Vas a ayudarme?

Simon asintió.

—Por supuesto, estoy dispuesto a ir contigo y apoyarte en todo lo que haga falta —dijo Simon—, pero deberíamos estar seguros antes de tomar esa decisión.

—Simon, tenemos indicios suficientes.

—Solo te pido un poco de tiempo, para no precipitarnos.

—¿Y cuánto tiempo necesitas para estar seguro, Simon? Porque a Lauren Marsh en una semana le dan el alta y va a abandonar el hospital. ¿Y qué vamos a hacer entonces?

—¿Qué quieres decir?

—Si alguien ha querido matarla, no lo ha conseguido, y eso significa que puede intentarlo de nuevo. Y estamos hablando de una víctima con una pierna rota que va a necesitar muletas. Nadie podría ser más vulnerable.

Simon miró a Cédric muy serio.

—¿Y si estás equivocado? —preguntó.

—¿Y si tengo razón? —respondió él—. Si no hacemos nada y esta vez el agresor consigue su propósito, vamos a ser responsables de ello. ¿Quieres sentirte responsable de una muerte?

Simon se estremeció.

—Está bien, quizá podríamos tramitarlo desde la empresa para hacerlo más oficial y darle más consistencia, abrir una investigación corporativa. Déjame hablarlo con los jefes. No es algo que pueda decidir solo.

—Esta noche prepararé toda la documentación para la policía, te la pasaré mañana por la mañana y hablamos por la tarde.

—Me parece un buen plan.

—Gracias, Simon.

Cédric se bajó del coche y se encaminó hacia el suyo. Al pasar por la calle en obras se detuvo un momento y miró la zona oscura del siniestro. Se preguntó quién había estado ahí, agazapado, escondido, urdiendo un plan para atacar a Lauren Marsh y qué tipo de maldad podía llevar a un ser humano a hacer algo semejante.

8

El vigilante pensativo

1

Cédric se pasó la mayor parte de la noche releyendo los informes, clasificando las fotografías, organizando los documentos sobre el accidente. Cuando el cansancio se apoderó de él, se fue al dormitorio y se echó sobre la cama tratando de conciliar el sueño. Su cuerpo descansó agotado, pero su cabeza no dejó de dar vueltas, atrapada en un bucle de pistas, indicios, evidencias y conspiraciones.

Pensó en si era realmente un intento de homicidio. Porque si alguien había intentado asesinar a Lauren Marsh, había fracasado. Cédric se preguntó si esa persona había fallado por la forma inusual en la que había planeado el homicidio. El asesino quizá había utilizado la única manera que tenía a mano para enmascarar su crimen, aunque esta finalmente no le había garantizado el éxito. Pero estaba claro que el ataque a Lauren Marsh tenía apariencia de accidente para que pasara completamente desapercibido.

En cambio, si no había sido un intento de asesinato, ¿qué objetivo perseguía el agresor? Por más vueltas que le dio, Cédric no logró entender la amenaza que se cernía sobre Lauren. En definitiva, era un asunto que debía dejar para la policía. Ellos llevarían a cabo la investigación pertinente y descubrirían el misterio. Lo único que Cédric podía hacer era preparar todas las evidencias posibles para la denuncia que mañana procederían a tramitar.

Cuando empezó a amanecer, Cédric resolvió visitar a Lauren en el hospital e interrogarla de nuevo. Se duchó, se vistió, se tomó un café, y a las diez y media se disponía a abandonar el apartamento cuando, de pronto, advirtió el estante en el salón, apoyado en la pared de forma dramática, con el contenido que debería estar aguantando todavía en el suelo. Desde su fracasada posición, el estante parecía implorar una deferencia que había sido desatendida.

Se sorprendió.

Desde hacía más de un año, cada noche antes de acostarse no había pensado en otra cosa que en esa maldita estantería que clamaba ser arreglada de una vez. Y cada noche se encontraba demasiado cansado, o sin ganas de hacerlo, o abatido, y entonces decidía aplazar la tarea hasta el día siguiente. Y al día siguiente volvía a suceder lo mismo. Y así, posponiendo la promesa de arreglarla, había ido encadenando días hasta que había pasado más de un año. Por eso Cédric, cuando esa mañana vio la estantería rota, se sorprendió, porque se dio cuenta de que, por primera vez en mucho tiempo, la noche anterior se había acostado sin pensar en ella.

2

Al llegar al hospital, Cédric subió directamente a la tercera planta. Salió del ascensor, cruzó el vestíbulo y se dirigió a la habitación 315, pero se detuvo al encontrar la puerta abierta. Dentro no parecía haber nadie. La cama estaba hecha y la habitación estaba preparada para recibir al siguiente paciente. Unas voces llegaron desde el pasillo contiguo. Cédric asomó la cabeza y vio a Lauren vestida con ropa de calle y practicando con un par de muletas por el pasillo. Una enfermera supervisaba la acción dándole consejos de cómo utilizarlas en casa.

Sin perder un segundo, Cédric cruzó el pasillo y entró dentro del despacho del doctor Toussaint para pedirle explicaciones sobre lo que estaba ocurriendo.

—No sé qué decirle —confesó el doctor—. Ha decidido marcharse.

—¿Cuándo?

—Esta mañana.

Cédric no daba crédito.

—¿Quién viene a recogerla?

—Nadie.

—¿Cómo que nadie? —exclamó Cédric, alarmado.

—Ha llamado a un taxi para que la recoja dentro de media hora. No quiere ninguna ayuda.

—¿Y usted va a quedarse aquí sin hacer nada?

—¿Qué puedo hacer? —se defendió el doctor—. Por supuesto, yo hubiera preferido que Lauren Marsh se quedara más tiempo. De hecho, le he aconsejado que debería permanecer en el hospital al menos una semana más antes de darle el alta. Pero ella quiere irse a casa... —Y añadió, tratando de justificar la decisión de Lauren—: Algunos pacientes odian los hospitales.

—¿Puede hacer eso? —insistió Cédric—. ¿Puede abandonar el hospital en su estado?

—Legalmente no podemos retenerla. Pero esta situación es más habitual de lo que se piensa.

—¿Qué quiere decir? —preguntó Cédric.

—Sucede algunas veces, sobre todo con pacientes que no tienen familia. —Le entregó a Cédric un documento.

En él constaban todos los datos personales de Lauren Marsh, excepto la casilla «Pariente más cercano» que ella había dejado en blanco.

—Pero no se preocupe, señor Dereumaux. —El doctor deseaba tranquilizar a Cédric—. Un cuidador social la visitará varias veces durante las próximas semanas para asegurarse de que su pierna se cura como es debido.

Cédric asintió de manera mecánica, pero sin estar convencido.

—Y ahora, si me perdona —dijo el doctor, dirigiéndose hacia la puerta—, debería ir a despedirme de ella.

—Doctor Toussaint... —Cédric le obligó a detenerse en el umbral—. Considerando las circunstancias del accidente, ¿qué es lo peor que le hubiera podido pasar a Lauren Marsh?

El doctor frunció el ceño.

—No estoy seguro de entender a qué se refiere.

Cédric trató de reformular la pregunta.

—¿Podría haber muerto?

—No lo creo —respondió el doctor sin vacilar.

—¿Está seguro?

—Completamente. El accidente fue aparatoso, pero ni su cabeza ni ninguno de sus órganos vitales estuvieron expuestos a contusiones, traumatismos o perforaciones —dijo el doctor Toussaint. Y añadió a modo de conclusión—: En ningún momento hubo peligro de muerte.

Cédric asintió tratando de ocultar su confusión. Había esperado que las palabras del doctor confirmaran las sospechas del intento de homicidio, o al menos que arrojaran algo de luz sobre las intenciones de la persona que había urdido el accidente. Pero el doctor volvió a detenerse.

—Podría haber perdido la pierna —afirmó desde el umbral.

—¿Cómo dice? —Cédric alzó la mirada.

—Si consideramos el ángulo de la caída y el consiguiente impacto contra los materiales que había en el foso, la mayoría de ellos punzantes, cortantes y con aristas, Lauren Marsh estuvo muy cerca, así —dijo el doctor uniendo dos dedos muy juntos frente a sus ojos—, solo así, de perder la pierna a la altura de la rodilla —Y añadió—: Podríamos decir que la salvó un milagro.

Y el doctor abandonó definitivamente la consulta, dejando a Cédric pensativo.

3

Las calles de la gran ciudad estaban tan abarrotadas de peatones y el tráfico era tan excesivo que a Cédric no le fue difícil seguir al taxi donde iba Lauren Marsh. Detrás del volante, y aguardando en los infinitos semáforos, Cédric volvió a pensar en la conclusión del doctor Toussaint y le pareció todavía más inquietante. Casi hubiera preferido que el accidente de Lauren Marsh hubiera sido un claro, torpe y frustrado intento de asesinato. Porque si no, entonces, ¿qué demonios era? ¿Un ataque premeditado con el propósito de causarle a Lauren un daño irreparable? ¿Quién podría estar detrás de semejante acto de pura maldad? ¿Sabía el agresor que le podía haber causado una lesión permanente? ¿Era realmente consciente de que la mujer podría haber perdido una pierna? ¿O, por el contrario, el agresor no había calculado el grado de daño que podía infligir y su maldad procedía de una ignorancia sobre las consecuencias de su acción vengativa?

Cédric se dio cuenta de que el taxi había llegado a Century Europa. Lo siguió hasta el interior del recinto y, mientras avanzaba por las calles de la zona residencial, no pudo evitar pensar que el agresor quizá también fuera un residente del complejo. Y que igual no vivía muy lejos de Lauren. Era lógico suponer que la persona que había preparado el accidente conocía a la perfección la rutina de su víctima y estaba al tanto de la oportunidad que la calle en obras le ofrecía para planearlo con todo detalle. Con toda probabilidad había estado estudiando los recursos que tenía a mano, y su estrategia había incluido romper la farola de la calle.

Cédric detuvo el coche a cierta distancia del edificio Berlín, donde Lauren vivía, pero sin perder de vista la entrada. Observó cómo el taxista ayudaba a Lauren a salir del vehículo. La mujer caminaba con las muletas muy lentamente, como no queriendo despertar al dolor dormido. Tuvo que subir todos los escalones, uno a uno, y tardó una eternidad en hacerlo, teniendo que descansar cada tres peldaños hasta llegar a la puerta de su apartamento. Durante ese tiempo, Cédric se preguntó más de una vez qué demonios se le había pasado a Lauren por la cabeza para dejar el hospital antes del reposo recomendado.

Quizá el doctor Toussaint tenía razón y Lauren odiaba los hospitales. O quizá era increíblemente tozuda y cuando tomaba una decisión nunca había vuelta atrás. Cédric podía imaginar varias excusas, pero ninguna lo convencía. Le era difícil encontrar sentido al comportamiento de Lauren. Parecía como si encerrara una gran contradicción. Por un lado, la mujer tenía un carácter orgulloso, le molestaba depender de alguien y su actitud podía llegar incluso a ser desafiante. Por otro lado, Lauren se hallaba íntimamente aterrorizada por algo o alguien. Y aunque Cédric era incapaz de concretar el origen de su miedo, se preguntó si su temor estaba relacionado con su accidente y hasta qué punto Lauren intuía que este no había sido tal. Pero parecía lógico pensar que si Lauren sospechara que alguien la había atacado para que perdiera una pierna, seguro que hubiera permanecido en el hospital o hubiera llamado a la policía.

Cuando el taxi se marchó, Cédric cogió una carpeta y salió del coche. Subió la escalera hasta la puerta de Lauren y llamó al timbre. Mientras aguardaba, se fijó en la banda de adolescentes que justo el día anterior había interrogado. Habían desplazado su sitio de encuentro del parque del edificio Riga al del Berlín, y ahora estaban fumando y bebiendo en las inmediaciones más cercanas.

Cédric se preguntó si él había sido la causa de este cambio, o si la decisión de trasladarse cerca de donde vivía Lauren Marsh obedecía a otras circunstancias. Antes de que pudiera responderse, unos pasos indecisos se acercaron a la puerta y la abrieron. Detrás de ella apareció Lauren, con aspecto agotado a causa del dolor. No se alegró de ver a Cédric y tampoco se molestó en ocultarlo.

—Perdone que la importune otra vez, señorita Marsh, pero necesito que verifique si su declaración es correcta y la firme de nuevo.

Lauren suspiró y se movió a un lado con sus muletas para permitir que Cédric entrara.

El apartamento era más bien pequeño, presidido por un salón que se convertía en cocina. Un largo y estrecho pasillo parecía conducir al resto de las habitaciones. Las ventanas eran escasas. A causa de eso, la penumbra se había instalado en todos los rincones del piso y la oscuridad reinaba sobre las zonas parcialmente iluminadas.

Lauren se dejó caer en una silla. Cédric permaneció de pie y le entregó el documento.

—¿Tiene un bolígrafo? —preguntó ella.

Cédric le prestó el suyo. Lauren pasó rápido las páginas.

—¿Dónde tengo que firmar?

—En la última página. —Lauren fue directamente a ella, pero Cédric la detuvo—. Sería recomendable que se leyera primero la declaración.

Lauren levantó la mirada.

—No lo dirá en serio, ¿verdad?

—Hay que estar seguros de que es correcta —declaró Cédric. Y añadió—: Tómese su tiempo. No tengo prisa.

Lauren resopló impaciente, volvió a la primera página y empezó a leer sin ganas.

Cédric aprovechó para pasear por el salón y absorber más información sobre Lauren. Los muebles pertenecían a estilos diferentes. Habían sido adquiridos individualmente y colocados sin seguir ningún orden estético. Con toda probabilidad, cada uno había sido el resultado de una necesidad inmediata. Había manchas de humedad, una persiana rota y la huella de un cuadro ausente que no había sido reemplazado. Todo hacía pensar que Lauren no había cuidado del piso desde hacía tiempo. Seguramente tampoco había cuidado de sí misma, concluyó Cédric mientras paseaba sus ojos por la cocina, observando una olla abandonada, los estantes vacíos y algunos restos de pizza. La nevera, entre notas y recortes, exhibía algunas fotografías sujetadas con imanes. Cédric se acercó a ellas para observarlas mejor.

Había una fotografía de un perro, otra de un festival de música, otra de la ciudad de París, algunas de Lauren participando en una maratón y otras dos de ella junto a un muchacho atractivo. Ambos se abrazaban, sonrientes, como una pareja feliz.

—Aquí lo tiene —dijo Lauren a sus espaldas.

Cédric se volvió. La mujer estaba blandiendo el informe en el aire para que se apresurara a cogerlo.

—Gracias —dijo Cédric haciéndose con él.

—Y no olvide su bolígrafo —replicó Lauren devolviéndoselo también.

Pero Cédric, en vez de cogerlo, sacó otro documento de la carpeta.

—Por cierto, esto es del hospital. Se le olvidó rellenar esta parte. —Cédric señaló el espacio en blanco al lado de «En caso de emergencia, contactar con el pariente más cercano».

Lauren le devolvió el papel de inmediato.

—No es obligatorio.

—Lo sé, pero es mejor rellenarlo por si acaso.

—No tengo familia —declaró ella.

—¿Pareja?

—Tampoco.

Cédric señaló al chico de las fotografías de la nevera.

—¿Alex? No es mi pareja.
—Puede ser un ex.
—Lo sé, pero no él.
—¿Una amiga, entonces?
—No soy muy sociable.
—¿Algún vecino?
—Apenas hablo con ellos.
—¿Un conocido?
—Ahora mismo no se me ocurre nadie.

Lauren miró a Cédric desafiante. Él le aguantó la mirada.

—¿Tiene a alguien que la cuide mientras se recupera del accidente? —preguntó Cédric poniendo los brazos en jarras.

—Puedo cuidar de mí misma —aseguró Lauren mientras se levantaba de la silla apoyándose en las muletas—. Y ahora, si no le importa, ya tiene lo que ha venido a buscar y preferiría estar sola...

Lauren se dirigió a la puerta para abrirla, pero su ímpetu al despedir a Cédric ocasionó que se precipitara demasiado y una de las muletas golpeara sin querer contra una silla. La muleta se escapó de la mano de Lauren y se desplomó al suelo. Cédric fue a agacharse para recogerla pero Lauren se adelantó.

—Gracias —dijo—, pero puedo hacerlo yo.

Cédric se detuvo. Lauren se inclinó lentamente, aunque con firmeza, hasta que ya no pudo plegarse más. Luego extendió una mano hacia delante, con intención de recoger la muleta pero, de repente, se quedó paralizada. Cédric pensó que era probable que estuviese tratando de ocultar el dolor inmenso que había estallado en alguna parte de su cuerpo. Aun así, Lauren seguía intentando alcanzar la muleta. Cédric esperó unos segundos y al fin resolvió que la salud de ella era más importante que su dignidad. Recogió la muleta del suelo y se la devolvió. Lauren la agarró con resignación.

—¿Está segura de que puede cuidar de sí misma? —preguntó Cédric.

Lauren no contestó y se limitó a fulminarlo con la mirada. Él suspiró y se dirigió a la mesa, sacó el documento del hospital y, cogiendo su bolígrafo, rellenó el espacio en blanco de «Pariente más cercano».

—¿Qué cree que está haciendo? —se quejó Lauren.

—Rellenando esta casilla con mi nombre, dirección y número de teléfono...

Una vez hecho esto, puso el documento de nuevo en su carpeta y, mirando a Lauren por última vez, dijo:

—Solo por si acaso. —Y, sin decir una palabra más, abandonó el apartamento.

4

Cédric decidió no volver a la oficina. No podía dejar sola a Lauren. No hasta que la policía se encargara del caso y pudiera protegerla debidamente de otro posible ataque. Así que se quedó dentro del complejo el resto del día, organizando su trabajo entre cafés y zonas de ocio, preparando informes, echando un ojo de vez en cuando al apartamento de Lauren, solo para estar seguro de que todo seguía en orden. Llamó a Simon cada hora, en total unas cuatro veces. A la quinta, le dejó un mensaje. Durante ese tiempo, Cédric se preguntó varias veces quién podía desear hacer daño a Lauren. Era una mujer solitaria, o al menos es lo que parecía, y las personas solitarias no hacen amigos con facilidad, y mucho menos enemigos.

Pensó en Alex, el chico atractivo de la foto. Quizá habían sido amantes. Quizá el chico amaba a Lauren y esta le rompió el corazón. Quizá, a raíz de eso, se había convertido en un amante despechado, en un ex vengativo. Cédric pensó en la cantidad de hombres que odiaban a las mujeres cuando se daban cuenta de que estas no les pertenecían. Hombres que en verdad eran psicópatas capaces de cualquier cosa. Y si entre ellos existían monstruos capaces de arrojar ácido al rostro de sus exparejas o de matarlas, ¿por qué no podía contemplarse la idea de alguien tan retorcido como para provocar un accidente? Quizá Alex era uno de esos monstruos. Sin embargo, Cédric pensó luego que Lauren no tendría la fotografía de Alex en la nevera junto con las fotos de París, de una maratón y otros recuerdos que parecía no querer olvidar.

A las seis en punto de la tarde, Simon le devolvió la llamada al fin.

—He hablado con mis jefes, les he explicado la situación, incluso pormenorizado todos los detalles —declaró, y se quedó en silencio.

Cédric se encontraba en una de las tabernas cercanas al edificio Lisboa tomando una cerveza.

—¿Y? —animó a Simon a continuar.

—Verás, no están convencidos.

Cédric saltó del taburete.

—¿Qué significa que no están convencidos?

—No creen que haya suficientes pruebas para ir a la policía.

Cédric empezó a caminar de un lado a otro.

—¿Qué más pruebas necesitan?

—Indicios más concretos. La denuncia de un intento de asesinato comporta cierta clase de...

—¿Asesinato? —interrumpió Cédric—. Un momento, no sabemos si lo es.

—¿Cómo? —protestó Simon—. Entonces no sé de qué demonios estamos hablando.

—Simon, ¿has escuchado el mensaje que te he dejado?

—Sí, pero...

—No, no lo has escuchado —volvió a interrumpir Cédric—, porque si no, sabrías que he hablado con el médico esta mañana. Asegura que Lauren estuvo a punto de perder la pierna.

—Entonces ¿es un accidente?

—No exactamente. Alguien quería que tuviera un accidente y lo preparó todo para que ocurriera.

—¿Por qué?

—Todo parece indicar que esa persona quería que Lauren perdiera la pierna. —Al otro lado de la línea se hizo el silencio. Cédric continuó hablando—: Tenemos que ir igualmente a la policía, Simon. Tú y yo. No necesitamos que la empresa nos respalde. Creo que tenemos indicios para que se lleve a cabo una investigación. ¿Me estás escuchando?

—Sí, por supuesto que te estoy escuchando —respondió Simon. Y añadió con voz calmada—: Pero ahora quiero que me escuches tú a mí, ¿de acuerdo?

Cédric se detuvo y respiró hondo.

—Dime.

—Este es tu primer caso después de mucho tiempo...

—Simon, por Dios...

—Y no quiero que lo estropees. —Hizo una pausa, como para asegurarse de que Cédric le estaba escuchando, y luego continuó—: Meter a la policía en la investigación de un posible homicidio es, de por sí, un tema serio. Pero hacer perder el tiempo a la policía con un homicidio que igual no existe, lo es todavía más. —Hizo otra pausa antes de proseguir—. Solo quiero que no te precipites, que calibres las consecuencias y que reflexiones sobre lo que estás insinuando. La realidad parece una cosa y, en ocasiones, es otra. Las casualidades existen, así como la mala suerte. La gente miente constantemente y se imagina historias. Incluso a menudo nosotros mismos solo vemos lo que deseamos ver y no lo que realmente es.

—¿Y tú qué ves, Simon? ¿Qué es lo que crees que ha pasado aquí? —preguntó Cédric.

—¿Con sinceridad? —apuntó Simon.

—Sí.

—¿Después de repasar todos los informes y evidencias?

—Sí. ¿Cuál es tu conclusión? —insistió Cédric.

En el otro lado de la línea hubo un suspiro.

—Un simple caso de negligencia.

Cédric cerró los ojos y se pasó la mano por la cara. Sin saber cómo, se sintió traicionado. No sabía qué responder o qué decir. Simon continuó hablando:

—Tómate el resto de la tarde libre. Vete a casa y termina el informe mañana por la mañana. Vuelve a repasar los hechos con calma. Toma distancia. Analízalos con perspectiva. Aplica la lógica. No juzgues las apariencias. Y, sobre todo, permítete pensar en la posibilidad de que igual te has equivocado. Luego saca tus conclusiones, las que sean, y mañana llámame a la oficina a eso de las doce para seguir hablando. Si sigues pensando lo mismo, entonces iremos a la policía, ¿de acuerdo?

—De acuerdo —respondió Cédric tras una breve pausa.

Simon colgó.

Cédric se sentó de nuevo y se quedó pensativo, apurando su cerveza mientras miraba por la ventana. Vio cómo ejecutivos, secretarias y empleados salían de las oficinas para regresar a sus casas. Con toda seguridad, allí les estaría esperando alguien, su pareja, su familia, sus compañeros de piso, alguien a quien contarle cómo había ido el día.

A Cédric no le esperaba nadie. Solo el vacío absoluto.

Mientras observaba a la gente pasar, Cédric pensó que igual había tratado de llenar ese vacío con algo. Se fijó en los pies de un hombre joven que describían grandes zancadas, y luego en los pies de una mujer joven, con zapatos de tacón, que se detuvieron cuando se sentó en el banco más próximo. Con gestos rápidos y calculados, la mujer se quitó los zapatos de tacón y los intercambió por un par de zapatillas deportivas que llevaba en el bolso. Luego se puso de pie y prosiguió su camino. Cédric había visto esa misma operación cientos de veces en la gran ciudad y volvió a pensar en el vacío. Igual había tratado de llenarlo con una fantasía, con una preocupación que no existía, con una amenaza que solo él veía, la ilusión de una aventura macabra, un relato soñado por el apetito de emociones nuevas.

Esta vez, un deportista se detuvo justo frente a la ventana para atarse los cordones sueltos de una de sus zapatillas deportivas. Cédric lo observó mientras se preguntaba cuántos deportistas habría en Century Europa, y cuántos de ellos seguían estrictas rutinas o trayectorias inamovibles. Concluyó que, con toda probabilidad, la mayoría podía encajar en la definición, y también que cualquiera de ellos podría haber sufrido un accidente parecido al de Lauren Marsh y no por eso convertirse en las víctimas elegidas de un psicópata. ¿Acaso un accidente no conlleva la alteración de algún tipo de rutina? El deportista reanudó su marcha, descubriendo para Cédric los pies de una pareja paseando, siguiendo el mismo ritmo al caminar, casi al unísono.

Cédric pensó que si había malinterpretado todos esos indicios significaba que él mismo había creado una amenaza que no existía. Y no solo eso: había convertido a Lauren en una víctima de ese peligro inventado. Se preguntó con qué oscuro e inconfesable propósito: ¿salvarla a ella?, ¿salvarse a él mismo? ¿Ensombrecer sus noches en blanco? ¿Apaciguar su dolor? ¿Entretener sus depresiones? ¿Posponer sus intentos de suicidio? Suspiró, agotado por sus requiebros mentales y el alcohol, admitiendo en voz baja que Simon quizá tenía razón. Se había comportado como un lunático paranoico y se avergonzó de ello mientras los pies pertenecientes a un hombre anciano se arrastraron delante de él con la ayuda de un bastón. La sombra que el anciano proyectaba con el bastón tenía tres piernas y eso le hizo pensar en el monstruo de múltiples extremidades.

Cédric cerró los ojos. Estaba enfadado consigo mismo.

¿Se lo había imaginado todo, como David Mertens se había imaginado al monstruo sin boca? ¿O como la señora Sanders se había imaginado una presencia fantasmal detrás de ella, presencia que, por cierto, Lauren había desmentido? ¿No encajaban mejor las piezas de otra manera más lógica? ¿No era más probable que los chicos mintieran y fueran los que habían roto la farola de la calle, o dejado la huella que había encontrado en el cemento? ¿O incluso movido las barreras de seguridad? ¿No había confesado Courbet que no se acordaba de haberlas supervisado? ¿No era posible que se hubieran quedado en esa disposición por casualidad? ¿Por qué demonios estaba tratando de encontrar sentido a un accidente cuando por experiencia sabía que los accidentes, por el mero hecho de serlo, no tienen sentido alguno, ni intención, ni propósito? ¿Por qué, entonces, tratar de encontrarlo?

Había sido un delirio engendrado con la fiebre de la soledad, concluyó mentalmente. Sus manos apretujaron la copa con frustración. Cédric resolvió que al día siguiente hablaría con Simon, admitiría que la vida está plagada de extrañas coincidencias y volvería al trabajo.

Y justo en ese momento, mientras Cédric se terminaba la cerveza con un último sorbo y arrinconaba sus teorías, fue cuando se fijó en los pies de otra mujer cruzando al otro lado de la ventana. La mujer iba lenta... porque cojeaba. Cojeaba del pie derecho, y cojeaba porque llevaba una prótesis que le sustituía la mitad de la pierna. La misma pierna que Lauren casi había perdido a causa del accidente.

9

La mujer coja

1

Como si de repente hubiera sucumbido a una extraña hipnosis, Cédric no pudo apartar los ojos de los pies de la mujer. Los siguió a través de la ventana mientras cruzaban la calle. Los siguió cuando se detuvieron enfrente de la taberna... y los siguió cuando la puerta de la taberna se abrió, entraron y, cojeando ligeramente, se encaminaron hacia la barra.

Fue entonces cuando Cédric decidió levantar la mirada y observar a la dueña de esos pies. Una mujer morena en sus cincuenta, con actitud vigorosa, tez color oliva y cierto aire sensual. Su cojera era leve y para detectarla había que reparar en ella. Si Cédric no hubiera estado observando los pies de los transeúntes, igual no lo hubiera advertido. La mujer se detuvo en la barra y se abalanzó sobre ella para atraer la atención de uno de los camareros. Al hacerlo, el bajo de su pantalón se levantó dejando entrever fugazmente la prótesis de metal. Para Cédric fue suficiente. Era obvio que le faltaba al menos media pierna derecha.

La mujer se entregó a una animada conversación con el camarero, incluso rieron. Era evidente que se conocían. Tras la breve charla, el camarero desapareció por un cuarto trasero. Ella se quedó sola, esperando, y oteó a su alrededor. En cierto momento pareció mirar directamente a Cédric y este, incómodo, apartó la mirada. Decidió seguir los movimientos de la mujer a través del reflejo de uno de los espejos del local.

Al cabo de unos momentos el camarero volvió con una botella de vino tinto. Ella le entregó un par de billetes, volvieron a intercambiar un par de frases y la mujer se fue por donde había venido.

Cédric tuvo el impulso de seguirla, pero lo pensó dos veces y decidió que era más prudente abordar al camarero primero, así que se acercó a la barra.

—Disculpe, ¿puedo hacerle una pregunta?

El camarero lo miró impávido.

—¿En qué puedo ayudarle?

—La mujer con la que estaba hablando hace un momento...

—¿Qué mujer? ¿Se refiere a Renata, una de las residentes? —aclaró el camarero—. ¿La que tiene una prótesis en la pierna?

—Correcto. —Cédric hizo una pequeña pausa antes de preguntar—: ¿Qué le ocurrió?

—¿Por qué quiere saberlo? —preguntó el camarero con una mezcla de curiosidad y recelo.

—Trabajo en seguridad laboral para la prevención de accidentes.

—Pues ella creo que tuvo uno —le dijo entonces—. Un armario muy pesado le aplastó la pierna, o algo parecido.

Cédric frunció el ceño.

—¿Dónde, exactamente?

—En el almacén de su mismo edificio. —Cédric se quedó pensativo y el camarero se impacientó—. Oiga, amigo ¿va a tomar algo más?

Pero Cédric hizo caso omiso a la pregunta y se dirigió con paso ligero a la puerta de salida.

Cédric emergió de la taberna buscando a Renata, pero la mujer no parecía estar a la vista. No podía estar lejos. Debía alcanzarla y descubrir dónde vivía. Cédric tomó una de las calles laterales y aceleró el paso hasta doblar dos esquinas y llegar a un cruce. Miró a todos lados pero no había rastro de ella. Sin perder más tiempo, resolvió que Renata había tomado la dirección opuesta al salir de la taberna. Así que con rapidez volvió sobre sus pasos, recorrió un par de calles hacia el oeste y después de doblar una esquina... allí estaba.

La mujer se alejaba con lentitud por una avenida y se cruzó con un grupo de ejecutivos que habían terminado su jornada laboral. Cédric la siguió pero aminoró la marcha para mantener una distancia prudencial. Cuando los ejecutivos desaparecieron al doblar una esquina, la mujer torció de manera inesperada por una especie de callejón. Cédric hizo lo mismo. Era un pasaje solitario, pobremente iluminado y maloliente. Debía de ser un atajo hasta su edificio, pensó.

En el silencio del callejón, los pasos de Renata resonaban al golpear el pavimento por sus oscuros recovecos. Pero eran unos pasos diferentes a los de cualquier otra persona. Su cojera hacía que sonaran a un ritmo ligeramente desacompasado, con una cadencia única y original. En un momento dado, Cédric se percató de que sus propios pasos trataban de sincronizarse con los de la mujer y cambió el ritmo de su marcha para recuperar los suyos.

Todo el tiempo que siguió a Renata por el callejón, Cédric no pudo sacarse un pensamiento perturbador de la cabeza: lo que le había pasado a Renata era exactamente lo que le hubiera podido ocurrir a Lauren. Esa mujer que cojeaba por delante de él podía haber sido Lauren.

Finalmente, Renata llegó al edificio Riga. Entró y saludó al viejo conserje que estaba cerrando el vestíbulo. Cédric se detuvo en la entrada y reparó en unas escaleras que descendían a lo que parecía ser el sótano del edificio, ahora usado con toda probabilidad como almacén por los diferentes ocupantes de los apartamentos. Apostó a que ahí ocurrió su accidente. Volvió a mirar al conserje y trazó un plan.

2

Media hora más tarde, Cédric había conseguido convencer al conserje de que le dejara visitar el almacén. El anciano había abierto la puerta del sombrío sótano y, palpando en la oscuridad, había logrado encontrar el interruptor de la luz. Cuatro bombillas desnudas que colgaban del techo como arañas parpadearon, proyectando siniestras sombras sobre un laberíntico espacio poblado de armarios de metal situados en fila bajo altas y estrechas ventanas. Había también algunas sillas rotas, una antigua cajonera, una bicicleta y dos archivadores.

—La señora Barzetti solía bajar aquí una vez a la semana, los viernes para ser exactos —dijo el conserje, arrastrando los pies a lo largo del pasillo—. Siempre se quejaba de no tener espacio en su apartamento. Y, como puede ver, los armarios son bastante grandes. Ella utilizaba el suyo como almacén para los libros y los documentos que corregía o traducía. Es una mujer muy organizada, la señora Barzetti.

—¿Y cuándo dejó de bajar?

—Después del accidente. Se lo llevó todo a su apartamento. Incluso me entregó la llave. No se lo reprocho. Yo creo que hubiera hecho lo mismo.

—¿Qué le ocurrió exactamente?

El conserje se detuvo frente a uno de los armarios metálicos.

—Se le cayó encima y le aplastó la pierna.

Cédric examinó el armario. El candado con el nombre de Renata Barzetti ahora custodiaba el vacío.

—Los médicos no pudieron salvarle la pierna, creo que

hubo complicaciones y tuvieron que cortársela a la altura de la rodilla.

—¿Vio su accidente? —preguntó Cédric.

El conserje negó con la cabeza.

—No vi nada, pero sé que ella estaba intentando cerrar una ventana cuando ocurrió. —Alzó su lánguido brazo para señalar la ventana justo encima del armario—. Esa misma.

Cédric retrocedió, observando la ventana, pensativo.

—Recuerdo que esa noche había tormenta y estaba lloviendo a cántaros. El servicio meteorológico había advertido que la tormenta duraría días. No había visto tanta agua en mi vida.

Un relámpago estalló a través de la ventana, como rememorando esa lejana noche tormentosa. Cédric se acarició la barbilla y miró al conserje.

—Si había tormenta y la ventana estaba abierta, la lluvia estaría entrando por ella a raudales —reflexionó Cédric—. Y como la ventana está justo encima del armario, la señora Barzetti debía de estar muy preocupada por si el agua terminaba alcanzando los libros y los papeles que había dentro del armario.

—Por eso quiso cerrar la ventana.

—Exactamente —dijo Cédric, y acercándose al armario, alzó la cabeza para mirarla de nuevo—. Aunque la ventana estuviera tan alta y fuera de su alcance, la señora Barzetti pensó que debía intentar cerrarla. Pero ¿cómo?

Acto seguido, Cédric miró a su alrededor hasta que sus ojos se posaron en la silla más cercana, justo detrás del conserje.

—Permítame —dijo Cédric.

El anciano se movió a un lado para que él pudiera coger la silla.

Cédric la arrastró justo delante del armario y se subió sobre ella. La silla crujió bajo su peso. Aun así, incluso estirando el brazo y poniéndose de puntillas, la ventana seguía fuera de su alcance.

—¿Qué podía hacer la señora Barzetti? —se preguntó Cédric—. El agua de la lluvia seguía entrando, cayendo sobre el armario, la previsión meteorológica decía que la tormenta duraría días. No podía irse y dejar la ventana abierta. —Cédric trató de seguir la cadena lógica de pensamientos—. Tenía que cerrarla, costara lo que costase.

Empezó a trepar por encima del armario. A causa de su peso, este se tambaleó un poco.

—Tenga cuidado, señor... —El conserje se alarmó.

—No se preocupe —aseguró Cédric, calmando al anciano.

Y haciendo fuerza con los brazos, empujó su cuerpo hacia arriba, consiguiendo apoyar una de las rodillas sobre el techo del armario mientras dejaba la otra pierna colgando.

—Solo quiero comprobar... —Cédric extendió el brazo hacia la ventana—. Ver si puedo...

Pero no pudo terminar la frase. Bajo su peso, el armario se inclinó con brusquedad hacia atrás. Cédric se agarró con fuerza esperando lo peor, pero solo hubo una violenta sacudida. Algo había impedido que el armario se precipitara hacia atrás y se desplomara sobre la pierna de Cédric, aplastándola. Se había detenido, siniestramente inclinado. El conserje se apresuró a ayudar a Cédric a bajar, guiando sus pies para que consiguieran encontrar de nuevo la silla.

—Ya le dije que tuviera cuidado, ¿qué demonios trataba de hacer? —le amonestó el anciano.

—No pasa nada, estoy bien —dijo Cédric con la voz temblorosa.

—Pero yo no. Me ha dado un susto de muerte —se lamentó el conserje.

Con el estómago todavía encogido, Cédric advirtió que unos soportes sujetaban con fuerza el armario a la pared. Eso era lo que había detenido la caída.

—¿El armario tenía estos seguros cuando sucedió el accidente de la señora Barzetti? —preguntó Cédric.

El conserje negó con la cabeza.

—Tenía otros —declaró, y empujó el armario contra la pared—. Y no muy buenos, porque se soltaron. Por eso el armario se desplomó encima de la señora Barzetti. Los cambié por estos más seguros. —El conserje señaló los nuevos soportes con orgullo—. Se los cambié a todos, para que no volviera a suceder lo mismo.

Cédric se fijó y vio que todos los armarios habían sido asegurados.

—Y me alegro de haberlo hecho —siguió el conserje—, porque, si no, usted ahora hubiera tenido el mismo accidente.

El anciano empezó el camino de regreso, hacia la salida. Cédric lo siguió.

—¿Cómo se soltaron los soportes? —le preguntó.

—Estaban demasiado flojos —gruñó con ironía—. Los expertos dijeron que la humedad los había aflojado.

—Y la ventana, ¿por qué estaba abierta?

El conserje se encogió de hombros.

—Esos mismos expertos dijeron que el viento la había abierto.

—¿Y usted qué opina? —preguntó Cédric.

El anciano se detuvo y se volvió.

—No me pagan para tener opiniones. —Miró a Cédric con curiosidad—. ¿Por qué le interesa tanto este accidente?

—Porque tengo un problema —declaró Cédric.

—¿Qué problema?

Cédric miró al conserje, pensativo.

—¿Cree en las coincidencias?

—Si creyera en las coincidencias tendría que creer también en los milagros —dijo el conserje con sorna.

—Pues yo tampoco creo en ellas —confesó Cédric. Y añadió—: Ese es el problema.

Esa noche Cédric decidió no volver a casa y hacer guardia en el apartamento de Lauren desde su coche, en la silenciosa oscuridad. A Cédric siempre le había gustado la oscuridad. Le relajaba. Lo ayudaba a vaciar la mente. Pero esa noche solo pudo pensar en las coincidencias. Ya no se trataba solo de Lauren. Ahora también era Renata. Dos mujeres habían sufrido dos accidentes que, si se examinaban de cerca, parecía que hubieran sido amañados. Y ambos accidentes parecían haber perseguido el objetivo de que las víctimas perdieran una pierna. Renata la había perdido. Lauren no, pero, como el doctor aseguró, había faltado muy poco para que eso sucediera.

De pronto, esa oscuridad que era la aliada de Cédric, que era su bálsamo de tristeza, donde podía llorar sin verse las lágrimas y dormir sin cerrar los ojos, se volvió inquietante, porque esa misma oscuridad ocultaba una presencia malvada y encubría la amenaza de sus detestables acciones.

Si esa persona había sido capaz de planear dos accidentes, quizá había planeado otros. Y esa nueva idea macabra se clavó en su cabeza como un anzuelo y ya no se soltó.

Media hora más tarde, Cédric echó una ojeada por millonésima vez al apartamento de Lauren, se convenció de que todo estaba tranquilo y arrancó el motor del coche.

3

El edificio de Seguridad Ciudadana ocupaba un bloque entero de casas como una discreta isla en medio de una selva de cemento, destinada a documentar todos los incidentes acaecidos en la ciudad. Su registro incluía desde plagas, contaminaciones, incendios, inundaciones y accidentes de tráfico hasta asesinatos, robos y todo aquello que pueda ser clasificado como amenaza para el ser humano. A menudo era la policía la que utilizaba su extensa documentación, aunque fiscales, abogados y agencias aseguradoras también tenían acceso a la información que ofrecía su impresionante registro. Por la noche el edificio solía ser tétrico, frío, y estaba poblado por detectives privados que habían logrado una autorización especial o simplemente habían burlado el sistema de vigilancia.

Cuando Cédric cruzó el vestíbulo, el guardia de seguridad lo detuvo de inmediato.

—Perdone, señor, ¿puede mostrarme su identificación? —le exigió.

Pero cuando Cédric se giró hacia él, el guardia cambió su expresión al instante.

—Disculpe, señor Dereumaux —tartamudeó casi ruborizándose. Y luego añadió a modo de excusa—: No le había reconocido, yo...

Cédric sonrió.

—No te preocupes, Andrew.

—Me alegro de volver a verle por aquí —dijo el guardia bajando ligeramente la cabeza como para mostrarle respeto.

Acto seguido, Cédric se encaminó hacia las puertas del ascensor.

La planta del registro de accidentes recordaba a una siniestra biblioteca subterránea, una macabra representación a menor escala de las diferentes áreas de la ciudad, donde pasillos interminables sustituían a las calles y miles de archivos amontonados a ambos lados reflejaban los edificios. Policías noctámbulos, investigadores privados y otras criaturas nocturnas pululaban por la inquietante geografía bajo tierra a horas intempestivas, sus cabezas hundidas en grandes y polvorientos volúmenes con datos, sus ojos recorriendo archivos digitales y viejos documentos olvidados. Por suerte, había tráfico de café y tabaco para aguantar las largas noches y varias zonas con butacas para echar una cabezada cuando era necesaria.

Cédric buscó la zona de Century Europa. Había decidido investigar solo los cinco últimos años para obtener una comparativa. Así que se llevó todos los tomos de los años 2019 a 2015 a una de las mesas que había en el cruce de pasillos y, bebiendo un sorbo de café amargo, se dispuso a encarar la larga noche que le aguardaba. De cada año se centró solo en aquellos accidentes acaecidos dentro de Century Europa o en las inmediaciones del complejo. Descartó las víctimas mortales, los atropellos y los accidentes cuyos agresores habían sido identificados por la policía. En cambio, puso toda la atención en los accidentes que habían involucrado a una sola víctima y que, aunque lisiada, hubiese sobrevivido a ellos.

Una vez aplicado este filtro, que le llevó más de una hora, concluyó que en 2015 tuvieron lugar unos cuatro accidentes de esas características. No estaba mal para un área en la que vivían entre setecientas y novecientas personas. En 2016 había habido un accidente más, en total cinco. Y el año siguiente, en 2017, solo tres. En 2018, los accidentes que cumplían esas características habían ascendido a ocho. Y este último año, 2019, que estaba a punto de terminarse, habían alcanzado la inquietante cifra de once.

Cédric se pasó las manos por la cara, sopesando la esperada aunque escalofriante conclusión: en los dos últimos años los accidentes en Century Europa se habían duplicado. Y si se hacía el cálculo de la media de accidentes por año, que venía a ser de unos cuatro, daba como resultado que en los dos últimos años habían ocurrido diez accidentes de más. Diez accidentes que no cuadraban con los números, que desafiaban los cálculos, que se ocultaban entre los reales pero que eran impostores, que sobresalían de la normalidad de las estadísticas como un tumor. Cédric apartó los volúmenes de los primeros años y se centró solo en los dos últimos. Un total de diecinueve accidentes. Buscó los que seguían el mismo patrón de Lauren o Renata, mujeres que hubieran terminado perdiendo una pierna a causa de un accidente. Sin embargo, no encontró ningún otro accidente que cumpliera esos requisitos. Cédric se sintió ligeramente decepcionado, aunque resolvió que hablaría con Renata de todas maneras, y apuntó su nombre y dirección en su libreta.

Volvió a examinar los diecinueve accidentes, esta vez en mayor profundidad, dedicando más tiempo a cada caso en particular, reuniendo información específica sobre los accidentados. De repente, identificó entre las víctimas de los siniestros el nombre de Matthieu Tremblay. Según los informes, su accidente también había ocurrido dentro de la zona residencial de Century Europa. Obviamente, el doctor Tremblay no era mujer, ni tampoco había perdido una de sus piernas, pero a causa de su accidente el anciano había terminado en una silla de ruedas, lo que no dejaba de despertar sospechas. Este simple hecho lo relacionaba de alguna manera con los accidentes de Lauren y Renata. Todos ellos habían sido accidentes destinados a causar un daño irremediable a las piernas. ¿Era ese exactamente un elemento común que tener en cuenta?

Investigando las circunstancias del accidente de Matthieu Tremblay, Cédric descubrió que el hombre trataba de salvar a su gato Platon cuando cayó de una escalera y se rompió parte de la columna vertebral. Según el informe, uno de los peldaños de la escalera estaba roto. El accidente podía haber sido planeado, pero Cédric necesitaba conocer los detalles. Tenía que hablar de nuevo con el doctor Tremblay sobre el accidente. Añadió su nombre a la libreta y así empezó a crear una lista:

Renata Barzetti
Matthieu Tremblay

Cédric hizo una pausa. Eran casi las tres de la mañana y decidió servirse otro café de una de las máquinas. En el silencio y la oscuridad del registro, pensó en lo que realmente diferenciaba un accidente normal de uno planeado. ¿Era posible encontrar una especie de patrón, estilo, pauta, marca o procedimiento que lo delatara? Con el fin de descubrirlo, Cédric, que era un experto perito de accidentes, se entregó a la extraordinaria fantasía de planear uno. ¿Cómo lo haría? Si uno pretendía amañar un accidente debía crear las circunstancias para que este sucediera. Un accidente siempre era un acontecimiento violento e inesperado en la vida de una o más personas. Pero para provocar un accidente había que intervenir necesariamente en la vida de la gente. Y la única manera de asegurar esa intervención era plantearse la vida de la gente como rutinas, costumbres y hábitos, y con ellas deducir una cadena de acciones y así poder controlar la ocasión más propicia para decidir en qué momento debería acontecer el accidente.

Lo siguiente, una vez elegido el momento, era crear las circunstancias del accidente, que se traducía en alterar la disposición del entorno. En el caso de Lauren Marsh, era por un lado mover las barreras de seguridad para reconducir su trayectoria y, por otro, romper la farola para oscurecer la calle y que así ella no se diera cuenta del cambio. En el accidente de Renata había sido aflojar los soportes de seguridad para que el armario se desplomase hacia delante. Y, posiblemente, en el caso de Tremblay, para que trepara por la escalera rota.

Pero había un último elemento que considerar. Para que el accidente se consumase, a veces era requerida la participación inconsciente de la víctima, una acción muy determinada que debía ser incitada. Y para ello se necesitaba crear un detonante, como una especie de cebo en una trampa. La ventana abierta había sido el cebo diabólico que había empujado a Renata a subirse al armario, o el gato había sido el cebo para que Tremblay subiera por la escalera.

Cédric regresó a su mesa de trabajo cruzando pasillos y sombras. Volvió a repasar los diecinueve accidentes acontecidos en los últimos dos años en Century Europa y trató de seleccionar aquellos sospechosos de haber podido ser intervenidos, teniendo en cuenta esta vez las características que los delataban o, dicho de otra manera, tratando de identificar en ellos la interrupción de rutinas, las circunstancias alteradas y los elementos que habían jugado en el drama como detonantes de ciertas acciones.

Entre ellos, destacaba el de una profesora llamada Helena Dunkel, que había perdido parte de un brazo mientras utilizaba una lavadora en el área comunal. El informe hacía referencia a un problema mecánico del tambor, pero lo que había ocurrido era un tanto confuso. Cédric lo añadió a la lista, porque lavar la ropa era un hábito y el agresor hubiera podido disponer de una ocasión magnífica para planearlo.

Renata Barzetti
Matthieu Tremblay
Helena Dunkel

En otro informe, un hombre polaco llamado Jacek Majewski había perdido la vista cuando un tragaluz estalló en su cara. El informe sobre el accidente no precisaba ni las características del sitio ni detallaba las circunstancias en las que había ocurrido. Pero a Cédric le parecía extraño cómo podía haber estallado un tragaluz causándole la ceguera a alguien. Parecía demasiado sofisticado y oportuno. Tenía que indagar sobre el accidente más a fondo, tenía que hablar con el señor Majewski. Lo añadió a la lista.

Renata Barzetti
Matthieu Tremblay
Helena Dunkel
Jacek Majewski

Otro de los accidentes que llamó la atención de Cédric era el de un ayudante de chef, Émile Grouvelle, que había perdido las dos manos en la cocina cuando uno de los fogones explotó. Por lo visto, la causa del accidente fue un fallo técnico relacionado con un escape de gas. Aparte de la brutalidad del mismo, Cédric lo encontró sospechoso porque la empresa encargada del mantenimiento y la seguridad del restaurante había insistido en que el equipo de la cocina estaba en perfectas condiciones, e incluso había amenazado con querellarse contra Grouvelle o el restaurante si estos los responsabilizaban del accidente. Cédric añadió a Grouvelle a la lista.

Renata Barzetti
Matthieu Tremblay
Helena Dunkel
Jacek Majewski
Émile Grouvelle

Finalmente, una mujer llamada Judith Legrand había tenido otro curioso accidente. Se había quemado medio rostro cuando intentaba desatascar un desagüe. A pesar de las gravísimas consecuencias del accidente, este era el menos sospechoso de todos. Pero el informe remitía que la víctima había declarado que lo que le había ocurrido a ella no había sido un accidente. Cédric la añadió a la lista.

Renata Barzetti
Matthieu Tremblay
Helena Dunkel
Jacek Majewski
Émile Grouvelle
Judith Legrand

Miró el reloj y vio que eran casi las cinco de la mañana. Se sentía agotado y con la mente confusa. Debía descansar. Antes de echarse en uno de los sillones, observó la lista y pensó que cada uno de esos accidentes, considerado de forma individual y aislada, nunca hubiera despertado en él ninguna sospecha, pero era el conjunto de todos ellos lo que era inquietante. ¿Cuál era la probabilidad de que un tragaluz se rompiera y dejara ciego a alguien? ¿O de que un líquido desatascador pudiera desfigurar medio rostro a una mujer? ¿O de que alguien perdiera un brazo mientras lavaba la ropa?

Había que añadir los accidentes de Renata y Lauren, y el hecho de que todos esos accidentes habían ocurrido en el mismo sitio en dos años. Su mera existencia colectiva desde una óptica de probabilidad era imposible. Había algo fantástico en todos ellos, como si se hubiera conjurado la más extraordinaria y funesta de las fortunas. Relataban una serie de dramas irreales, casi imaginados. Eran un catálogo de tragedias precisas, de destrucciones personales, de desastres orientados. Solo podían haber sido pensados, preparados y ejecutados. Esa era la única explicación.

Antes de cerrarse, los ojos de Cédric repasaron la lista una y otra vez.

Renata Barzetti
Matthieu Tremblay
Helena Dunkel
Jacek Majewski
Émile Grouvelle
Judith Legrand

Seis accidentes. Seis nombres. Debía hablar con todos ellos al día siguiente, aunque le llevara toda la jornada.

10

Siniestros

1

El miércoles amaneció agónico y silencioso como el bostezo de un moribundo. Como era habitual en él, Cédric no había conseguido dormir más de dos horas. Lo suficiente para recuperar el mínimo nivel de energía. Hacia las ocho recogió sus cosas, abandonó el edificio de Seguridad Ciudadana y se metió en la primera cafetería que encontró abierta. Allí, y ante un escuálido desayuno, sus ojos cansados repasaron la lista una y otra vez. Llamó a Simon aunque no quería hablar con él. Como había previsto, Simon no contestó al teléfono. Cédric suspiró aliviado y le dejó un mensaje.

—Hola, Simon, hoy no me encuentro muy bien y creo que trabajaré desde casa. Así que no iré a la oficina. Te llamo luego. —Después colgó.

Hacia las nueve se dirigió de nuevo a Century Europa. El cielo gris y plomizo amenazaba con otra tormenta, y un viento salvaje silbaba recorriendo las calles del complejo. La visión de los deportistas solitarios y de algunos fumadores no sirvió para ahuyentar en Cédric el enorme sentimiento de desolación que le producía la urbanización.

Consultó el papel una vez más y encaminó sus tempranos pasos a la primera dirección en el edificio Lisboa, el más cercano a la entrada este. Su dedo pulsó el interfono. Tuvo que llamar dos veces más hasta que una voz adormilada le respondió:

—¿Sí?

—Siento molestarla tan temprano, pero desearía hablar con Renata... —Cédric lanzó una rápida mirada al nombre de la lista—, Renata Barzetti.

—Me temo que Renata está volando hacia Roma en estos momentos.

La respuesta pilló desprevenido a Cédric.

—¿Sabe cuándo...?

Pero la adormilada voz ya había colgado y, con toda probabilidad, había vuelto a la cama, dejando a Cédric con la palabra en la boca. Pensó en volver a llamar, pero no se atrevió. Tampoco podría hablar con la persona que le interesaba, así que puso una señal de interrogación al lado del nombre de Renata Barzetti y decidió pasar a otro nombre de la lista: Jacek Majewski, cuyo accidente ocurrió en las inmediaciones y se remontaba a hacía casi dos años.

2

El señor Majewski vivía en la zona sur de Century Europa, una de las más recónditas, donde la absurda disposición de los edificios creaba un área aislada, húmeda y en permanente penumbra. Irónicamente, el señor Majewski vivía en el edificio Atenas. Cédric se disponía a llamar al interfono cuando advirtió que alguien había dejado la puerta del inmueble abierta. Decidió aprovechar el descuido, entró y subió en el ascensor hasta la tercera planta.

Tras unos segundos tocando el timbre, la puerta se abrió y apareció una cuidadora disfrazada de enfermera. La mujer fulminó a Cédric con la mirada.

—¿Qué quiere? —preguntó.

Cédric sacó una tarjeta de su bolsillo y se la entregó.

—Buenos días, trabajo para la compañía aseguradora Carlson & Vaughn y me gustaría hablar con el señor Jacek Majewski.

La enfermera ni siquiera se molestó en echar un vistazo a la tarjeta. Sus minúsculos ojos seguían examinando a Cédric.

—¿Para qué quiere verle?

—Verá... —empezó a decir Cédric, pero de repente se oyó una voz masculina con acento polaco gritando desde dentro:

—¡Déjale entrar, Katrijn, por Dios!

La mujer chasqueó la lengua, dando a entender que no estaba conforme con la decisión, pero se apartó a un lado y con un brusco movimiento de cabeza le indicó a Cédric que pasara al interior.

En el comedor, un hombre en sus cuarenta, todavía en pijama y con el pelo alborotado, estaba terminando de desayunar unos huevos revueltos.

—¿Es de una compañía de seguros, dice? —Los ojos blancos y lechosos de Majewski parecieron escudriñar a Cédric—. ¿Qué es exactamente lo que quiere?

Cédric se aclaró la garganta y dijo:

—Hablar de su accidente.

—¿Mi accidente? —Una sonrisa amarga se dibujó en el rostro del hombre—. ¿No cree que es un poco tarde para una póliza de seguros? Eso fue hace dos años.

Pero Cédric ya había previsto eso.

—Nunca es tarde para prevenir —afirmó—. Estoy trabajando en un proyecto para mejorar la seguridad de Century Europa. Por eso me dedico a recabar información sobre unos cuantos casos, casos como el suyo, para así disponer de...

La enfermera entró en el salón interrumpiendo a Cédric.

—¿Se ha tomado la medicación?

—¿Cómo demonios voy a tomarme la medicación si ni siquiera puedo ver dónde la has dejado? —le gritó el hombre.

La enfermera puso los ojos en blanco y agarrando con firmeza la mano del hombre, la condujo con brusquedad hacia las pastillas, justo enfrente de él. Se marchó soltando un suspiro. El ciego sonrió y en su sonrisa Cédric pudo atisbar un punto de crueldad.

—Discúlpeme un momento —dijo Majewski y, acto seguido, empezó a llevarse las pastillas a la boca para tragárselas con la ayuda de un vaso de agua.

Cédric aprovechó para echar un vistazo a la desordenada habitación. Reparó de inmediato en las numerosas fotografías artísticas que adornaban las austeras paredes. Fotos lujosamente enmarcadas. Algunas mostraban hermosos paisajes, otras inquietantes texturas, otras la belleza del cuerpo humano desnudo. La mayoría en elegante blanco y negro, con exquisitos encuadres y un soberbio dominio de la luz y la composición

—Un tragaluz se resquebrajó —empezó a relatar el hombre—, justo encima de mí. Se rompió con un ruido tan fuerte que alcé la cabeza y miré hacia arriba. Lo último que vi fueron miles de pequeños trozos de cristal lloviendo sobre mi rostro...

Por un momento, a Cédric le pareció oír también un cristal resquebrajándose, pero el ruido procedía de una de las fotografías colgadas en la pared. Se acercó a ella y advirtió cómo el cristal se agrietaba desde el mismo centro, trazando una siniestra tela de araña. De repente, el cristal estalló. Y lo hizo con inusitada violencia, escupiendo mil trozos minúsculos por toda la habitación. Cédric cerró los ojos, temblando de angustia.

—Me quedé ciego casi de inmediato —continuó el señor Majewski.

Cuando Cédric volvió a abrir los ojos descubrió que el cristal de la fotografía enmarcada seguía intacto. Solo se había desintegrado en su imaginación.

—Los doctores necesitaron más de diez horas para extraer todas las partículas de cristal de mis córneas —añadió Majewski, casi orgulloso de semejante hazaña.

Recuperado de la alucinación, Cédric frunció el ceño y preguntó con voz suave pero firme:

—¿Cómo pudo romperse el tragaluz?

El hombre se encogió de hombros.

—Probablemente estaba en mal estado, o medio roto, o quizá... —Hizo una pausa, pensativo.

—¿Quizá...? —Cédric le animó a continuar, pero Majewski dibujó otra sonrisa... y esa era una sonrisa triste de resignación.

—Qué más da... —Y añadió, a modo de conclusión—: Como fotógrafo amateur solía decir que lo más importante para conseguir una buena fotografía era tener la suerte de estar en el sitio adecuado en el momento preciso. Mi accidente, en cambio, fue estar en el sitio equivocado en el peor momento.

3

Una hora más tarde, Cédric estaba sentado delante de la tercera persona de la lista, Helena Dunkel. La señora Dunkel era profesora de música, de unos sesenta años, piel arrugada, alma nerviosa, grandes gafas y pitillo permanente entre los labios. Vivía en la zona norte del complejo, en el edificio Budapest, con acceso a un amplio jardín y a las zonas compartidas, que incluían desde una piscina con gimnasio hasta una lavandería donde hacer la colada. Su piso era pequeño, abarrotado de muebles innecesarios y sillas incómodas. La mujer se tomó tiempo para examinar la tarjeta de Cédric mientras en la habitación de al lado una de sus alumnas destrozaba el «Para Elisa» en el piano.

Finalmente, la señora Dunkel dio una larga calada al cigarrillo y posó su mirada en Cédric. Su desconfiada actitud había dejado paso a la displicencia.

—Había que mezclar uno de los suavizantes dentro del agua para que se repartiera bien. Así que solía abrir la tapa de la lavadora y empujar la ropa hacia dentro para extraer las burbujas atrapadas debajo del tejido... Supongo que sabe a lo que me refiero, ¿verdad?

Cédric asintió sin saber muy bien.

—Pero aquel día, justamente aquel día, en la lavandería... —La mujer se detuvo y, volviendo la cabeza a la habitación de al lado, gritó a la estudiante:

—Valerie, ¡esa nota es un si bemol!

—¿Está segura? —replicó una voz de niña.

—¡Sí! ¡Es un si bemol y eso no va a cambiar, así que será mejor que te acostumbres!

La señora Dunkel esperó hasta que la estudiante corrigiese el error y luego se volvió de nuevo a Cédric con una sonrisa.

—Perdone. —Dio otra nerviosa calada a su cigarrillo—. ¿Qué le estaba diciendo?

—Aquel día, en la lavandería...

—¡Ah, sí! Aquel día en la lavandería algo fue mal porque la máquina se activó de repente.

—¿Se activó?

—Sí, básicamente el tambor de la lavadora giró y mi brazo quedó atrapado.

Cédric no pudo evitar posar su mirada en el brazo izquierdo de la mujer y reparar en su antebrazo ausente, reducido ahora a un muñón.

—Y la máquina siguió girando, sin importarle mi brazo. Sin importarle mis gritos. Y cada vez giraba más deprisa, hasta que mi brazo quedó tan destrozado que pude soltarme al fin. Fue doloroso, horrible. No creo que pueda imaginárselo...

Pero Cédric podía imaginárselo. De hecho, podía oír el sonido grave y oscuro de la lavadora atrapando el brazo, destrozándolo al moverse, triturando carne y músculos, crujiendo huesos, la sangre mezclándose a borbotones en las aguas limpias y jabonosas, el ruido del mecanismo agudizándose con la velocidad y confundiéndose con el grito de la mujer.

Una nota discordante arrastró a Cédric a la realidad de nuevo.

—Pero la lavadora había funcionado bien hasta ese día —añadió él con cautela—, ¿no le parece extraño?

La señora Dunkel ladeó la cabeza y resolvió, como quitándole importancia al asunto:

—¡Oh! Todos los accidentes son un poco extraños, ¿no le parece?

La mujer propinó otra larga calada, soltando el humo lentamente por sus pergaminosos labios, y se entregó a una reflexión en voz alta.

—Cuando tenía cinco años mi juguete preferido, un elefante mecánico, se rompió y nunca más volvió a funcionar. A los diecinueve mi coche me dejó abandonada en medio de la Selva Negra. A los veinticinco mi máquina de escribir se bloqueó una semana antes de presentar mi tesis. A los treinta el televisor explotó cuando retransmitían mi programa preferido... Señor Dereumaux, toda mi vida he tenido la sensación de que las máquinas estaban en mi contra. ¿Por qué este accidente debería ser una excepción?

El piano aulló otra nota discordante que esta vez hirió los oídos de la mujer. La expresión de su rostro abandonó la paciencia. Lanzando una mirada de odio a la habitación contigua, apagó el cigarrillo en el cenicero y forzó una sonrisa a Cédric.

—Ahora, si me disculpa, debería volver con mi alumna antes de que desee pegarme un tiro.

Y de esta manera, la señora Dunkel dio la conversación por terminada.

4

Cuando abandonó el edificio de la zona norte estalló una pequeña tormenta, pero eso no impidió a Cédric visitar el lugar donde la señora Dunkel había tenido el accidente. Se trataba de un área comunal de fácil acceso con algunas lavadoras. Cédric se acercó a una y la abrió, examinando su mecanismo interno. Sacó varias fotografías.

Una hora más tarde, encontró el sitio donde Majewski tuvo su accidente. El improvisado laboratorio de fotografía se había convertido en un polvoriento almacén para muebles de oficina. Pero el tragaluz seguía ahí. No obstante, había sido convenientemente reparado y los transeúntes caminaban por encima del cristal de forma segura.

Hacia el mediodía, Cédric se acercó a uno de los restaurantes del complejo refugiándose de la lluvia. Pidió un bocadillo de salmón y un café sin pensar lo que realmente le apetecía. Después de un par de bocados, dejó el bocadillo a medias. No tenía hambre. Se sentía más cansado de lo habitual y sus huesos se empezaban a resentir por la falta de sueño, bostezando punzadas de dolor. Se tomó otro café mientras repasaba la arrugada lista otra vez y decidió que había llegado el momento de visitar de nuevo al señor Tremblay. El viejo también estaba en la lista de los seis y sabía que a esa hora lo encontraría en su casa.

5

El doctor Tremblay tardó en abrir la puerta pero cuando lo hizo obsequió a Cédric con una exclamación de bienvenida. El viejo estaba de un humor excelente. Había estado ordenando sus viejos libros y al fin había hallado la antigua colección de sellos que había dado por perdida. Como algunos ancianos solitarios, el doctor Tremblay disfrutó mostrándole a Cédric unos sellos extraordinarios y relatando las más increíbles peripecias para arrebatárselos a codiciosos coleccionistas. A eso siguió una taza de té, unas galletas que habían olvidado su sabor, una conversación con Platon y una animada charla sobre los últimos escándalos políticos. Cuando Cédric quiso saber más sobre su accidente, el doctor Tremblay, sin cambiar su estado de ánimo, ordenó a Cédric que empujara su silla de ruedas y salieran al jardín.

La tormenta había cesado pero seguía lloviendo bajo los árboles. El cielo, plomizo, todavía estaba preñado de relámpagos mudos que de vez en cuando recortaban las siluetas de los edificios, como distantes explosiones de una batalla lejana. Solo era una tregua. La tormenta podía desatarse de nuevo en cualquier momento. Había algo amenazante y mágico, como proveniente de un sueño, mientras Cédric empujaba a Tremblay a través del jardín. Desde su distancia felina, Platon los seguía en silencio. Cédric se fijó en los vecinos que miraban con curiosidad desde las ventanas, espiando a través de las cortinas, seguramente preguntándose qué hacían en el jardín esos dos hombres seguidos por un gato negro.

Tremblay hizo detenerse a Cédric enfrente de una torre de cemento.

—¿Quiere saber qué me ocurrió? —preguntó, y seguidamente señaló la torre—. El maldito gato se subió allí arriba y no había manera de que bajara, así que tuve que usar una escalera. Cuando me disponía a cogerlo, la escalera cedió.

—¿Cómo?

—Uno de los últimos peldaños no aguantó mi peso y se partió por la mitad. Caí de espaldas desde esa altura... y me rompí el espinazo.

Durante unos segundos, Cédric visualizó el peldaño de la escalera resquebrajándose, el ruido de la madera partiéndose, incluso fue capaz de oír el crujido de la columna vertebral de

Tremblay impactando contra el suelo de cemento. Cerró los ojos, incapaces de soportar el dolor.

—Así es como sucedió —aseguró Tremblay, y de repente su buen humor se había desvanecido por completo, así como el brillo en sus ojos.

Evitó entrar en contacto con la mirada de Cédric. Era evidente que el recuerdo no era agradable y quería volver a casa. Pero Cédric observó la torre de cemento una vez más y preguntó de la forma más natural posible:

—¿Cómo consiguió el gato subir ahí arriba?

—Los gatos pueden subir donde sea, pero no bajar. Todo el mundo sabe eso.

Platon se acercó y de un salto se puso sobre su regazo. El anciano empezó a acariciarlo con ternura.

—Estaba tan furioso con él que incluso pensé en llenar la bañera y ahogarlo. Pero mi mujer me abandonó por otro hombre y mis amigos dejaron de llamarme. Así que me di cuenta de que este feo demonio era lo único que me quedaba.

El gato soltó un maullido como si quisiera confirmar el relato del viejo. Cédric, sin más preguntas que hacer, empujó la silla de ruedas de regreso hacia la casa.

6

La zona sur del complejo era la que se hallaba más cerca de la carretera principal y, por consiguiente, la que parecía más conectada con el mundo exterior. También era la más ruidosa. Cédric podía oír los coches acelerando para cruzar el semáforo todavía en verde o las pisadas nerviosas de un peatón azotado por la prisa.

En el edificio Helsinki vivía otra de las víctimas de un accidente sospechoso ocurrido en las inmediaciones. Émile Grouvelle era un joven hombre negro que había trabajado en uno de los restaurantes del complejo Madrid como ayudante de chef, hasta que sufrió un trágico accidente en la cocina.

Cuando Cédric llamó al interfono, Émile le abrió sin tan siquiera preguntar quién era. Vivía en un séptimo piso, justo al fondo del pasillo. Cédric se encontró la puerta abierta del apartamento, pero no se atrevió a entrar. La golpeó ligeramente con los nudillos hasta que la voz grave y profunda de Émile le respondió desde dentro con un «adelante». El hombre vestía un colorido batín que enfatizaba su piel de ébano. La expresión de su rostro al ver a Cédric no pudo ocultar una ligera decepción. Era obvio que estaba esperando a otra persona, y lo que menos le apetecía en esos momentos era entablar conversación con el agente de una aseguradora. Cuando Cédric le comunicó que solo quería hablar de su accidente, Émile mostró curiosidad.

—Estoy esperando una visita de un momento a otro —informó.

—Solo quiero saber los detalles y no le molestaré más —prometió Cédric.

Émile accedió.

—Trabajé en el restaurante La Flaca durante cinco largos años. ¿Lo conoce? —Cédric no estaba seguro—. La carne ahí es exquisita. Entre mis tareas estaba llegar el primero, precalentar los hornos y encender los fogones de la cocina. Un maldito día me disponía a encender uno de los fogones, como era habitual, cuando de repente explotó y me quemó las manos hasta el hueso —Émile levantó sus manos, ahora convertidas en dos dolorosos muñones—. El resto supongo que se lo puede imaginar.

Cédric contempló los muñones y súbitamente fue sacudido por un horrible olor a carne quemada. Era tan nauseabundo que tuvo que controlarse para no llevarse una mano a la nariz. Se preguntó si el olor a carne humana estaba en su cabeza o el exayudante de chef había estado cocinando algo en el apartamento. No pudo llegar a ninguna conclusión.

—¿Qué causó la avería en los fogones? —preguntó.

—Por lo visto, la válvula del gas tenía un escape.

—Debía de ser una válvula muy antigua.

—Al contrario. La habían cambiado hacía muy poco. Pero la conexión estaba mal hecha.

—¿Hizo alguna denuncia?

Émile se encogió de hombros.

—No lo encontré pertinente.

Cédric frunció el ceño.

—Hay una cosa que no entiendo. Antes de encender los fogones, ¿no notó el olor a gas?

Émile volvió a sonreír.

—¿Sabe? Todo el mundo me hizo exactamente esa pregunta un millón de veces.

—¿Y qué les respondió?

—Que estaba resfriado.

—¿Cómo?

—Lo que oye. Pillé el peor resfriado que he tenido en mi vida. Me duró más de tres semanas. No podía saborear ni oler nada. Imagínese eso trabajando en una cocina. —Émile hizo una pausa, pensativo—. Ya es mala suerte.

Cédric se disponía a formular otra pregunta cuando alguien llamó a la puerta del piso. Émile se levantó.

—Me encantaría seguir hablando con usted pero, como ya le he dicho, estoy esperando una visita...

Cédric también se levantó.

—No se preocupe, lo entiendo perfectamente —dijo, y dirigió sus pasos hacia la puerta. Pero Émile le detuvo.

—Oh, ¿le importaría hacerme un favor antes de irse?

—Por supuesto que no.

—¿Puede sacar dos billetes de diez de mi cartera y dejarlos encima de la mesa? —Émile le indicó con los ojos la mesa del comedor.

—Faltaría más —dijo Cédric y, cogiendo la cartera, extrajo un par de billetes.

—Gracias. —Émile sonrió—. A veces necesito que me echen una mano.

Cédric no supo cómo reaccionar al comentario y se dirigió hacia la puerta, pero antes de abrirla se volvió para decir:

—Si puedo hacer algo más por usted...

—Gracias por ofrecerse, pero prefiero que Sacha se encargue del resto.

Cédric asintió y abrió la puerta. Detrás de ella apareció un hombre joven y musculoso que lo escaneó de arriba abajo mientras se cruzaba con él: Sacha.

La puerta del piso se cerró, dejando a Cédric en el solitario pasillo. Una música rítmica y pegajosa empezó a sonar dentro del apartamento de Émile. Cédric se dirigió hacia el ascensor.

7

Victor Legrand no llegaba a los cincuenta años pero estaba tan exhausto que parecía mucho más mayor. Cuando Cédric le preguntó sobre el accidente que su mujer Judith Legrand había sufrido, el hombre le pidió que bajara la voz y condujo a Cédric en silencio hasta la cocina de su apartamento. Allí, tras entornar la puerta, se detuvo justo enfrente de la encimera y señaló dramáticamente el desagüe. Tardó en empezar a hablar y cuando se decidió lo hizo en un susurro, como si le estuviera contando un sucio secreto.

—Estaba bloqueado y Judith vertió en él unas gotas de una solución para desatascarlo.

Cédric se inclinó sobre la encimera, inspeccionando el desagüe de cerca.

—Tan pronto como se fue por el desagüe, hubo una reacción química. El líquido tóxico volvió a salir propulsado hacia arriba, quemándole parte de la cara.

Por un momento, a Cédric le pareció escuchar el sonido sibilante de una reacción química dentro del desagüe y casi alcanzó a ver algo subiendo hacia su rostro. Se enderezó con rapidez.

—Vi cómo su piel se deshacía, literalmente —recordó el señor Legrand con dolor.

Él trabajaba en una prestigiosa agencia de actores. Antes del accidente había querido montar su propia agencia, pero ahora ya se lo había quitado definitivamente de la cabeza. Llevó a Cédric al salón y volvió a entornar la puerta, y le mostró algunas fotografías de Judith desplegadas y apiladas encima de una cajonera, como si se tratara de un macabro altar a su desaparecida belleza.

—Quería ser actriz —musitó—. Y hubiera sido la mejor actriz del mundo.

Acto seguido, invitó a Cédric a sentarse.

—Supongo que hubo algún tipo de investigación sobre el tipo de producto.

El señor Legrand asintió y siguió hablando en voz baja.

—La conclusión fue que con toda probabilidad había algún otro elemento químico en el desagüe cuando Judith utilizó el desatascador. Eso explicaría por qué el producto reaccionó con tanta violencia.

—¿Qué tipo de elemento químico? —preguntó Cédric.

Victor Legrand suspiró buscando las palabras exactas.

—Dijeron que podía haber sido cualquier cosa, desde tinte para el pelo hasta fertilizante para las plantas. Pero no obtuvieron ningún resultado y Judith... Ella no estaba en condiciones de recordar nada.

—Su mujer declaró que no había sido un accidente —apuntó Cédric—. ¿Sabe usted a qué se refería?

—Judith estaba muy alterada, no sabía lo que decía y sus palabras se malinterpretaron.

Desde su posición, Cédric podía vislumbrar parte del pasillo y de la habitación del fondo. A través de la puerta medio abierta se entreveían los pies de una mujer echada sobre la cama. Sin duda, era Judith. Y, sin duda, esa era la razón por la que Victor se expresaba entre susurros.

—¿Puedo hablar con ella? —musitó Cédric.

El señor Legrand negó con la cabeza.

—No es posible.

—Quizá ella podría...

—Le he dicho todo lo que sé sobre el accidente.

—Pero igual recuerda... —insistió Cédric.

El señor Legrand se levantó de inmediato, invitando a Cédric a abandonar el piso con una mezcla de amenaza y súplica.

—Mi esposa está muy enferma y no creo que recuerde nada más de lo que le he contado, señor Dereumaux.

Cédric miró por última vez la habitación y vio cómo la mujer se agitaba en la cama. Dio las gracias al señor Legrand y se marchó del piso.

8

Cuando salió del edificio ya había anochecido. De noche el enorme complejo, tristemente iluminado, parecía mucho más siniestro, y Cédric se apresuró al recorrer las calles como un alma solitaria. De vez en cuando se cruzaba con sombras que regresaban a casa, hacían deporte o fumaban en los balcones.

Se encontraba avanzando por uno de los callejones cuando de repente un ruido a sus espaldas le obligó a detenerse. Cédric se giró sobresaltado. Pero detrás de él no había nadie, solo la oscuridad del pasaje.

Aun así, Cédric permaneció inmóvil, observando las sombras. Nunca antes había contemplado la oscuridad tan profundamente ni durante tanto tiempo. Sus ojos se ajustaron a la negrura con la esperanza de descubrir agazapada en ella a una malvada presencia. Pero lo único que Cédric consiguió ver en esa oscuridad palpitante fue al monstruo sin boca y con tres brazos que había aterrorizado a David Mertens. Imaginó a un ser desnudo y no solo con tres brazos, sino con varias piernas también. Y cada brazo tenía en sus extremos varias manos, y esas manos tenían en ellas infinidad de dedos. Y su rostro estaba plagado de ojos, bocas, narices, orejas en escalofriante desorden.

El monstruo era un amasijo de piezas humanas.

Durante un momento, Cédric se lo imaginó surgiendo de la oscuridad para recoger las partes mutiladas de sus víctimas del suelo, de entre los escombros dejados por los siniestros, todavía sangrantes y uniéndolas a su cuerpo, apropiándose de ellas como un macabro coleccionista del dolor.

Cédric se sacudió esas perturbadoras imágenes de la cabeza y se alejó de la oscuridad, concentrándose en salir del laberinto de callejones.

Pero todos los edificios se parecían demasiado. Todas las calles eran iguales. Intentó hallar la salida, pero no pudo encontrarla y le pareció doblar la misma esquina mil veces. Cédric se angustió. Todo empezó a darle vueltas. La sensación de ser observado le oprimió, el aire pareció extinguirse a su alrededor. Era difícil respirar. Se mareó y tuvo que sentarse. Trató de relajarse, pero ¿cómo podía conseguirlo si en su cabeza se agolpaban imágenes de las cuales no podía librarse? Sin embargo, ahora no se trataba de las imágenes perturbadoras y sangrientas de su alucinación. Eran otro tipo de imágenes.

La imagen de alguien manipulando la válvula del gas de los fogones con objeto de provocar un escape y una explosión, la imagen de alguien rompiendo el tragaluz del techo, la de alguien bloqueando el desagüe de la cocina y vertiendo un producto químico, la de alguien subiendo el gato del doctor Tremblay a lo alto de la torre de cemento y desencajando un peldaño de la escalera, la de alguien saboteando el tambor de la lavadora.

Imágenes que evocaban a alguien diseñando, planeando y preparando con cuidado seis ataques personales para que ocurrieran disfrazados de accidentes. Seis crueles ataques que cambiaron y arruinaron para siempre las vidas de esas seis personas.

11

Dolor

1

Los dedos de Cédric agarraron la cucharilla y la sumergieron en el azucarero para sacarla de inmediato rebosante de azúcar. Pero fue al echar el contenido en el café cuando Cédric se percató del temblor en sus manos. A causa de él, el azúcar se derramó sobre la mesa antes de poder llegar a su destino. Cédric se paralizó.

Había tenido temblores, pero estos nunca habían sido tan agudos como para impedir echarse azúcar en el café. Contempló con creciente terror el azúcar desparramado sobre la mesa, hasta que otra mano masculina entró en su campo de visión y, con delicadeza, le quitó la cucharilla de sus dedos.

—¿Una o dos? —preguntó Simon mientras se sentaba en la silla de enfrente.

—Dos —respondió Cédric sin pensar, y observó a Simon con atención mientras llevaba a cabo la simple acción que él no había podido acometer.

—¿Cómo me has encontrado?

—Fácil, este es el mejor sitio para espiar a Lauren Marsh —confesó Simon, y se dio la vuelta para revelar cómo a través de la ventana podía verse el piso de Lauren. Tras una pausa, añadió casi en un susurro—: ¿Qué demonios está pasando, Cédric?

Cédric guardó silencio y evitó mirar directamente a Simon.

Le daba vergüenza admitir que había pasado la noche dentro de su coche, sin perder de vista ni un segundo el apartamento de Lauren, y que a las siete y media habían abierto el café y, destemplado y con mal cuerpo, se había trasladado allí para seguir haciendo guardia.

—Dime qué ocurre —insistió Simon.

Cédric miró a Simon y decidió conjurar la amistad que le unía a él.

—Lauren no es la única víctima.

Simon frunció el ceño.

—¿De qué estás hablando?

Cédric miró a su alrededor con discreción para cerciorarse de que nadie los estaba escuchando.

—He estado investigando todos los accidentes ocurridos en Century Europa durante los dos últimos años y algunos de ellos son tan sospechosos como el de Lauren.

—Cédric... —empezó a decir Simon.

Pero antes de que continuara, Cédric agarró su maletín y extrajo una carpeta. Luego, apartando los restos del desayuno, la puso encima de la mesa y la abrió.

—Mira esto.

Una retahíla de artículos, fotografías e informes varios empezaron a desfilar ante los ojos de Simon.

—Un tragaluz que se rompe justo cuando alguien está debajo de él. Una lavadora que funciona mal cuando alguien decide utilizarla. Una mascota subida a lo alto de una torre y una escalera rota... Y aún hay más —aseguró Cédric, mostrando más fotos y recortes de periódico.

—Un fogón con un escape de gas cuando alguien tiene un resfriado. Y un líquido para desatascar que se convierte en ácido cuando se vierte.

Simon observó todos los artículos y fotografías en silencio.

—¿Es que no lo ves?

Simon miró a Cédric en silencio y advirtió que se había

quedado removiendo el café con la cucharilla de manera indefinida mientras esperaba una respuesta.

—¿Qué tengo que ver, exactamente?

—Simon, ¡por Dios! ¿Tan difícil es? Durante los últimos dos años alguien ha estado amañando algunos accidentes en Century Europa, incluido el de Lauren.

Simon cogió aire y, agarrando la lista, la examinó con rapidez bajo la atenta mirada de Cédric.

—Toda esta gente acabó lisiada. Lauren Marsh solo se rompió la pierna.

—Creo que el propósito del accidente era hacer que Lauren perdiera la pierna, pero algo salió mal. —Y volviendo a echar una mirada por encima de su hombro, añadió—: Puede que la persona que lo hizo trate de hacerle daño de nuevo.

—Cédric, ¿te estás oyendo? ¿Realmente piensas que hay algún tipo de psicópata detrás de todos estos accidentes? Basta dar una vuelta por este maldito sitio para comprobar que Century Europa o está en ruinas o está en obras. ¿Todavía te sorprende que haya accidentes?

Cédric miró a Simon muy serio.

—¿De verdad crees que es casualidad que un fotógrafo se quede ciego? ¿O que una pianista pierda parte de un brazo? ¿Que un cocinero se queme las manos o que a una actriz se le desfigure el rostro...? ¿Cómo explicas todo esto?

Simon abrió la boca para añadir algo pero decidió callarse, como si no se atreviera a decir lo que pensaba en realidad. Durante un instante evitó mirar a Cédric directamente a los ojos. Si lo hubiera hecho, habría percibido un cambio en su expresión, además del hecho de que algo inesperado había atraído su atención más allá de él mismo, algo que en ese preciso momento podía ver a través de la ventana del café: Lauren, armada con sus muletas, estaba bajando las escaleras de su apartamento.

Cuando Simon volvió a mirar a Cédric, este disimuló de inmediato. No quería que su amigo supiera que la había visto.

—Ahora tengo que irme —dijo Cédric con prisas—, pero puedes quedarte con toda la documentación para revisarla. Te llamo luego.

Cédric se levantó y abandonó el local. Simon se quedó pensativo, paseando la mirada por todos los artículos y las fotografías esparcidas encima de la mesa para detenerse al final en el café solitario que Cédric había dejado atrás sin ni siquiera haberle dedicado un sorbo.

Lauren se había recogido el pelo y se había puesto un vestido largo para cubrir parte de su pierna. Se movía de manera vacilante e insegura. Era obvio que nunca había utilizado muletas y cada paso era tan dolorosamente punzante que dejaba escapar un esforzado jadeo.

Cédric permaneció observándola desde la distancia durante un rato, y aprovechó para inspeccionar los alrededores, tratando de detectar algún tipo de amenaza. Pero al cabo de unos momentos la llamó por su nombre:

—¡Lauren!

La mujer se detuvo, e incluso se volvió, pero decidió ignorarlo por completo y continuó andando con la ayuda de las muletas. Cédric no podía permitir que se alejara más de la cuenta y caminó hacia ella. Lauren iba tan lenta que no fue difícil darle alcance.

—¿Dónde demonios se piensa que va?

—No es asunto suyo —le respondió, y trató de acelerar el paso. El esfuerzo fue en vano. Cédric la rodeó y se detuvo delante de ella, obligándola a hacer lo mismo.

—Lauren, por favor...

La mujer trató de recuperar el aliento y luego miró a Cédric, desafiante.

—Contesté a todas sus preguntas, rellené sus informes, incluso hice una declaración y la firmé. ¿Qué más quiere que haga?

—Debería estar en su casa descansando.

—Gracias por el consejo, pero me encuentro perfectamente.

Cédric observó las gotas de sudor que caían por la pálida frente de la mujer mientras intentaba ahogar una mueca de dolor. Su voz tembló con sutileza cuando dijo:

—Y ahora, si me permite, me gustaría continuar mi camino.

Sin embargo, Cédric no se movió.

—Por el amor de Dios, Lauren, esta es la última cosa que sus huesos necesitan para curarse. ¿Se da cuenta de lo perjudicial que puede ser para su pierna si llegara a caerse de nuevo?

Lauren le apartó la mirada, tratando de ocultar el orgullo de quien se reconoce vencido.

—Solo quería comer algo —admitió—, eso es todo.

Cédric la miró, pensativo.

—De acuerdo. ¿Qué le apetece?

2

La Flaca era un buen sitio para tomar carne. El restaurante destilaba cierto ambiente acogedor, una exhibición de taxidermia, papel pintado tradicional y mesas en madera de roble. Lauren no había expresado ninguna preferencia culinaria, pero no era vegetariana, y Cédric había decidido que lo que Lauren necesitaba eran proteínas. La Flaca ofrecía eso. Aunque más que un restaurante, era un templo para satisfacer los paladares más exigentes de los carnívoros. Su carta era francamente espectacular, ofreciendo desde el típico chateaubriand y filete de lomo hasta ánade real y jabalí.

Cédric dejó claro que el gasto corría de su cuenta y se pidió uno de los platos caros de la carta, dándole a Lauren la opción de pedir lo que más le apeteciera. Al final, Lauren se decidió por un solomillo de ciervo poco hecho. El maître, un español, viendo que Cédric no entendía de vinos, había recomendado un merlot que sirvió a temperatura ambiente. Cédric y Lauren no hablaron mucho. Hicieron algunas observaciones sobre la decoración del local, el tiempo y los inconvenientes de vivir en una gran ciudad. Frases de catálogo pensadas para llenar silencios incómodos. Cédric estaba empezando a dudar de que la cena hubiera sido una buena idea. Pero no podía permitir que Lauren se expusiera a un posible psicópata que quizá planeaba un segundo ataque.

Cuando llegaron los platos, Cédric casi sintió una sensación de alivio. Empezaron a comer. Lauren con hambre, Cédric disimulando que no tenía apetito. De vez en cuando, observaba a Lauren. Se preguntó cuándo fue la última vez que salió a cenar con Danielle. No pudo contestar. De hecho, ni siquiera logró acordarse de cuándo fue la última vez que había cenado en un restaurante. Lauren interrumpió sus pensamientos con el más inesperado de los comentarios:

—¿No debería llamar a su mujer?

Cédric la miró confundido, y la confusión debió de ser muy evidente porque Lauren se apresuró a aclarar el comentario.

—Desde que hemos llegado no ha parado de mirar la puerta cada cinco minutos. —Y añadió entre mordiscos—: Por no mencionar su alianza...

Cédric bajó la mirada y contempló el anillo en su mano izquierda. De repente, le pareció un objeto intruso que había dejado de pertenecer a su dedo. Tardó un momento en decir:

—No tengo esposa. —Y tardó otro momento más largo en confesar—: Murió hace dos años.

Lauren paró de masticar y bajó la mirada, sintiéndose culpable.

—Lo siento. No era mi intención...

—No pasa nada. —Cédric forzó una sonrisa y levantó la

mano para mostrar el anillo—. Es solo... Es solo que no puedo sacármelo.

Lauren volvió a masticar con lentitud.

—¿Ha probado con jabón?

—Sí.

—¿Aceite?

—También.

—¿Crema hidratante?

—Hasta con glicerina.

—¿Mantequilla? ¿Grasa? ¿Lubricante?

—Todo.

Lauren entrecerró los ojos, saboreando el reto.

—No se preocupe, sé de un método infalible.

—¿En serio?

—En serio.

—Pues dígamelo porque me encantaría probarlo... —dijo Cédric, pero al fijarse cómo Lauren cortaba el solomillo sangrante con el cuchillo, añadió—: Siempre que conserve mi dedo.

Lauren sonrió. Era la primera vez que Cédric la veía sonreír. El ambiente se relajó por completo, como si hubiera contenido la respiración durante mucho tiempo. Lauren tomó un sorbo de su copa de vino y mientras lo hacía, escudriñó a Cédric a través del cristal. Se tomó su tiempo. Cuando la depositó encima de la mesa, dijo:

—¿Sabe que todavía no sé en qué consiste su trabajo? ¿De qué se trata, exactamente? ¿De investigar accidentes?

Cédric asintió.

—Algo así.

—¿Con qué objetivo?

—Ayudar a la gente.

—¿Cómo?

—Si averiguamos las causas de los accidentes podemos impedir que sucedan de nuevo —apuntó él.

—Pero los accidentes son siempre imprevistos, ¿no?

—No siempre.

—Nadie puede controlarlos —indicó ella.

—Se equivoca. Si todo el mundo siguiera las medidas de prevención, por supuesto que podríamos. Lamentablemente, la gente no es responsable.

Lauren sopesó las palabras de Cédric.

—Entonces ¿según su teoría los accidentes no existen, y si existen es porque son responsabilidad de alguien?

—En cierta manera, sí, porque la mayoría de los accidentes siempre pueden evitarse. Esta es nuestra lucha —afirmó Cédric—. Pretendemos reducir el número de accidentes, eliminarlos por completo, incluso en sus probabilidades, aunque estas sean remotas.

Cédric hizo una pausa para añadir:

—Un accidente nunca tiene sentido y siempre conlleva destrucción.

—Dicen que la gente cambia después de un accidente, que para algunas personas es casi como nacer de nuevo —sentenció Lauren.

Cédric la miró, intrigado.

—Cada cosa que nos ocurre nos cambia un poco, supongo.

Ambos se aguantaron la mirada. Fue una mirada compartida en la que a Cédric le pareció reconocer por un momento la misma tristeza que solía embargarle en sus noches solitarias y oscuras.

—Aparte de tener que utilizar muletas y dejar de correr por las mañanas, dígame, ¿ha cambiado?

Lauren soltó una risa.

—Me temo que no, todavía no.

Y Cédric también rio. De hecho, se dio cuenta de que era la primera vez que reía en mucho tiempo.

3

En el camino de vuelta a los apartamentos pasearon por Century Europa. Se había hecho de noche, las calles estaban desiertas y el viento agitaba los arbustos de manera siniestra. Quizá fuera por la magnífica comida, el exceso de vino o la buena conversación, pero Cédric disfrutó de un largo paseo en una noche plácida.

Sin embargo, los pensamientos negros resurgieron de forma abrupta en su cabeza cuando, tras subir las escaleras y abrir la puerta del apartamento de Lauren, llegó el momento de dejarla sola.

—Gracias por la cena —dijo ella.

—No necesita darme las gracias —respondió él—. Después de todo, insistió en pagar la mitad.

—Pero estuvo bien no cenar sola.

Cédric sabía a la perfección a lo que se refería.

—A mí también me ha gustado.

Los dos se quedaron en silencio. Lauren lo rompió:

—Siento si antes fui un poco brusca con usted.

—No se preocupe, lo entiendo.

—Quiero que sepa que aprecio su atención y que quiera ayudarme.

—Bueno, ahora tiene mi número de teléfono. Puede llamarme cuando quiera si necesita ayuda.

Se hizo otro silencio. Esta vez fue Cédric quien lo rompió:

—¿Hay algo más que pueda hacer por usted antes de irme?

—Solo asegúrese de que la puerta está bien cerrada.

—Faltaría más —asintió Cédric.

Aunque estaba deseando quedarse, se encaminó lentamente hacia la puerta para abandonar el piso. Antes de cerrarla, no pudo evitar dirigir una última mirada a Lauren, que se alejaba por el pasillo. Descubrió que se había detenido a medio camino.

—¿Está bien?

—Perfectamente —respondió sin girarse.

Cédric no podía ver el rostro de Lauren pero notó su voz quebrada hasta el dolor.

—¿Está segura?

—Sí, no se preocupe, váyase —jadeó Lauren, paralizada.

Cédric cerró la puerta con determinación y volvió sobre sus pasos hasta ella. La observó de frente. El color había abandonado su rostro y parecía atormentada por un dolor indescriptible. Su pierna lisiada había empezado a temblar fuera de control, con horribles espasmos.

—¿Qué le ocurre?

Pero apenas podía hablar. Sus labios pálidos lograron formar una palabra rota.

—Duele. —Y añadió—: Duele mucho.

Cédric ocultó su alarma e intentó pensar con rapidez.

—¿Puedes poner el pie en el suelo?

Lauren se afianzó aún más a las dos muletas y trató de hacerlo, pero cuando el pie rozó el suelo recibió una sacudida de dolor tan grande que casi perdió el equilibrio. Las muletas se precipitaron al suelo. Lauren estuvo a punto de desplomarse; sin embargo, Cédric consiguió agarrarla.

—No te preocupes. Ya te tengo. Sujétate bien.

Lauren abrazó a Cédric buscando un punto de apoyo. Él logró levantarla y, con ella en brazos, avanzó con cuidado hasta el dormitorio. Allí la depositó con delicadeza sobre la cama y le colocó la almohada detrás de la cabeza. Acto seguido se dispuso a descalzarla. Primero le quitó el zapato de su pie sano. Luego, el zapato de su pierna herida. Lauren aulló de dolor.

—Déjalo. Tráeme los analgésicos. Están en la cocina —ordenó ella.

Cédric se dirigió con rapidez a la cocina. Los encontró encima de la mesa. Abrió un par de armarios hasta conseguir un vaso, lo llenó de agua del grifo y volvió al dormitorio.

—Deberías haberte quedado en casa, descansando —dijo Cédric acercándole los analgésicos.

Lauren se incorporó para coger el vaso de agua y ahogó un nuevo espasmo de dolor.

—Tómate solo dos, ¿de acuerdo? —Cédric observó pensativo la pierna lisiada—. ¿Tienes hielo?

Lauren asintió con la cabeza y él salió disparado de la habitación, dejándola todavía temblorosa, tragándose las pastillas. En la cocina, Cédric encontró dos cubiteras en el último cajón del frigorífico. Las vació dentro de un bol, llenándolo de cubitos de hielo y, ahogando un escalofrío, agarró un trapo limpio de cocina.

De vuelta en el dormitorio, se sentó cerca de Lauren. Envolvió con el trapo un manojo de cubitos de hielo y lo apretó hasta formar una bolsa improvisada del tamaño de un puño.

—Esto te aliviará el dolor. ¿Puedes levantarte un poco la falda?

Lauren obedeció, dejando al descubierto su maltrecha pierna. Con extremo cuidado, Cédric situó la bolsa justo debajo de la rodilla y dejó que el hielo se derritiera a través del trapo, hasta que algunas gotas de agua resbalaron por la pierna. Luego puso la bolsa en otra parte de la pierna y repitió la misma acción. Estuvieron un rato así, hasta que la respiración de Lauren se estabilizó de nuevo, y con ella también el dolor.

—¿Mejor?

Lauren asintió.

—Gracias. El hielo ha obrado un milagro —admitió ella—: Ahora te toca a ti.

Cédric pestañeó, tratando de entender.

—El agua helada reduce el flujo sanguíneo —aclaró Lauren, señalando la alianza—. Así te será más fácil quitártela.

Cédric miró su alianza y entendió.

—¿Es ese tu método infalible?

Lauren asintió.

—Sumerge la mano en el bol durante unos minutos y verás qué fácil es.

Cédric observó el bol lleno de cubitos flotando en el agua helada y sacudió la cabeza.

—No creo que funcione conmigo.

—¿Por qué no?

—No soporto el agua helada.

—No seas tonto —protestó ella.

—No, de verdad. No puedo aguantar el frío desde que era niño. Soy demasiado sensible al agua helada.

De repente, Lauren agarró la mano izquierda de Cédric.

—¿Qué haces? —preguntó él.

La sumergió dentro del bol.

—No, Lauren...

Cédric trató de sacar la mano del agua helada pero Lauren la mantuvo sumergida.

—Solo un par de minutos —rogó.

Cédric empezó a sentir el frío intenso mordiéndole la mano. Hizo una mueca.

—No creo que pueda.

Lauren lo miró fijamente.

—Esta vez podrás —le dijo—. No pienses en el frío. Piensa en otra cosa. Háblame.

—¿De qué?

—No sé. Háblame... de tu mujer.

Cédric miró a Lauren, desencajado.

—Dime —continuó ella—, ¿qué le ocurrió?

Cédric sintió una punzada de dolor en la mano, que empezaba a extenderse. Trató de controlar su respiración, que se aceleraba por momentos.

—¿Qué le ocurrió? —volvió a preguntar Lauren, sosteniéndole la mirada.

—Un estante —logró articular Cédric mientras un frío insoportable ascendía por su brazo, enroscándose como una gélida serpiente—. Un estante se soltó de la pared. La golpeó en la cabeza, cerca de la sien. Perdió el conocimiento durante unos segundos, pero lo recobró casi de inmediato. Tenía una pequeña contusión, estaba un poco mareada, pero se sentía bien... —Cédric interrumpió el relato y bajó la mirada hacia su mano azulada.

Dentro del bol todavía podía ver el brillo de la alianza. El frío le cruzó el pecho y parecía llegarle hasta el corazón.

—Es demasiado doloroso —confesó.

—Aguanta un poco más. Sigue hablando.

Cédric tragó saliva, incómodo, su respiración entrecortada, su voz quebrándose por momentos.

—Yo quise ir al hospital pero ella dijo que se encontraba perfectamente. Y nos olvidamos del asunto. Esa misma noche, Danielle falleció mientras dormía, en la cama, a mi lado. No supe que había muerto hasta la mañana siguiente. Tan solo no volvió a despertarse. Siempre he tenido el sueño muy profundo, Danielle solía decir que ni siquiera podría despertarme la casa ardiendo. —Cédric miró a Lauren con infinita tristeza—. Desde entonces ya no he vuelto a dormir bien.

Lauren sacó la mano de Cédric de dentro del bol.

—Intenta quitarte el anillo ahora —ordenó.

Cédric apenas sentía la mano, había perdido por completo el tacto, era un apéndice muerto, ajeno a la vida y al dolor. Con lentitud, Cédric cerró los dedos alrededor de la alianza y empezó a empujarla hacia fuera. La alianza se deslizó con facilidad por su dedo entumecido. Una acción que Cédric había intentado innumerables veces y que ahora había llevado a cabo con asombrosa simplicidad. La alianza abandonó su dedo como un objeto extraño. Cédric no sintió nada en absoluto.

Justo en ese momento, con la mano insensible, con el corazón congelado, rompió a llorar. Lloró como si el dolor se deshiciera por dentro y saliera sin control por sus ojos.

—Lo siento —dijo avergonzado

Lauren lo rodeó con sus brazos.

—No te preocupes. Llora cuanto quieras.

—Lo siento mucho. —Cédric lloraba sin parar—. Yo...

Cédric quiso gritar lo solo que se sentía, pero empezó a levantarse de la cama.

—Debería irme.

Lauren lo detuvo.

—No puedes conducir en este estado. Vamos, échate un rato.

Cédric obedeció y se acurrucó al lado de Lauren.

—Estoy tan cansado... —musitó.

Lauren le acarició el brazo.

—Duerme un poco.

Y esa noche Cédric durmió. Pero los sueños perturbaron su descanso. Soñó con Danielle cenando en un restaurante. Cédric disfrutaba del plato sin poder ver lo que estaba comiendo, y Danielle le hablaba aunque él no podía oír su voz. A pesar de eso, era una velada agradable. Pero uno de los estantes detrás de Danielle se desprendió de repente por uno de sus lados y, describiendo el movimiento de un abanico salvaje, la golpeó en la cabeza, provocando un ruido seco. Cédric se despertó sobresaltado y le pareció oír de nuevo el ruido sordo del estante soltándose en algún sitio dentro del apartamento. Hizo el amago de ir a investigar pero comprendió de inmediato que el ruido era, con toda probabilidad, el eco de su pesadilla y procedía del interior de su cerebro. Se dio la vuelta y observó a Lauren, durmiendo plácidamente a su lado. Esa imagen le devolvió una calma que casi ya había olvidado. La rítmica respiración de la mujer llenó el silencio. Cédric cerró los ojos, se durmió y esa noche ya no volvió a tener más pesadillas.

4

La luz del sol que se filtraba por las rendijas de la persiana alcanzó finalmente a Cédric y le acarició los párpados, hasta que consiguió que los abriera. Se incorporó en la cama todavía soñoliento. Un espejo le devolvió su reflejo. Se encontró a sí mismo sonriendo. Poco importaba que hubiera dormido vestido, que sintiera la boca seca o que estuviera en una habitación ajena. Le inundó una sensación inmensamente agradable y familiar porque se había despertado arropado por el sonido de otra persona tarareando en algún lugar del apartamento y por el aroma de café y tostadas.

Halló a Lauren en la cocina, trasteando con alegría entre los armarios con la ayuda de las dos muletas, intentando poner algo de orden en un feliz caos de alimentos con fechas caducadas.

—Buenos días —le dijo ella cuando se percató de su presencia.

—¿Qué hora es?

—Las diez y media. —Lauren señaló una antigua cafetera—. He hecho café.

—Huele muy bien.

—Pero no encuentro el azúcar.

Cédric sonrió.

—No te preocupes. Lo tomaré con un poco de leche.

—¿Quieres desayunar algo?

—Vale.

—¿Qué te apetece?
—No sé... ¿Huevos revueltos?
Lauren se mordió el labio inferior.
—Solo tengo tres.
—Tres huevos serán suficientes para los dos. ¿Tienes queso?
—Me temo que no.
—¿Mantequilla?
—Está en la nevera —dijo ella, y de inmediato advirtió—: a pesar de la fecha de caducidad, todavía está buena.
—Ya me encargo yo de hacer el desayuno. Tú siéntate.
—No, puedo hacerlo yo —protestó Lauren.
—Necesitas descansar —insistió Cédric.
—Lo que necesito es acostumbrarme a cuidar de mí misma.
Cédric alzó las manos, rindiéndose.
—De acuerdo. Pero al menos deja que te ayude.
—Está bien. Tráeme la leche.
Cédric se dio media vuelta y abrió la nevera.
—¿Cómo te encuentras? —le preguntó.
—Mucho mejor, gracias —aseguró Lauren—. Los analgésicos al fin me hicieron efecto.
—Me alegro.
Se hizo un silencio en el aire.
—¿Qué vas a hacer hoy? —quiso saber Cédric.
—No sé. Supongo que debería quedarme aquí en casa y descansar.
En su tono de voz había una resignación que deseaba ser alterada.
—Suena bastante aburrido.
—¿Tienes otro plan?
Cédric sacó de la nevera una botella de leche.
—¿Qué tal hacer un montón de palomitas y ver tu película favorita?
Lauren sonrió.
—No creo que te guste —señaló ella.

Cédric le devolvió la sonrisa.

—Ya imagino qué tipo de peli es. Creo que incluso puedo adivinarla.

—Ni en un millón de años —lo desafió Lauren, y sus ojos brillaron.

Cédric se detuvo sacudiendo la botella en el aire.

—Me temo que no tenemos suficiente leche.

—Vaya, no puedo creerlo. —Lauren agarró la botella casi vacía, examinándola a contraluz—. Al menos hay bastante para el café.

Pero Cédric ya no estaba a su lado. Se había puesto la chaqueta y había cogido las llaves del apartamento. Se detuvo en el umbral de la puerta de la cocina.

—Voy a por más leche.

—Hay bastante para un café —repitió Lauren.

—De paso compraré mantequilla, tomates, pan fresco y algo de salmón ahumado. ¿Nos olvidamos de alguna cosa?

—Lo más probable es que sí. —Lauren repasó la lista mentalmente—. Pero ahora no recuerdo.

—Vale, si te acuerdas, me llamas. Estaré de vuelta en un abrir y cerrar de ojos —prometió Cédric, y se encaminó hacia la puerta del apartamento.

Cuando la abrió, el sol acarició su piel. Una suave brisa le sopló en el rostro. El cielo estaba despejado. La temperatura era agradable. Cédric se sentía bien por primera vez en mucho tiempo.

En la cocina, Lauren de repente se acordó y se dio la vuelta.

—Cédric, espera...

Pero Cédric ya no podía escucharla. Bajaba por las escaleras silbando, casi al trote. Y fue justo en ese momento cuando uno de los peldaños cedió bajo sus pies.

12

El laberinto y el Minotauro

1

El peldaño se quebró por la mitad y hundió el pie derecho de Cédric, que se torció en movimiento, desnivelando todo el peso del cuerpo hacia un lado. Cédric intentó agarrarse a la barandilla pero no lo consiguió y su mano se cerró en el aire. Propulsado por la velocidad de descenso, sintió cómo su cuerpo se lanzaba sin control hacia el vertiginoso abismo de escalones que se abría justo delante de él. La caída por las escaleras parecía inevitable.

De repente, en alguna parte recóndita de su cerebro algo se activó, algo atávico que procedía de tiempos ancestrales, algo a medio camino entre el instinto y la estrategia: la indescriptible facultad que aumenta las posibilidades de sobrevivir en situaciones de peligro extremas. Algunos la describían como una reacción neurológica en clave de supervivencia que comporta la alteración de los sentidos y la percepción del tiempo, pero nunca lo había experimentado. Nunca hasta ahora.

En una millonésima de segundo, el cerebro de Cédric navegó a través de un nivel de consciencia diferente y el tiempo pareció ralentizarse. De ese modo, alterando la velocidad de la tragedia, Cédric tuvo la oportunidad de modificar su magnitud. Pudo verse a sí mismo a una escalofriante cámara lenta, precipitándose hacia los escalones que descendían. Extendió los brazos y proyectó las manos hacia delante con el propósito de detener el impacto, pero la superficie inclinada de la escalera solo permitió el contacto de una de sus manos. No fue suficiente para parar el golpe. El impacto le dobló la muñeca y desvió su trayectoria, empujando su cuerpo hacia uno de los lados. Su hombro chocó contra la pared y fue propulsado de nuevo hacia la escalera.

Cédric levantó los brazos para protegerse la cabeza y cerró los ojos. Cayó sobre sus codos y antebrazos. Su cuerpo rebotó y, por un momento, se sintió flotando en el aire. Cuando volvió a abrirlos, alcanzó a ver la imagen al revés de lo alto de las escaleras. Sintió que sus piernas se estaban levantando detrás de él, y que su hombro derecho, presionado contra el borde de un peldaño, giraba sobre sí mismo. Comprendió que estaba dando la vuelta en el aire. Decidió plegarse tratando de proteger sus extremidades y aterrizó sobre su cadera, con un golpe que resonó por todo su cuerpo.

Siguió cayendo por la escalera de lado y demasiado cerca de la barandilla. Parte de su pierna derecha se golpeó con el balaustre. Fue una contusión brusca que desvió de nuevo de forma fulminante la trayectoria del descenso. Fue también cuando el tiempo volvió a acelerarse. Cédric perdió el control. Su cabeza quedó desprotegida. Sus manos trataron de agarrarse a la nada. Sus piernas quisieron caminar sobre el vacío. Pero no había dónde aferrarse. Sintió los golpes, contusiones, choques en su pecho, en uno de sus brazos, en la parte trasera de su cabeza y, finalmente, sufrió el último batacazo al desplomarse al final de la escalera.

Permaneció inmóvil en el suelo, en una posición desordenada, confusa, hasta que su visión logró estabilizarse de nuevo, aunque fuera a través de un encuadre torcido. Su respiración regresó a la normalidad y, lentamente, volvió a tomar conciencia de su cuerpo. Todavía le pertenecía. Trató de levantar un brazo pero lo encontró increíblemente pesado, como si fuera de acero. No se atrevió a intentarlo de nuevo. Él, que había investigado un centenar de accidentes, al final había sufrido uno. Y ni siquiera sabía cómo reaccionar. No osaba moverse. Le aterraba descubrir que se había roto algo.

De repente, oyó la voz de Lauren desde lo alto de las escaleras.

—Cédric, Dios mío... ¿Estás bien? —preguntó alarmada.

Él empezó a moverse con cuidado, incorporándose con lentitud, sentándose en el suelo.

—Sí, estoy bien, solo ha sido... —Trató de sentarse pero un relámpago de dolor estalló detrás de su espalda, obligándole a detenerse.

—¿Seguro que estás bien? —insistió Lauren, con el pánico apoderándose de su garganta.

Pero él no podía responder a causa del dolor. Tuvo que cerrar los ojos y doblegarse hacia delante. Fue entonces cuando oyó el golpeteo de las muletas contra los escalones. Lauren había empezado a bajar los primeros peldaños.

—¡No, no bajes! —alertó Cédric a través del dolor.

Pero Lauren hizo caso omiso y bajó el siguiente escalón. Cédric no podía permitirlo. Reuniendo todas sus fuerzas, empezó a levantarse.

—¡La escalera no es segura! ¡Aléjate de ella! —le gritó a Lauren mientras sus piernas temblaban, inestables.

—Pero... —protestó la mujer.

—¿Es que no me has oído? —volvió a gritarle Cédric enderezándose—. ¡Te he dicho que no bajes! ¿Qué es lo que no entiendes?

Lauren se detuvo entre ofendida y aterrorizada. Luego se dio media vuelta y, subiendo los peldaños, volvió a meterse en el apartamento.

Cédric ascendió por la escalera de nuevo, con cautela, y se aproximó al escalón roto. Lo examinó de cerca. El peldaño parecía haber sido seccionado para que se rompiera bajo el peso de alguien.

Era una trampa. Y aunque Cédric había caído en ella, sabía a quién iba dirigida: a Lauren.

Se volvió y observó la pendiente por la que él se había precipitado. Se imaginó a Lauren perdiendo el equilibrio, sin posibilidad de agarrarse a nada, sin capacidad de reaccionar, rodando escalera abajo, y por un momento vio la férula de su pierna clavándose dentro de su carne, astillas de su hueso resquebrajándose hacia fuera, su tobillo desencajándose con los impactos, la pierna retorciéndose sobre sí misma y quedando destrozada para siempre...

Luchando con la sensación de mareo, Cédric sacó el teléfono móvil de su chaqueta. Observó que la pantalla se había roto en una telaraña pero aún funcionaba. Buscó el número de Simon y lo llamó. Cuando se llevó el móvil a la oreja, su codo se quejó de dolor. Tras sonar varias veces, al final saltó el contestador de voz. Cédric decidió dejarle un mensaje.

—Simon, escúchame con atención. —Su voz todavía estaba sacudida por el accidente—. Han querido lastimar a Lauren de nuevo. Ella está bien, pero no la puedo dejar sola en su apartamento. Tienes que venir con la policía. Llámame cuando llegues. Apresúrate, por favor.

Cédric colgó. Pasó por encima del escalón roto con una zancada y siguió subiendo hasta alcanzar el rellano. Echó una última ojeada hacia atrás y entró en el apartamento.

2

Nada más cerrar la puerta, Cédric se dio cuenta de que Lauren lo había estado esperando con gran agitación. A pesar de las muletas, se movía nerviosamente.

—¿Cómo te encuentras? —le preguntó.

—Estoy bien —respondió él, pero se sentía mareado, como si se hubiera levantado demasiado deprisa.

—¿Te duele algo?

Cédric negó con la cabeza mientras un calor le subía por todo el cuerpo hasta atenazarle la garganta. Sintió ganas de vomitar. Se dirigió al cuarto de baño para refrescarse.

—¿Estás seguro de que estás bien? —insistió Lauren, siguiéndole por el pasillo.

Él no respondió y se lavó la cara, pero el calor no desapareció. Se quitó la chaqueta y un dolor indescriptible explotó en sus brazos y se deslizó por la espalda. Intentó disimular, pero Lauren se percató de ello.

—¿Dónde te duele? —le preguntó.

—Te he dicho que estoy bien —mintió Cédric.

—Y yo te he preguntado que dónde te duele.

—Solo necesito echarme un momento, eso es todo.

Cédric se dirigió al dormitorio y se tumbó en la cama. Se llevó una mano temblorosa a la frente y se tomó la temperatura. Notó que estaba febril. Lauren lo observó unos segundos. Acto seguido, se sentó a los pies de la cama con la ayuda de las muletas y le quitó primero los zapatos y luego los calcetines. Sus manos palparon el pie derecho de Cédric, examinándolo.

—¿Qué estás haciendo? —murmuró Cédric, todavía con la mano en la frente.

—Descubrir lo que te duele por mí misma, ya que no quieres decírmelo.

Lauren movió el pie, explorando la rotación del tobillo.

—No sé qué esperas que te diga. Me he caído por las escaleras. Me duele todo el cuerpo.

Lauren llevó a cabo el mismo examen con el pie izquierdo, sin dejar de observar a Cédric para descubrir alguna reacción de dolor. Acto seguido, sus manos se deslizaron hacia el pantalón y empezaron a desabrocharlo.

—No creo que sea necesario... —Cédric intentó detenerla, pero Lauren le apartó la mano con firmeza.

—¿Sabes el daño que puedes hacerte cayendo por las escaleras? —le dijo mientras le quitaba los pantalones—. Puedes fracturarte el radio, el húmero o la pelvis. Por no hablar de lesiones neurológicas o traumatismos varios, incluidos el de la médula espinal.

Una vez logró quitarle los pantalones, Lauren le examinó las piernas en busca de lesiones. Luego sujetó la pierna derecha por el surco de detrás de la rodilla y la levantó flexionándola con suavidad hacia atrás.

—¿Te duele? —preguntó de nuevo.

Cédric negó con la cabeza.

—De hecho, ya me voy encontrando mejor. —Lauren empezó a hacer lo mismo con la otra pierna—. De verdad, creo que solo ha sido el shock de la caída —insistió.

De repente, una mancha de color rojo oscuro empezó a empapar su camisa, justo por encima del hombro. Al verla, Lauren dejó de examinar las piernas y se abalanzó sobre él.

—No te muevas. —Sus dedos nerviosos empezaron a desabrocharle frenéticamente los botones de la camisa.

Cédric sonrío.

—Tú lo que quieres es desnudarme —dijo, pero la expresión de Lauren era grave.

—Estás sangrando.

—¿En serio? —Cédric frunció el ceño—. ¿Dónde?

—Eso es lo que estoy tratando de averiguar. —Lauren le quitó al fin la camisa ensangrentada. Con avidez, inspeccionó con sus manos el pecho y los hombros de Cédric, pero no encontró ninguna herida. Luego le examinó los brazos. Tampoco.

—Incorpórate —le ordenó.

Cédric obedeció lentamente. Lauren estudió su espalda y su cuello. Encontró una herida justo detrás de su hombro izquierdo.

—No parece muy profunda, pero no estoy segura —declaró y, levantándose de la cama con la ayuda de las muletas, se dirigió al cuarto de baño.

Mientras Lauren trasteaba abriendo armarios, Cédric giró la cabeza para ver la herida. Consiguió advertirla con el rabillo del ojo.

—Solo es un corte —concluyó sin darle importancia.

Lauren regresó con una esponja y una botella de clorhexidina. Empezó a lavar la herida.

—No es nada, de verdad, es solo un corte —volvió a decir Cédric.

Pero Lauren no le escuchaba. Seguía limpiando la herida frenéticamente. Estaba alterada y Cédric se percató de ello.

—Cálmate, es solo un corte —le dijo tratando de tranquilizarla.

Lauren se hallaba en una especie de trance, como siguiendo un agónico ritual con sus manos temblorosas.

—Lauren, mírame. —Ella hizo caso omiso. Cédric le sujetó las manos, deteniéndola—. Lauren, basta.

Ella alzó la mirada y entonces Cédric vio que en sus ojos había asomado de nuevo el miedo.

—¿Qué te ocurre? —le preguntó.

—Lo siento, no puedo dejar de pensar... —Tragó saliva—. No podría soportarlo de nuevo...

Cédric le cogió la cabeza entre sus manos. Quería que Lauren le escuchara con atención. Habló con lentitud para otorgar a las palabras su significado verdadero.

—Y no va a suceder de nuevo, no habrá más accidentes, ¿de acuerdo? No te va a pasar nada. ¿Me oyes?

Lauren contempló a Cédric unos segundos y de repente lo rodeó con los brazos, abrazándole fuerte, como si no quisiera perderlo. Entonces él lo entendió: Lauren no estaba asustada porque había estado a punto de tener otro accidente. Estaba asustada porque Cédric había tenido uno.

Cuando se deshizo del abrazo y volvió a mirar a Lauren a los ojos, se preguntó cuál era la razón para que su caída por las escaleras hubiera despertado en ella una emoción tan profunda como perturbadora. Se dio cuenta de que el rostro de Lauren estaba tan cerca que Cédric podía notar su aliento sacudido sobre el suyo, podía ver su boca entreabriéndose, con su lengua rosada moviéndose dentro, palpitante. Y también sintió en ese momento que las manos de Lauren, que hasta ahora habían estado apoyadas sobre su pecho descubierto, empezaban a deslizarse con timidez por su piel.

Por un instante ambos se quedaron paralizados, examinándose mutuamente como si fuera la primera vez que descubrían un cuerpo ajeno. Habían olvidado lo que era rozar a otra persona, descubrir la piel extraña, sentir otra respiración y un aliento distinto, llenarse de un olor que no era el suyo. Bucearon dentro de sus ojos hasta que vieron el reflejo de sí mismos en las pupilas del otro, y entonces, sintiendo de nuevo el hambre del deseo, se lanzaron el uno al otro, comiéndose las bocas.

Con una serie de movimientos torpes y convulsivos, se quitaron la ropa hasta descubrir sus cuerpos maltrechos. Lauren separó las piernas tanto como le permitía su pierna inmovilizada por la férula y dejó que Cédric la penetrara. A pesar de su cuerpo doliente, él se preguntó cuándo fue la última vez que tuvo una erección decente.

Se juntaron con pasión pero tratando de refrenar su ímpetu, amansando su deseo. Ambos se movieron al compás de un sexo que solo era salvaje entre susurros. Porque estaban obligados a ser precisos y cautelosos. Tenían miedo de hacerse daño y de hacer daño al otro. A cada impulso para entrar dentro de Lauren, a cada movimiento de su cintura, Cédric sentía una punzada de dolor explotando en su espalda. A cada embestida, la pierna de Lauren se agitaba, enviando un relámpago de agonía a sus caderas.

Soltaban gemidos, pero los del gozo se confundían con los de dolor. Había demasiado sufrimiento, pero tanto Cédric como Lauren lucharon contra el lamento de sus carnes, y lograron conquistar el placer que les había sido arrebatado. Más allá de los calambres, de los espasmos, de las punzadas, de los estremecimientos, pinchazos y convulsiones, de la sangre y del sudor, pudieron alcanzar el orgasmo. Aunque el éxtasis también fue angustioso, al menos sintieron que habían sido capaces de recuperar un pedazo de humanidad del que pensaron que nunca más podrían gozar.

Se habían dado placer el uno al otro y ahora compartían la tortura de haber llevado sus cuerpos a un esfuerzo físico que no les estaba permitido. Porque cuando terminaron y permanecieron en silencio, perdiéndose dentro de los ojos del otro, recuperando la respiración, el dolor explotó paulatinamente dentro de sus cuerpos perlados por el sudor.

Unos golpes en la puerta interrumpieron el momento íntimo. Lauren miró a Cédric con expresión de alarma.

—Debe de ser la policía —dijo él levantándose y poniéndose los pantalones.

—¿Has llamado a la policía? —preguntó Lauren, visiblemente alarmada.

Los golpes volvieron a sonar.

—No te preocupes. Yo hablaré con ellos.

Cédric le alcanzó a Lauren su ropa y se dirigió al salón cargando con la camisa y sus zapatos. Se disponía a terminar de vestirse cuando se dio cuenta de que la camisa estaba manchada de sangre. Los golpes volvieron a sonar más fuertes.

—Cédric, ¿estás ahí? —Era Simon, que le llamaba impaciente. Parecía que iba a echar la puerta abajo en cualquier momento.

Decidió abrir. Simon entró en el apartamento sin ni siquiera pedir permiso.

—Te he estado llamando al móvil, ¿por qué demonios no

contestas? —Simon vio la camisa ensangrentada que Cédric sujetaba entre las manos—. ¿Estás bien?

Unos ruidos se oyeron en el interior del apartamento. Simon echó una ojeada al dormitorio y miró de nuevo a Cédric. Esta vez se fijó en su pelo alborotado, sus ojos bajaron hasta la cremallera de sus pantalones y se detuvieron ahí. La llevaba abierta. Cédric sabía que olía a sexo.

—¿Qué está ocurriendo aquí? —preguntó Simon entre ofendido y confuso.

Cédric se subió la cremallera con rapidez.

—¿Dónde está la policía?

—Me has dado un susto de muerte, ¿sabes?

Cédric miró a Simon y suspiró.

—No la has llamado, ¿verdad?

—Por supuesto que no. Primero quiero saber de qué va todo esto.

Cédric chasqueó la lengua y se sentó un momento en el sillón para calzarse los zapatos.

—Te dije que lo hicieras, te dejé un mensaje —remarcó.

—Lo sé. Sonabas desesperado. Intenté llamarte pero no contestabas. Estaba tan preocupado que cogí el coche para venir aquí lo más rápido posible. ¿Tienes idea de lo que he corrido con el coche? Nunca había corrido tanto en mi vida. —Simon hizo una pausa y esperó a que Cédric se pusiera de pie—. ¿Y bien? ¿Vas a contarme de una vez qué está pasando?

Cédric agarró a Simon por un brazo y lo condujo hacia la puerta de entrada, lejos del pasillo, y bajó la voz.

—Alguien ha saboteado la escalera de fuera para que Lauren tuviera otro accidente. Por suerte, en vez de ella, esta vez he caído yo en la trampa —explicó Cédric, mostrándole el corte en su espalda antes de ponerse la camisa manchada de sangre.

—¿De qué trampa estás hablando?

—Joder, Simon. —Cédric abrió la puerta y empujó a su

amigo al rellano—. Me refiero a ese escalón roto de ahí —dijo señalando el peldaño partido—. Si debes de haber pasado por encima...

Pero Cédric se detuvo y volvió a mirar el peldaño. No estaba roto.

—¿De qué escalón estás hablando? —preguntó Simon.

Cédric descendió con rapidez las escaleras hasta el peldaño que se había hundido bajo su peso. Se agachó para examinarlo con detalle. El peldaño estaba intacto, como si nada hubiera sucedido.

—No es posible —susurró para sí mismo, pasando la mano por encima del peldaño, como para asegurarse de que era real.

—¿Qué no es posible? —preguntó Simon, cada vez más confuso.

—Te juro que estaba roto —aseguró Cédric golpeando el peldaño.

Simon suspiró ruidosamente, haciendo evidente su incredulidad.

—¿Cuánto bebiste ayer?

—Lo ha reparado, no hay otra explicación posible. —Cédric se levantó y miró a Simon alarmado—. Ha estado aquí. Ha venido y lo ha reparado mientras yo estaba, yo estaba...

—¿... entreteniendo a Lauren Marsh? —sugirió Simon.

Cédric ignoró el comentario de su amigo y miró frenéticamente a su alrededor, con instinto felino, buscando la amenaza. Pero solo detectó a un grupo de ejecutivos cruzando la calle, a una mujer paseando a un perro, a un trío de madres con carritos y a un par de ancianos haciendo deporte. Sus ojos de repente se posaron en los cuatro adolescentes que había interrogado el lunes. Se habían conjurado cerca de allí para seguir fumando y bebiendo. Desde su posición en el banco del parque tenían que haber visto algo.

Sin perder un segundo, Cédric bajó las escaleras saltando y corrió hacia ellos. Simon decidió seguirlo. Cuando los adolescentes vieron a Cédric acercarse, levantaron la cabeza. Amir emitió un chasquido con la lengua. Otro empezó a reírse.

—¡Eh, vosotros! —los llamó Cédric.

—¿Qué quieres ahora? —replicó Amir cuando lo reconoció.

—¿Cuánto hace que estáis aquí? —preguntó.

—Una media hora —anunció el flaco—. ¿Qué se supone que hemos hecho esta vez?

—Eso —añadió el del pelo corto—, ¿de qué nos quieres acusar ahora?

Simon alcanzó finalmente a Cédric.

—Solo quiero saber si habéis visto a alguien arreglando esa escalera —dijo Cédric, señalando el edificio—. Uno de los peldaños estaba roto hace un momento. ¿Habéis visto a alguien repararlo?

Los chicos negaron con la cabeza.

—Tenéis que haberlo visto —insistió Cédric.

Los chicos se miraron entre ellos. Simon se acercó a Cédric por detrás.

—Vamos... —Simon lo agarró por el brazo para llevárselo de allí, pero Cédric se soltó con brusquedad y volvió a mirar a los chicos.

—¡Tenéis que haber visto a alguien! —les gritó. En su voz había un indicio de súplica.

—Yo sí que lo he visto —masculló el chico de la capucha con una amplia sonrisa.

—Tú cállate, que no has visto nada —replicó Amir.

—Sí que lo he visto, hace solo un momento —prosiguió el chico de la capucha—. Estaba reparando la escalera.

Cédric dio un paso hacia él.

—¿Cómo era? —le preguntó.

—Vestía uniforme, llevaba una gorra y una caja metálica de esas de herramientas.

—¿Hace cuánto lo viste?

—Hace solo unos minutos, justo antes de que su colega llegara. Se fue por allí —dijo el chico señalando una avenida.

Sin perder un segundo, Cédric salió a la carrera hacia la dirección señalada.

—Cédric, espera... —Simon fue tras él.

Cédric cruzó la larga avenida mirando a su alrededor, en busca de alguien que respondiera a la descripción. Pero era la hora del almuerzo, y hordas de gente se movían entre los edificios, saliendo de sus puestos de trabajo o de salas de reuniones y entrando en restaurantes. Tenía la esperanza de que la caja metálica que el hombre transportaba fuera lo bastante pesada como para impedir que pudiera correr o moverse deprisa. Debía interceptarlo antes de que volviera a esconderse en la oscuridad, forzarlo a que saliera a la luz y exponerlo delante de todo el mundo.

Llegó a un cruce de calles. Se detuvo y miró alrededor, escaneando a la turba que se agolpaba. De repente, a través de la masa de gente, le pareció entrever a un hombre con uniforme y gorra llevando una caja metálica que se alejaba con paso ligero.

Ahí estaba, desdibujado entre la multitud, el monstruo disfrazado de persona normal, pretendiendo ser un simple técnico de reparaciones, incapaz de despertar ninguna sospecha. El uniforme le ayudaba a pasar desapercibido, le otorgaba la invisibilidad necesaria para moverse por los edificios y llegar a las zonas en obras, y así preparar sus accidentes. Todo empezaba a tener sentido. Cédric debía atrapar a ese monstruo antes de que intentara atacar otra vez a Lauren.

—¡Cédric! ¡Cédric! —alguien le gritó.

Se giró y vio a Simon acercándose por entre un mar de gente. Cuando volvió a buscar con la mirada al hombre del uniforme vio que había acelerado el paso.

—¡Mierda! —exclamó Cédric. Los gritos de Simon también lo habían alertado.

Ignoró a Simon y empezó a correr a través de la gente, tratando de mantener al hombre del uniforme dentro de su campo de visión, pero un grupo de ejecutivos pasaron delante de él, cubriéndolo. Cuando volvió a recuperar la visión, el hombre con el uniforme ya no estaba ahí.

Cédric miró a su alrededor y dedujo que debía de haberse metido en la zona de patios interiores más cercana. Hizo lo mismo y empezó a recorrer el laberinto de caminos y senderos casi en estampida, mientras los trabajadores de las oficinas que estaban almorzando lo miraban ligeramente alarmados. De vez en cuando, Cédric se acercaba a alguno de ellos y preguntaba entre jadeos:

—¿Ha visto pasar a un técnico de reparación?

Pero la respuesta era siempre la misma. La gente lo miraba con expresión asustada y negaba con la cabeza.

Cédric no se dio por vencido y siguió corriendo por el laberinto de patios, doblando esquinas, cruzando plazas, tortuosos senderos, inhóspitos rincones, hasta que al doblar un recoveco algo le hizo detenerse. Había alguien detrás de un seto. Una sombra inmóvil y acurrucada, escondiéndose.

Con el corazón desbocado en su pecho, Cédric se aproximó a la figura casi de puntillas, y cuando estuvo lo bastante cerca, rodeó el seto bruscamente para... llevarse un susto de muerte.

Al cabo de unos segundos empezó a reírse. Ahí, detrás del seto, había un ser agazapado, con cuerpo de hombre y cabeza de toro, tratando de pasar desapercibido pero dispuesto a embestir y defenderse si se sabía descubierto. La estatua del Minotauro tenía una expresión sobrecogedora muy realista, observando desde abajo con ferocidad, con una mirada que helaba la sangre.

Al detenerse, el cuerpo empezó a dolerle. Notó cómo sus rodillas se doblaban y no pudo evitar desplomarse en el suelo, frente al Minotauro, rindiéndose a la bestia y al dueño del laberinto.

—¿Cédric? —Simon estaba llamándole.

—¡Estoy aquí! —contestó.

El ruido de unos pasos lo buscaban.

—¿Dónde? —preguntó Simon a gritos.

—¡Aquí detrás!

Simon finalmente asomó su jadeante cabeza por el seto.

—Oh, ¡mierda! —exclamó al ver la feroz estatua del Minotauro—. Al final has encontrado un monstruo.

—Pero no el que perseguía...

Cédric se llevó las manos a las sienes y las masajeó. Sentía que su cabeza iba a explotar de un momento a otro. Su cuerpo gritaba de dolor a causa de la caída. Simon lo ayudó a levantarse y se dirigieron a un banco de una de las áreas de descanso.

—Estaba ahí fuera, Simon. Ha estado ahí fuera todo el rato, probablemente espiándome —dijo Cédric—. Me ha visto caer por las escaleras y ha aprovechado el momento en el que estaba distraído para reparar el escalón y hacer desaparecer la evidencia.

—Y si estaba ahí fuera, ¿por qué nadie lo ha visto?

—Ese chico lo ha visto...

—Ese chico se estaba riendo de ti.

Cédric miró a Simon, muy serio.

—Yo también lo he visto —le aseguró.

—¿Y dónde está, Cédric? ¿Dónde?

—¿Crees que estoy loco, que me lo invento? —le preguntó a Simon directamente.

—No, pero intento razonarlo —aclaró Simon—, y me pregunto a mí mismo: ¿por qué, aparte de ti y de un chico, nadie más lo ha visto?

—Porque se esconde, Simon. Porque sabe que vamos detrás de él.

Cédric se pasó la mano por la cara.

—Pero según tu teoría, este individuo ha estado urdiendo

accidentes durante dos años sin levantar ninguna sospecha. ¿Cómo? ¿De verdad crees que alguien puede moverse por una zona residencial espiando a gente y preparando accidentes sin ser visto? ¿O es que acaso puede volverse invisible?

Cédric observó a Simon, pensativo.

—¿No comprendes que eso no es posible? —concluyó su amigo.

Pero una idea estaba formándose dentro de la cabeza de Cédric.

—Tienes razón —admitió.

—Por supuesto que tengo razón.

—Necesita ser invisible ahora que sabemos que existe —dijo Cédric—. Pero antes no necesitaba esconderse porque nadie sospechaba de él.

—Ya, pero entonces alguien lo habría visto.

—Así es. Y estoy seguro de que así ha sido.

—¿Cómo dices?

—De hecho, creo que hay más de una persona que lo ha visto. Lo que ocurre es que no lo saben todavía, no saben que lo han visto. Por eso ese monstruo sigue en la oscuridad. Pero creo que ya sé cómo arrastrarlo a la luz.

13

Una reunión incómoda

1

—Es un buen plan —afirmó Cédric marcando un número y llevándose el móvil al oído.

Tal afirmación iba dirigida a su amigo, sentado delante de él. Aunque Simon finalmente había depositado su confianza en su plan y ya no osaba contradecirle, Cédric intuía que todavía albergaba dudas. Simon se limitaba a observarlo sin decir nada, con las manos juntas y la barbilla apoyada en ellas, mostrándose incluso expectante.

Cédric había sido convincente en las explicaciones de su plan, demostrando que era posible encontrar alguna información útil, hallar una pista que permitiera establecer la existencia de ese psicópata y empezar a desenmascarar su identidad. Por eso Simon no había tenido más remedio que pactar con él. Si Cédric conseguía algún indicio o evidencia de que ese psicópata existía, Simon se había comprometido a ir a la policía con él y declarar juntos. Si no, todo el asunto terminaba allí mismo. Ese era el pacto. Incluso se habían estrechado la mano, como para sellar el acuerdo, pareciendo más dos hombres de negocios que un par de amigos.

Para llevar a cabo su plan, Cédric había elegido el hotel Sofitel por una simple cuestión geográfica, puesto que el hotel era equidistante a la mayoría de los edificios de Century

Europa. Situado en el edificio Bruselas, en los últimos años se había convertido para la mayoría de los empresarios en un prestigioso lugar de negocios y reuniones.

El tono de llamada sonó varias veces hasta que al fin alguien descolgó.

—¿Diga? —respondió una voz femenina autoritaria.

Cédric identificó a la enfermera que le había abierto la puerta hacía unos días.

—Buenos días, ¿podría hablar con el señor Majewski?

—¿Para qué quiere hablar con él? —replicó la cuidadora.

Cédric suspiró.

—Katrijn, soy Cédric Dereumaux, de la compañía de seguros Carlson & Vaughn. Le hice una visita el pasado miércoles, ¿no se acuerda?

—Por supuesto que me acuerdo —aseguró Katrijn, como si estuviera regañando a Cédric por eso.

—Necesito hablar con él otra vez. Es importante —dijo Cédric.

—Un momento —resolvió Katrijn después de una breve pausa, y Cédric pudo oír sus pasos alejándose del teléfono.

Simon se agitó en su asiento. Cédric lo miró fijamente.

—¿Sigues confiando en mí? —le preguntó.

Simon asintió en silencio. Cédric lo agradeció, porque su mutismo solo significaba confianza. La relación de amistad entre Cédric y Simon siempre había estado plagada de silencios que transmitían franqueza y respeto. Aunque a veces no tenían un significado claro. Algunos de estos silencios incluso nunca se habían roto.

Cédric recordaba el silencio inesperado y espeso que se instalaba entre él y Simon cuando se emborrachaban, después de las risas privadas, cuando las bromas se agotaban y ya no daban más de sí, esos silencios que permitían entrever miedos y ansiedades, y que iban acompañados de cabezas bajas o tragos rápidos para ahuyentar el roce de demasiada intimidad.

Cédric también recordaba el silencio de Simon después de confesarle que había pasado la noche con Danielle. Había sido uno de esos silencios que no solo delataban la incapacidad de Simon para reaccionar a lo imprevisto, sino también el orgullo herido de su rivalidad viril, y los celos del amigo desplazado por una relación amorosa. Pero ese silencio se había llenado con palabras groseras y palmadas en la espalda.

Recordaba también otro silencio, inquietante y profundo, que se instaló entre ambos cuando, años después, Simon le comunicó que Harriet estaba embarazada de su primer hijo. Cédric le preguntó a Simon si era feliz y este, tras asentir, sucumbió en un mutismo de mirada fija y expresión adusta, tan compacto e impenetrable como el acero.

Pero por encima de todos los silencios que habían existido con Simon, el que más resonaba en la memoria de Cédric era el que siguió a la muerte de Danielle. Ese silencio que había durado casi un año y que había supuesto la pérdida absoluta de contacto. Simon, que había estado siempre presente en la vida de Cédric durante los últimos quince años, decidió callar durante un año y desaparecer de la vida de Cédric. Ese había sido su mayor y más prolongado silencio. Cédric todavía recordaba a Simon en el funeral, abrazado a él con fuerza, como si todo lo que pudiera ofrecerle era ese abrazo, tan oprimente que casi le asfixiaba y le impedía respirar, tan cerca que podía oler el fuerte olor corporal de Simon como si fuera el suyo. Su amigo había dejado atrás su corpulencia para mostrarse débil por un momento. Quizá era eso lo que había ocurrido, pensó Cédric, que Simon nunca se había sentido suficientemente fuerte como para poder ayudar a Cédric, o tal vez se sentía mal por haber ido perdiendo el contacto con él y con Danielle.

Ahora se habían encontrado de nuevo, trabajando juntos en el caso de Lauren Marsh, y todavía no habían hablado de ello. Quizá era demasiado pronto, demasiado doloroso, o ninguno de los dos hallaba la manera de abordarlo. Lo habían dejado de lado, como un tema pendiente. Algún día deberían romper ese silencio.

Sin embargo, de momento el único silencio que se rompió fue el del otro lado de la línea.

—¿Sí? ¿Diga? —La voz de Majewski sonaba a través del móvil.

Cédric se llevó el aparato a la oreja.

—¿Señor Majewski? Sí, soy Cédric Dereumaux, hablamos hace dos días, ¿se acuerda? —prosiguió Cédric—. Me preguntaba si podríamos vernos una vez más mañana sábado, pero esta vez en el hotel Sofitel. —Hizo una pausa para mirar a Simon y luego añadió—: Se trata de una reunión.

2

Cédric había pasado la noche con Lauren. El viernes por la tarde fue a uno de los centros comerciales de Century Europa. Sin salir del recinto, compró una camisa y ropa interior nueva, un par de calcetines y un cepillo de dientes. De vuelta al apartamento de Lauren, le dijo:

—Necesitas que alguien te cuide. —Le dejó claro que se quedaría en su apartamento hasta que ella pudiera desenvolverse por sí misma de nuevo.

Lauren protestó durante los cinco primeros minutos pero no pudo negarse por más tiempo a la evidencia. Físicamente tenía una movilidad limitada y no quería volver al hospital porque lejos de curarla, los hospitales la ponían todavía más enferma. Había luchado por su independencia pero aceptaba la nueva situación. No estaba sola. Cédric estaba ahí para ayudarla.

De hecho, Cédric había hecho un pacto consigo mismo en secreto para proteger a Lauren de las agresiones hasta que consiguiera detener al psicópata que estaba detrás de ellas.

Alguien tenía que desactivar todas las trampas. Hasta cierto punto, más allá de lo confesable, Cédric descubrió que incluso estaba dispuesto a caerse de nuevo por las escaleras si era necesario. Se preguntó si eso era algún inicio de que sentía algo por Lauren. La dependencia física que habían encontrado entre ellos había hecho surgir la atracción sexual, como si de una manera natural una cosa llevara a la otra.

Esa misma noche del viernes, Cédric se había despertado de madrugada con un terrible dolor de espalda. Lauren trató de calmarlo con un masaje y terminaron teniendo sexo de nuevo. Era una manera de luchar contra el sufrimiento de sus cuerpos cuando este era insoportable.

Hacia las cuatro de la tarde, Cédric le dijo a Lauren que necesitaba asistir a una reunión de trabajo para la aseguradora en uno de los hoteles del recinto. Había contactado con una fisioterapeuta del Hospital Saint Berthélemy para que viniera justo a esa hora y estuviera con ella todo el rato que duraría la reunión. No quería dejarla sola ni darle al psicópata la más mínima oportunidad de perpetrar otro ataque. A las cuatro y media, dejó el apartamento y se puso en marcha hacia el hotel Sofitel.

Cédric había alquilado para la ocasión una de las salas de reuniones que el hotel tenía a disposición de las empresas. Había una larga mesa de madera de roble con una docena de cómodas sillas alrededor. A lo largo de la mesa había varias centralitas telefónicas destinadas a conferencias. La sala también estaba equipada con una pantalla, un reproductor de vídeo y un proyector de diapositivas. La mesa también ofrecía conexiones a internet y enchufes para móviles y portátiles. Por el mismo precio, el encargado del hotel había aprovisionado la sala con café, té, algo de fruta y un surtido de galletas. Era el espacio perfecto para reuniones de empresa.

Pero Cédric había organizado una reunión que no necesitaba nada de eso. La reunión estaba prevista a las cinco y media. A las cinco, Simon apareció por la puerta. Le ayudó a mover la mesa y a distribuir algunas sillas. No hablaron de nada en concreto. A las cinco y cuarenta llegó el primero de los invitados. Simon, entonces, se retiró a un rincón de la sala y se sentó en una silla, permaneciendo en silencio, inclinado ligeramente hacia delante, como un espectador.

La primera en llegar a la reunión había sido la señora Dunkel. No hablaron de su accidente, ni siquiera lo mencionaron. La señora Dunkel estaba de muy buen humor, el día anterior había asistido al primer recital de una de sus estudiantes favoritas y había sido todo un éxito. Confesó que esos recitales la ponían más nerviosa a ella que a las alumnas.

—Nadie se imagina lo que sufrimos los profesores —aseguró mientras se servía una taza de té con unas galletas.

El segundo en llegar fue el señor Majewski, que entró por la puerta acompañado de su fiel enfermera Katrijn. Cuando la señora Dunkel lo vio dejó de hablar y se quedó observando al hombre ciego con curiosidad. Majewski estuvo quejándose todo el rato desde que entró. Se lamentó de que Katrijn nunca escuchaba y de que siempre creía tener razón en todo. Al cabo de unos minutos, Majewski fue informado de que no estaban solos en la sala de reuniones y se interrumpió a sí mismo. Fue entonces cuando la señora Dunkel dejó la taza de té sobre la mesa y se adelantó unos pasos para presentarse.

Majewski la escuchó con atención sin parpadear y, aunque pareció un poco confuso al principio, luego dio un paso adelante y también se presentó, tendiendo su mano derecha a la señora Dunkel. La mujer le ofreció la izquierda. Después del torpe apretón de manos, Katrijn susurró con discreción algo al oído del hombre, con toda probabilidad que a la señora Dunkel le faltaba la mano derecha.

Cédric les ofreció una taza de té o café, pero Majewski la rechazó. Quería ir directamente al motivo de la reunión.

—No podemos empezar todavía —aclaró Cédric—, no hasta que estemos todos.

El invidente frunció el ceño sin comprender. La señora Dunkel se sumó a su desconcierto. En ese momento, la puerta se abrió y entró el doctor Tremblay, empujando él mismo su silla de ruedas. Cuando descubrió a la señora Dunkel y a Majewski, se paralizó durante unos segundos, sopesando la situación. Luego se dirigió a Cédric:

—No me dijo que habría otros invitados.

—Debí olvidarlo —mintió Cédric.

Los otros invitados giraron la cabeza hacia él. Era evidente que tampoco habían sido informados. Cédric se acercó a la mesa del refrigerio.

—¿Té o café, doctor Tremblay? —preguntó.

—Me contentaré con una explicación —respondió el anciano.

—A su debido tiempo, todavía falta más gente —indicó Cédric.

—Una taza de té, entonces —resolvió Tremblay.

Aunque los invitados se miraban entre ellos de reojo, intentaban actuar con una impuesta naturalidad, pero el silencio se iba volviendo más misterioso y compacto.

—Al menos podría presentarnos —dijo Tremblay.

—Tiene razón —admitió Cédric—. Disculpen mi falta de educación.

Cédric hizo los honores:

—Este caballero es el doctor Matthieu Tremblay, aquí la señora Helena Dunkel, y esta pareja son el señor Jacek Majewski y su enfermera Katrijn.

De repente, la puerta volvió a abrirse y esta vez apareció en el umbral Victor Legrand. Cédric se giró hacia él, añadiendo:

—Y aquí llegan los Legrand. Entren, por favor.

Pero Victor Legrand entró solo y la puerta volvió a cerrarse detrás de él. Cédric frunció el ceño mientras el hombre contemplaba a los otros invitados con expresión de inquietud.

—¿Dónde está su mujer? —preguntó Cédric.

—No se encontraba bien —respondió Victor, sin molestarse en dar más explicaciones.

—Vaya, lo siento —dijo Cédric, apretando los dientes.

Los dos hombres se aguantaron la mirada durante unos segundos en actitud ligeramente desafiante. El doctor Tremblay rodó hacia Cédric con la silla de ruedas y preguntó:

—¿Por qué no nos dice de una vez de qué va todo esto, señor Dereumaux?

—Enseguida lo explicaré, doctor Tremblay, pero debemos esperar a un último invitado.

En ese momento, la puerta volvió a abrirse y Émile Grouvelle asomó la cabeza. Cuando vio que había gente reunida en la sala soltó un «perdón» y se dispuso a cerrarla de nuevo. Cédric se dirigió a él con rapidez:

—Señor Grouvelle, no se equivoca, es aquí. Entre, por favor.

Émile obedeció. Con todo el mundo reunido, Cédric hizo de nuevo las presentaciones de todos los invitados mientras Simon, desde la silla en el rincón, no perdía detalle de todo lo que sucedía, frotándose nerviosamente las manos. Tras asegurarse de que todos los invitados habían sido servidos, Cédric consideró que había llegado el momento de abordar el asunto.

—Gracias a todos por acudir a la reunión, y siento que la convocatoria fuera a tan corto plazo —empezó a decir—. Se preguntarán por qué están aquí. Hace un par de días les visité a cada uno. Y si quise hablar con todos ustedes fue porque han sufrido accidentes, aquí en Century Europa, durante los últimos dos años. Necesitaba reunir información sobre ellos.

—Ya, para mejorar la seguridad del recinto, ¿verdad? —dijo Grouvelle.

—No exactamente —confesó Cédric.

Los invitados cruzaron miradas de extrañeza. Tremblay habló por todos ellos:

—¿Por qué quería hablar de nuestros accidentes entonces?

Cédric se humedeció los labios antes de responder.

—¿Es porque cree que todavía podemos reclamar dinero a la aseguradora? —interrumpió Majewski.

—Me temo que ese no es el motivo —admitió Cédric.

—Entonces ¿de qué va todo esto?

Cédric hizo una pausa mientras Simon, en el rincón, se agitó incómodo.

—Les he estado investigando porque a comienzos de esta semana una mujer llamada Lauren Marsh casi perdió la pierna en un accidente, también aquí, en Century Europa.

—¿Dónde? —preguntó la señora Dunkel.

—En la calle en obras, delante de mi casa —explicó Tremblay.

—¿Qué le ocurrió? —preguntó Majewski.

—Se cayó en un pozo, pero solo se rompió la pierna.

Grouvelle se adelantó:

—¿Y qué tiene que ver ese accidente con nosotros?

Cédric los miró atentamente. Cogió aire.

—El accidente de Lauren Marsh no fue un accidente —dijo, y añadió lentamente—, y creo que los de ustedes, tampoco.

Hubo un silencio y el aire de la sala se volvió compacto, casi irrespirable, hasta que el doctor Tremblay intervino:

—Perdone, pero me temo que no le entiendo. ¿Qué está diciendo exactamente?

Cédric notó el sudor en las palmas de sus manos, pero continuó:

—Creo que hay alguien detrás de algunos accidentes en Century Europa, alguien que los prepara para que sucedan. Esta persona preparó el accidente de Lauren Marsh y también los suyos.

—¿Esto es una broma? —espetó Legrand.

—Si es una broma, es de muy mal gusto —dijo la señora Dunkel.

—No, no lo es —aclaró Cédric.

—Le expliqué exactamente lo que me ocurrió —dijo el doctor Tremblay—, y sabe que fue un accidente.

—No, no fue un accidente —afirmó Cédric.

—¿Cómo puede estar seguro?

—Porque alguien colocó a su gato en lo alto de la torre de cemento para que usted utilizara la escalera de mano, una escalera cuyo peldaño había sido modificado para que se rompiera bajo su peso.

—¿Está usted loco? —exclamó Grouvelle.

Cédric se giró hacia el cocinero.

—¿Por qué cree que tuvo el accidente justo cuando estaba resfriado? Yo se lo diré. Porque se daban las circunstancias perfectas para que usted fuera incapaz de detectar el escape de gas.

—O fue precisamente a causa de mi resfriado por lo que tuve el accidente —replicó Émile.

—¿De verdad cree que hubo un fallo del sistema del gas solo una semana después de una revisión de seguridad? —Cédric se giró hacia Majewski—. Y usted Jacek, ¿cree que el tragaluz se resquebrajó justo cuando usted alzó la cabeza, simplemente porque estaba en el sitio equivocado en el peor de los momentos?

—¿No es esa la naturaleza de un accidente?

—No, no lo es. La naturaleza de un accidente no es que un fotógrafo se quede ciego, que una pianista pierda un brazo o que a una actriz se le desfigure el rostro. O, en el caso de Lauren Marsh, que una corredora pierda una de sus piernas. No es natural. He visto muchos accidentes en mi vida y estos tienen una clara e inequívoca intención detrás, la intención de causarles a ustedes el peor daño posible, hasta el punto de cambiar sus vidas.

Hubo un silencio. Solo se oía la respiración acelerada de Grouvelle tratando de controlar su enfado.

—¿Quién querría hacernos tanto daño, señor Dereumaux? —dijo Tremblay. Su voz denotaba indignación. Simon se removió en su asiento—. ¿Quién? —volvió a preguntar Tremblay con agresividad.

—Es un hombre —dijo Cédric—, y es probable que viva aquí, en Century Europa.

—¿Sabe quién es? —preguntó Tremblay.

—No —admitió Cédric.

—¿Lo ha visto?

—De lejos, no sé qué aspecto tiene. —Cédric hizo una pausa—. Pero ustedes quizá sí.

El desconcierto sacudió a los presentes.

—Ayer llegué a esta conclusión —explicó Cédric—. La persona que ha organizado todos estos accidentes tiene que ser alguien que les ha estado observando día a día, vigilando sus movimientos; les ha seguido por las calles de Century Europa y ha recabado información de los sitios que frecuentan, reconstruyendo sus rutinas, todo con el propósito de encontrar la mejor oportunidad para preparar sus accidentes. Posiblemente, esa persona se ha sentido con el control absoluto mientras organizaba los accidentes, ¿quién podría sospechar de algo así? Y esa persona ha tenido que entrometerse en cierto grado en sus vidas, no ha podido llevar a cabo su plan escondiéndose todo el rato. —Cédric les miró a todos uno a uno—. Mi conclusión es que es posible que ustedes lo hayan visto alguna vez, pueden haberse cruzado con él en más de una ocasión, incluso haber intercambiado algunas frases.

La inquietud se apoderó de todos ellos, pero Cédric prosiguió:

—Ese hombre parece que ha estado operando sobre todos ustedes de manera individual, uno a uno, creando un accidente detrás de otro a lo largo de dos años, y no creo que nunca se imaginara que todas sus víctimas pudieran reunirse en la sala de un hotel y hablar sobre ello.

—¿Sus víctimas? —repitió la señora Dunkel como un eco, horrorizada.

—Por eso estoy convencido de que si comparamos los recuerdos de los días o semanas previas a sus accidentes, quizá juntos podamos encontrar a ese hombre; quizá es alguien que todos ustedes comparten en su vida, o quizá es una persona que recuerden, a lo mejor todas sus historias contienen a alguien en común. Es una oportunidad de saber quién está detrás de todos estos accidentes de una vez.

Se miraron entre ellos. Simon se cubrió la cara con las manos.

—Por ejemplo, usted, señora Dunkel. —Cédric se dirigió a ella—. ¿Con quién solía compartir la lavandería comunal?

La señora Dunkel miró fijamente a Cédric, todavía en shock por las revelaciones.

—Mucha gente va allí a lavar la ropa.

—Sí, pero ¿quién estaba ahí cuando usted lavaba la ropa, cuando metía la mano dentro de la lavadora para esparcir bien el jabón?

—Yo... No lo sé...

—Intente recordarlo —dijo Cédric.

—No creo que...

—Es importante, porque es probable que su atacante estuviese ahí.

—¿Mi atacante? —repitió la señora Dunkel, llevándose la mano a la boca.

—Sí. Incluso puede que hablara con él.

La mujer miró a Cédric durante unos segundos, incapaz de contener su horror y, de repente, rompió a llorar. Tremblay intentó tranquilizar a la señora Dunkel.

—Cálmese, no hay nada que temer —le dijo. Luego se dirigió a Cédric—: Debe de estar contento de asustar a una mujer de esa manera.

—Yo, lo siento, pero es que... —se excusó Cédric.

—Estoy muy confundida —dijo la señora Dunkel.

—No le haga caso, ¿no ve que es un lunático? —soltó Tremblay.

—Creo que ya he tenido bastante —comentó finalmente Legrand. Dejó su taza de té encima de la mesa y se puso el abrigo dispuesto a abandonar la sala.

Cédric lo detuvo.

—Un momento, no se vaya, su caso es el más importante. Si ese individuo planificó el accidente de su mujer es probable que tuviera acceso a su apartamento, al desagüe de la cocina o, en cualquier caso, quizá sugirió cierto desatascador, lo que significa que su mujer o bien lo conoce, o al menos lo ha visto... Quizá si hablamos con ella...

El señor Legrand se soltó de Cédric con furia. Sus ojos lo fulminaron.

—Apártese de mi mujer o llamaré a la policía. ¿Me ha entendido? —Y dicho esto, Legrand salió de la sala dando un portazo.

Cédric se llevó una mano a la cabeza. La señora Dunkel se levantó y también se dirigió a la puerta. Cédric intentó detenerla.

—Espere, por favor, señora Dunkel. No quería asustarla pero tenemos que hablar.

La señora Dunkel negaba con la cabeza.

—Déjeme en paz, por favor.

—Tienen que entenderlo —dijo Cédric.

—No creo que haya nada que entender —dijo la voz de Émile a sus espaldas mientras se ponía de pie.

—Si me dejan que se lo explique...

—Creo que hemos oído suficiente. Ya se ha divertido bastante a nuestra costa —dijo Émile, y se acercó a Cédric amenazadoramente—. Créame, si tuviera un par de puños le rompería la cara.

—Dígame dónde la tiene y se la romperé con los míos

—añadió Majewski detrás de Cédric con un movimiento nervioso de sus ojos blancos. Katrijn lo agarró por el hombro.

—Vamos, le llevaré a casa —dijo, y lo guio hasta la salida.

Lentamente, se fueron marchando. El último en hacerlo fue el doctor Tremblay, que deslizó su silla de ruedas hacia la puerta. En la sala solo quedaron Cédric y Simon en un incómodo silencio. Simon se pasó las manos por la cara y miró directamente a Cédric con una expresión de indignación y tristeza. Él se la sostuvo durante unos segundos.

—Lo siento —dijo, y se levantó.

—Simon, espera. —Cédric lo detuvo cogiéndole por el brazo.

—Se acabó —espetó Simon.

—No, todavía no.

Simon se volvió con brusquedad.

—Ni siquiera se lo han llegado a plantear como una posibilidad —replicó Simon.

—Porque tienen miedo. Todos ellos tienen miedo —dijo Cédric—. Es la única explicación.

Simon negó con la cabeza y, dirigiéndose a la puerta sin mirar atrás, abandonó la sala.

Cédric se quedó solo, sintiendo la frustración creciendo por dentro, abriéndose paso entre sus entrañas doloridas. Lleno de rabia, se acercó al despliegue de tazas y platos y empezó a romperlos con furia incontrolada, haciéndolos añicos, hasta que se cortó en una mano y se detuvo para contemplar la sangre. Lentamente se fue calmando y, entre el destrozo, tuvo claro que nadie le ayudaría a atrapar a ese monstruo. Nadie. Tenía que hacerlo solo. Y empezó a trazar un nuevo plan.

14

La desolación de Judith Legrand

1

Cédric había elegido la mesa más cercana a la ventana. Desde allí podía ver perfectamente la puerta principal del edificio Lisboa donde vivían los Legrand. A primera hora de la mañana, había tenido una larga conversación con el conserje del edificio para averiguar con discreción la rutina de Victor Legrand.

Desde el accidente, el señor Legrand solo vivía para cuidar de su mujer. Todos los días. A todas horas. Cada minuto de su vida estaba consagrado a ella. No le gustaba dejarla sola durante mucho tiempo, Judith Legrand tenía una tendencia severa a la melancolía y la soledad le regurgitaba pensamientos negros. Había sido una mujer hermosa y una prometedora actriz, y Victor había sido su devoto agente, su fiel marido, hasta que al fin se había convertido en su más necesitado cuidador.

Los Legrand nunca hacían vida social, apenas salían de casa ni nadie les visitaba. Realizaban las compras *online* y se hacían subir los pedidos. Pero cada día Victor solía salir del edificio a eso de las diez de la mañana e iba a la cafetería situada justo en la esquina. Siempre pedía lo mismo: un café americano y un cruasán, y desayunaba durante media hora. Luego regresaba al apartamento y no volvía a salir del inmueble hasta aproximadamente las seis de la tarde. Legrand entonces iba a dar una vuelta por los patios, y a veces se metía en una de las tabernas y tomaba una o dos cervezas. Esos dos momentos del día eran todo lo que quedaba de la vida anterior de Victor Legrand antes del accidente. Era la rutina de un hombre que, a pesar de vivir con su esposa, transmitía una soledad devastadora.

Cédric volvió a mirar su reloj, pasaba un cuarto de hora de las diez y Legrand no había hecho su aparición. Se preguntó si ya había salido del edificio, aunque estaba seguro de que no había perdido de vista la entrada en ningún momento. Sin embargo, Cédric no era el único que estaba espiando. De repente, sintió de nuevo la sensación horrible y pegajosa de que estaba siendo observado. De la misma manera que Cédric estaba vigilando a Legrand, alguien estaba haciendo lo mismo con él, y él sabía quién era.

Su primera reacción fue quedarse muy quieto, como el animal que se hace el muerto para no ser devorado. Pero acto seguido disimuló, no quería que supiera que él intuía su presencia. Quería ser más inteligente que él y engañarle. Cédric sabía que había estado espiándole desde que entró en Century Europa por primera vez, cuando se perdió en los patios del edificio Berlín. Y estaba convencido de que, desde entonces, ese siniestro personaje había estado observando sus pasos durante la investigación. Pero esta vez era diferente, porque Cédric lo sentía cerca. Demasiado cerca. Con la mirada fija en la puerta principal del edificio Lisboa, esperando a que Victor Legrand saliera, Cédric llegó de repente a la escalofriante conclusión de que igual el monstruo se había confiado y ahora se encontraba allí mismo con él, en el café.

Se volvió discretamente y miró por encima del hombro, descubriendo detrás de él a un hombre solitario sentado en un rincón de la cafetería. Ni siquiera se había molestado en quitarse la gabardina. Debía de tener entre treinta y cuarenta años, de aspecto aseado y metódico, facciones redondas y pelo ligeramente canoso, con grandes gafas que delataban su miopía. Mientras terminaba una taza de café, el hombre observó a una familia que estaba sentada a su derecha, disfrutando de unos huevos revueltos y tarta casera de chocolate. Era una pareja con dos niños ruidosos de unos seis y ocho años. Por un momento, Cédric pudo captar un destello de odio en la mirada del hombre. Quizá el monstruo era él, pensó Cédric. Un hombre amargado y solitario, sin familia, que sentía rencor por otros seres humanos que eran más felices que él. El hombre dirigió sus ojos aumentados por las gafas de miope hacia Cédric y este disimuló, desviando la mirada de él a la familia.

Entonces se percató de que la familia no parecía tan feliz. La madre estaba regañando a los niños para que no se mancharan. El padre, un hombre pálido de labios finos, facciones estrictas y pupilas oscuras, estaba absorto en sus propios pensamientos mientras sorbía una taza de té. Por un momento, a Cédric le pareció que el padre de familia sonreía con perversidad, y se preguntó qué podía hacerle sonreír de aquella manera. Podía ser el placer que le producía la taza de té. Pero también el recuerdo sucio de su amante, o incluso podía ser el recuerdo macabro de su impulso destructivo. El monstruo podía ser él. Un marido ideal y un padre devoto de sus hijos pero con un incontrolable impulso sádico. El padre de familia ladeó la cabeza y miró a Cédric, que volvió a disimular. Pero al girarse de nuevo hacia la mesa, sorprendió a un hombre que lo había estado observando fijamente.

Este bajó la mirada de inmediato y siguió tomando un enorme trozo de pastel. Cédric reparó en él con atención. Era un hombre calvo y gordo, con movimientos un poco afeminados. No se estaba comiendo el pastel, lo estaba devorando, casi sin masticar, llenando sus carrillos, deglutiendo grandes bocados. Cédric se preguntó si eso era fruto de su ansiedad o si su hambre se extendía más allá de los dulces y tenía que saciar otros apetitos más oscuros. Él podía ser el monstruo. De hecho, cualquiera podía ser el monstruo. El hombre calvo levantó los ojos del plato y observó de nuevo a Cédric, que desvió la mirada hacia la ventana. Fue en ese momento cuando vio a Legrand salir del edificio. Había tardado en salir más de lo habitual, pero estaba cumpliendo con su rutina y, si Cédric no se equivocaba, Legrand ahora iría a la cafetería situada justo en la esquina y desayunaría un café americano y un cruasán. Tenía una media hora. Había llegado el momento de hablar con Judith Legrand.

2

Cédric aprovechó un instante en que el conserje estaba distraído para colarse dentro del edificio sin ser visto. No quería tener que darle más explicaciones sobre por qué había decidido visitar a la señora Legrand justo cuando su marido estaba dando un paseo. Pensó en utilizar el ascensor pero decidió que sería mejor usar las escaleras, así tendría menos posibilidades de ser visto por alguien. Subió hasta la quinta planta y entró dentro de la zona de los apartamentos, buscando la puerta de los Legrand. En el pasillo se cruzó con un vecino, al que saludó con educación. Aminoró el paso y esperó a que desapareciera dentro del ascensor para aproximarse a la puerta. Llamó al timbre. Esperó un minuto. No parecía haber nadie dentro del piso. Cédric volvió a llamar al timbre con más insistencia, y esta vez pegó la oreja a la puerta. Tras un par de minutos, Cédric oyó al fin el sonido de unos pasos acercándose. Se detuvieron justo al otro lado de la puerta. Volvió a hacer sonar el timbre, pero la mujer no se movió. Cédric interpretó que Judith Legrand estaba dudando.

—¿Señora Legrand? ¿Está usted ahí? —preguntó a través de la puerta.

Solo el silencio como respuesta, pero los pasos se acercaron con languidez, sin querer hacer ruido, como de puntillas.

La señora Legrand estaba tan cerca de la puerta que podía incluso sentir su respiración a través de ella. Cédric oyó un roce y se imaginó a la mujer mirando por la mirilla. Decidió presentarse.

—Soy Cédric Dereumaux, de la aseguradora Carlson & Vaughn. —Todavía no hubo respuesta—. Me gustaría hablar con usted.

Al otro lado, percibió una ligera agitación, y una voz desgarrada atravesó la puerta:

—¿Sobre qué?

—Sobre su accidente —aclaró Cédric.

Se hizo una pausa.

—No fue un accidente —declaró la voz de la señora Legrand.

El corazón de Cédric se aceleró.

—Lo sé, y precisamente por eso quiero hablar con usted. Déjeme entrar.

Más agitación y duda detrás de la puerta. Cédric contuvo el aliento hasta que al fin oyó el cerrojo y la llave abriendo la doble cerradura. La puerta se abrió.

—Entre, rápido —dijo la mujer escondiéndose detrás de la puerta.

Cédric obedeció y penetró en la oscuridad del piso. La señora Legrand volvió a cerrar con rapidez la puerta a sus espaldas mientras Cédric intentaba entrever entre las sombras a una mujer de mediana edad con el pelo largo peinado hacia un lado, de forma que le cubría medio rostro.

—Señora Legrand... —dijo Cédric, y dio un paso hacia ella.

La mujer no le dejó terminar. Sacó un largo cuchillo de cocina de detrás de su espalda con el que apuntó directamente al pecho de Cédric. Él se quedó paralizado.

—Camine hacia la luz, donde pueda verle bien.

—Confundido, obedeció y avanzó hasta la mitad del pasillo, por donde entraba un rayo de luz desde una de las habitaciones laterales.

—Muéstreme sus manos —ordenó Judith.

Él siguió las instrucciones, extendiendo los brazos y abriendo las palmas de ambas manos.

—Y ahora quítese los zapatos.

Cédric acató de nuevo la orden y se quitó los zapatos con un rápido movimiento de los pies. Judith se acercó a él, con su peinado cubriéndole medio rostro, y sometió a Cédric a un escrutinio con su único ojo visible. Le cacheó el torso y, sin dejar de apuntarle con el largo cuchillo de cocina, se agachó y le subió las perneras de los pantalones, como si quisiera asegurarse de que no llevaba nada escondido en los calcetines. Mientras Judith estaba agachada, Cédric tuvo tiempo de entrever la otra mitad de su rostro a través de la capa que su pelo quería ocultar, vislumbrando una piel horriblemente desfigurada.

Una vez terminada la inspección, Judith bajó el cuchillo y en un tono de voz más relajado declaró:

—Lo siento, pero tenía que comprobar que no era usted uno de ellos.

—¿Ellos? —repitió Cédric.

—Los que planearon mi accidente —dijo Judith, y se metió dentro de la cocina.

Cédric fue detrás de ella.

—¿Quiénes son ellos? —preguntó.

—¿Por qué quiere saberlo? —Judith abrió un cajón dispuesta a guardar el cuchillo.

—Porque creo que alguien está en peligro.

Ella se detuvo y se giró hacia él.

—¿Quién? —preguntó.

—Una mujer que vive también en uno de los edificios del recinto.

Judith cerró el cajón olvidándose de guardar el cuchillo. Se acercó a Cédric, inquieta.

—Pues debe impedir que le hagan daño. Tiene que impedirlo.

—Por eso tengo que saber quién está detrás de esos malditos accidentes. Y solo usted puede ayudarme.

Judith se mordió el labio inferior, dudando. Se sentó en una silla de la cocina con el cuchillo entre las piernas.

—Me hicieron jurar que no lo diría —dijo Judith.

—¿La han amenazado?

—No, pero no creo que les gustara que hable de ello.

—¿Nunca ha hablado de eso con nadie?

—Intenté contarle la verdad a mi marido una vez y no me creyó. —Judith utilizó la hoja del cuchillo a modo de espejo para ponerse bien el pelo—. De hecho, piensa que estoy loca. He llegado incluso a sospechar que quiere encerrarme en un manicomio.

Cédric se sentó despacio en la silla de enfrente.

—Yo no voy a pensarlo, así que puede contarme toda la verdad.

—¿Puedo confiar en usted?

Cédric asintió.

—Totalmente.

—¿Y no va a pensar que estoy loca?

Cédric negó con la cabeza.

—¿Quiénes son? —preguntó.

—Viven aquí, en Century Europa.

—¿Dónde exactamente?

—No lo sé. Pero se reúnen para preparar accidentes.

—¿Prepararon el suyo?

Judith miró el desagüe de la cocina y asintió con la cabeza. Volvió a hablar en voz baja, como si alguien les estuviera escuchando.

—Y lo hicieron de forma muy precisa, lo planificaron muy bien, pensando cada detalle. No debía tener cualquier accidente. Debía tener mi accidente.

—¿Por qué? —preguntó Cédric—. ¿Por qué querían que usted tuviera un accidente?

—Por Sandrin —murmuró Judith, y su voz se quebró cuando pronunció su nombre.

—¿Quién es Sandrin? —quiso saber Cédric.

Judith volvió a contemplar su rostro reflejado en la hoja del cuchillo y el párpado de su único ojo visible tembló.

—Solo tenía ocho años. Yo la cuidaba. Su padre tenía un negocio de limpieza pero ella era muy sucia. —Se rio al recordarlo—. Siempre se manchaba, se despeinaba, la comida se le caía de las manos, era un auténtico desastre. Y no solo se ensuciaba ella, también ensuciaba a los demás. Ensuciaba todo lo que tocaba, me ensuciaba a mí...

Judith hizo una pausa.

—Un día debía cuidarla toda la tarde, había tenido un casting importante y acababa de comprarme un vestido muy elegante. Ella me lo manchó. Yo me enfadé. Traté de limpiar la mancha pero no pude. Estaba tan furiosa que me quité el vestido y se lo arrojé, le dije que era una vergüenza que su padre tuviera un negocio de limpieza y que ella fuera la niña más sucia que jamás había conocido. Le dije que hasta que no hubiera quitado la mancha, no cenaría. Sandrin se puso muy nerviosa. La dejé tratando de quitar la mancha con jabón, rascando, utilizando mil sustancias, sin éxito. Se pasó una hora, dos, ocupándose de la mancha, mientras yo intentaba calmarme hablando por teléfono. De repente, la oí gritar, unos gritos horribles.

Judith se llevó una mano cerca del oído, como si todavía pudiera oírlos.

—Era como si la estuvieran perforando por dentro. Corrí a ver lo que ocurría y me encontré que en su empeño por quitar la mancha del vestido, en su creciente desesperación, había utilizado ácido clorhídrico. Sus manos, con los dedos retorcidos, se habían quemado y, asustada, se había tocado el rostro con ellas. Vi su piel ennegrecida, el ácido comiéndose su preciosa cara, escarbando un vacío... Solo tenía ocho años.

Judith se interrumpió, alzó la cabeza y miró a Cédric a los ojos, quien había estado escuchando el relato en silencio.

—Todavía no lo entiende, ¿verdad? —dijo Judith, con su ojo lloroso.

Con brusquedad, se apartó el cabello de la cara, mostrando la mitad del rostro que su largo pelo había estado escondiendo hasta ahora, revelando una mitad desfigurada, su piel angustiosamente destrozada, como si se hubiera doblegado sobre ella misma en extraños y repugnantes surcos. Su ojo derecho era un siniestro agujero que se hundía y se metía hacia dentro en una espiral de carne roja.

—¿No lo ve? —dijo Judith dibujando una triste sonrisa con media boca—. Merecía que me pasara esto.

Y su único ojo escupió una lágrima silenciosa que resbaló por su mejilla sana. En ese momento, ambos oyeron el ruido de llaves abriendo la puerta de la entrada. Cédric y Judith se pusieron de pie de inmediato, como si fueran dos amantes que habían sido sorprendidos en su romance.

Unos pasos se acercaron hasta donde ellos estaban y Victor Legrand apareció en el comedor. Cuando vio a Cédric con Judith, se detuvo al instante.

—¿Qué está haciendo aquí? —preguntó con voz firme y temblorosa a la vez.

—Yo, verá, solo quería hablar con ella...

—Le dije claramente que no lo intentara. Mi mujer no se encuentra bien.

Victor ignoró a Cédric y se aproximó a Judith, cambiando el tono de voz firme por uno dulce, mientras la expresión de su rostro se volvía amable.

—¿Estás bien, cariño? —le preguntó mientras la agarraba con suavidad por debajo del codo, invitándola a cruzar el comedor hasta la habitación.

Judith asintió de manera mecánica, pero su ojo sano estaba fijo en Cédric, incluso mientras se alejaba.

—No debería haberte dejado sola —declaró Victor forzando una sonrisa.

Sin embargo, Victor se dio cuenta de que Judith estaba escondiendo el largo cuchillo de cocina con la otra mano y se detuvo.

—No tienes por qué llevar eso —afirmó, e intentó quitarle el cuchillo de la mano con delicadeza.

Judith agarró el mango con más fuerza.

—Judith, dámelo, aquí estás a salvo.

Pero ella se resistía.

—He dicho que me lo des —ordenó Victor entre dientes.

Pero la mujer retrocedió y empezó a mirar a Cédric y a su marido, alternativamente, cada vez más rápido, con el ojo moviéndose asustado.

—¡Un momento, ¿de verdad pensáis que soy tan estúpida?! —les gritó.

—¿Qué?

Judith abrió la boca, incrédula y escandalizada.

—Ahora lo entiendo...

—Judith, basta. Dame el cuchillo de una vez —exigió Victor.

—Estáis juntos en esto, ¿verdad? —dijo ella.

—No sabes lo que dices.

—Entonces, dime, ¿de qué os conocéis? ¿Quién es él? —le preguntó a Victor señalando a Cédric con la hoja afilada—. Vamos, dímelo.

—Tampoco lo creerías —replicó Victor.

—Porque es uno de ellos, ¿verdad?

—El cuchillo, Judith —ordenó Legrand inmutable, alargando la mano.

Judith se volvió a Cédric.

—Eres uno de ellos —le acusó.

—¿Yo...?

—Sí, no disimules.

—Pero...

—Un psiquiatra, eso es lo que eres.

—No, no, escúcheme...

Pero Judith Legrand ya no escuchaba a nadie.

—Un maldito psiquiatra.

—No, se equivoca. No lo soy.

—Mientes. Mientes como él —dijo señalando a su marido—. Los dos mentís. ¿De verdad creíais que podíais engañarme de esta manera? —Y se volvió de nuevo hacia Victor—. Porque esto es idea tuya, este es tu plan, ¿verdad? Traer a un psiquiatra para averiguar lo loca que estoy.

Judith hablaba blandiendo el cuchillo inconscientemente.

—Cariño, yo nunca... —dijo Victor dando un paso adelante.

—No te acerques. No os acerquéis.

—Baja el cuchillo. Podrías hacerte daño —advirtió.

La mujer estaba temblando, nerviosa, a punto de tener un ataque de ansiedad.

—Dámelo.

—¿Y luego qué? ¿Qué va a pasar, Victor?

—Vamos a sentarnos los tres y vamos a hablar.

—¿Hablar? ¿De qué sirve hablar cuando nadie te escucha?

—Yo te escucho, y apuesto a que el señor Dereumaux también lo hará. Baja el cuchillo y hablaremos.

—¿Y después? ¿Qué va a pasar después de hablar?

—Todo va a seguir igual —aseguró Victor.

—Sabes que no, él va a ayudarte. Va a ayudarte a encerrarme otra vez en uno de esos hospitales mentales. Es lo que llevas queriendo desde hace tiempo.

—Eso no es verdad.

—Sí, sí que lo es.

—Estás confundida.

—No. Todo está más claro que nunca. —Judith negó con la cabeza.

—Dame el cuchillo.

—No lo voy a permitir, ¿me oyes?

—Judith, dame el cuchillo ahora.

—No quiero volver ahí otra vez.

Y de repente Judith le dio la vuelta al cuchillo y, con un rápido y furioso movimiento de su afilada hoja, se seccionó la muñeca izquierda. Victor y Cédric se lanzaron sobre ella para detenerla, pero era demasiado tarde. Judith se había lesionado una arteria y la sangre salía a chorros con cada latido del corazón. Cédric intentó inmovilizarla por detrás mientras Victor trataba de quitarle el cuchillo. Sin embargo, Judith forcejeaba demasiado y la hoja del cuchillo sesgó la palma de la mano de Victor.

El hombre aulló de dolor. Judith se dio cuenta de lo que había hecho y se paralizó un momento. Cédric aprovechó para agarrarla por el brazo que sujetaba el cuchillo. La mujer se agitó con furia para librarse de Cédric, pero este apretó su muñeca con fuerza hasta obligarla a doblegarse y a soltar el cuchillo, que cayó al suelo. Victor le dio una patada enviándolo a la otra punta del salón. El cuchillo rebotó contra la pared.

—Sujételа bien —dijo Victor—. No quiero que se haga más daño.

Sin importarle la herida sangrante de su mano, Victor se arrodilló al lado de Judith, que se encontraba echada en el suelo y apenas forcejeaba. Su rostro se había vuelto pálido. Victor le examinó el tajo de la muñeca, donde la sangre seguía saliendo a borbotones. Alzó su mirada a Cédric.

—Rápido, deme su corbata —ordenó.

Cédric se quitó la corbata y se la entregó. Victor rodeó el antebrazo de Judith con ella lo más cerca de la herida, asegurándose de no causar lesiones de los tejidos. Hizo un nudo y, apretando tan fuerte como pudo, asfixió el flujo de la arteria. Judith dejó escapar un gemido. Una vez hecho esto, Victor se quitó el jersey y con él envolvió la muñeca seccionada de su mujer. El jersey se empapó de sangre de inmediato. Cédric permanecía inmóvil, fijándose en las manos firmes de Victor, en contraste con las suyas, temblorosas y paralizadas. El hombre se giró hacia Cédric, casi gritándole.

—¿A qué demonios espera? Llame a una ambulancia.

Cédric se levantó, sacó el móvil de su bolsillo y empezó a marcar el número de emergencias con dedos temblorosos. Victor había conseguido detener la hemorragia, pero Judith estaba pálida y su único ojo, cerrado.

—Judith, no te duermas. —Victor la sacudió y ella lo miró—. Háblame, dime algo.

Los labios de la mujer se movieron, arrastrando palabras ininteligibles. Una voz respondió a Cédric al otro lado de la línea.

—Una mujer se ha seccionado una muñeca en el edificio Lisboa de Century Europa, quinta planta, puerta 3 —dijo Cédric—. Manden una ambulancia. Dense prisa, por favor. Mi nombre es Cédric Dereumaux.

Cédric colgó y se dirigió a Victor.

—En diez minutos estarán aquí.

Victor rodeó el cuerpo de Judith con los brazos y empezó a levantarla del suelo. Cédric dio un paso hacia él para impedírselo.

—Quizá no deberíamos moverla hasta...

Pero Victor ya se había puesto de pie llevando a su esposa en brazos.

—Será mejor que vayamos bajando —dijo Victor—. ¿Puede coger las llaves de mi bolsillo y abrir la puerta, por favor?

Cédric dudó unos segundos pero obedeció.

—Y tú, mírame, ¿me oyes? —le ordenó Victor a Judith.

La mujer asintió ligeramente con la cabeza, luchando por mantener su párpado abierto.

Abandonaron el apartamento. Cédric se adelantó para llamar al ascensor, mientras Victor avanzaba por el pasillo lento pero seguro con Judith en brazos. Cuando llegó al ascensor, Cédric estaba aguantando las puertas abiertas para que Victor pudiera entrar. Apretó los botones de inmediato para bajar al vestíbulo y el ascensor inició el descenso. Detrás de ellos iban dejando un rastro de sangre. Sangre en las paredes del pasillo, en el suelo, en los botones del ascensor, en el espejo. El cuerpo de Judith se vaciaba, y al mismo tiempo su rostro iba perdiendo el color y se volvía tan pálido que se llegaba a confundir con el mármol de las paredes.

Cédric se fijó en que el brazo de la mujer ya colgaba inerte, apuntando trágicamente al suelo del ascensor, sin dejar de gotear sangre. También advirtió que los dedos de la otra mano, que se sujetaban a la nuca de Victor, perdían fuerza. Este trató de despertar a su esposa una vez más, pero esta vez Judith no reaccionó. Estaba perdiendo la batalla. Victor, entonces, acercó su mejilla a la de Judith y le susurró al oído:

—Judith, ¿puedes oírme? Aguanta, cariño, aguanta un poco más, por favor.

Cuando Victor empezó a llorar, Cédric quiso esconder la mirada pero el reducido espacio del ascensor no permitía la privacidad. Contuvo la respiración, deseando poder volverse invisible.

—No me dejes. —Victor sollozó a Judith—. No puedes dejarme, ¿qué voy a hacer sin ti?

Sus lágrimas caían sobre la mejilla inerte de su esposa. Su ojo inmóvil lloraba con las lágrimas de su marido.

—No puedes hacerme esto. Te quiero. ¿Me oyes?

Los ojos de Cédric también se inundaron de emoción, pero él no veía a Judith. Cédric veía a Danielle, su mujer, pálida como un fantasma, sus labios entreabiertos, su herida en la frente. Y, sin querer, Cédric susurró a Danielle con ojos llorosos.

—Lo siento...

De esta manera se unió a la desesperada plegaria de Victor.

Las puertas del ascensor se abrieron y Victor salió disparado con su mujer en brazos hacia la salida. Una pareja de vecinos que estaban esperando el ascensor se apartó a un lado, asustados. Cédric corrió tras Victor y le abrió la puerta del edificio para que pudiera salir. Con el rabillo del ojo, vio al conserje poniéndose de pie detrás del mostrador, tratando de entender la situación. Justo cuando salieron al exterior, la ambulancia apareció en la distancia y en menos de un minuto frenó delante de ellos. Dos paramédicos saltaron de ella. Victor no dejó de hablarle a Judith ni un momento. Le habló mientras los médicos la subieron a la camilla y la trasladaron dentro de la ambulancia para inspeccionarla. Le siguió hablando cuando le pusieron una mascarilla y trataron de recuperar sus constantes vitales. Y continuó todo el rato, entre murmullos, hasta que uno de los paramédicos se dirigió a él y dijo:

—Está fuera de peligro.

—Gracias a Dios —musitó entonces Victor.

—No, gracias a usted. Si no nos hubiera esperado aquí fuera con ella, lo más probable es que no lo hubiera contado —matizó el médico, y acompañó a Victor dentro de la ambulancia.

—Lo siento, señor Legrand... —dijo Cédric devolviéndole las llaves del apartamento.

Victor las agarró sin ni siquiera mirarle.

—Ya le dije que no estaba bien.

La ambulancia se marchó al hospital dejando a Cédric solo, delante del edificio, con las manos manchadas de sangre, pero también dejando su alma sucia, con una mezcla de rabia y envidia. Rabia hacia sí mismo por no haber medido las consecuencias y haber puesto en peligro a Judith Legrand. Envidia hacia Victor porque, a diferencia de él, había logrado salvar a su esposa.

15

Peligros

1

Tenía que sacar a Lauren de Century Europa, llevarla a un sitio lejos de allí, esconderla, ponerla a salvo, impedir que la atacaran de nuevo. Judith se había referido a los responsables de su accidente como «ellos». Por un momento, Cédric la había creído y la amenaza del monstruo se había multiplicado como en un terrorífico juego de espejos. Pero era evidente que Judith Legrand estaba tan perturbada que apenas conseguía discernir la realidad de la fantasía y en su delirio veía peligros por todas partes. Cédric había depositado demasiadas esperanzas en su testimonio. Ahora se daba cuenta de que nunca llegaría a saber qué era lo que la mujer había presenciado con exactitud, y mucho menos obtener una descripción del psicópata. No tenía más remedio que urdir otro plan. Pero, mientras tanto, la prioridad era asegurarse de que Lauren estuviera protegida.

Tras el incidente con los Legrand, la ansiedad empezó a devorarlo. Su ropa volvía a estar manchada de sangre y no quería que Lauren lo viera y empezara a hacer preguntas sobre la procedencia de esta. Además, su mente estaba demasiado alterada para inventar una historia que fuera creíble. Cédric necesitaba ir a su apartamento, ducharse y cambiarse de ropa. Era probable que tardase un par de horas. Dos horas en las que dejaría a Lauren sola, desprotegida, en las que si algo le ocurría a ella, no se lo perdonaría nunca.

Cédric llamó a Lauren para asegurarse de que se encontraba bien.

—La reunión se está alargando —mintió Cédric—, tardaré un poco más. ¿Necesitas algo?

—No te preocupes. Estoy bien —respondió ella.

—Estupendo —dijo Cédric y, de repente, a través del teléfono le pareció oír otra voz murmurando algo ininteligible—. ¿Hay alguien contigo?

—No —respondió Lauren con voz firme.

Sin embargo, a Cédric le sonó a mentira. Se acercó el aparato a la oreja.

—¿Por qué lo dices? —preguntó Lauren.

Cédric ignoró la voz de ella, incluso su respiración. Estaba escuchando el silencio del otro lado de la línea, y en ese silencio pudo oír el roce de una presencia. ¿Lauren también le estaba mintiendo? ¿O se lo estaba imaginando?

—¿Ocurre algo? —dijo Lauren al notar que se había quedado mudo.

—Me pareció oír a alguien más —respondió Cédric sin haber podido asfixiar todas sus sospechas, con el oído todavía escudriñando el ambiente del apartamento de Lauren—. ¿Estás segura de que no hay nadie contigo?

—Estoy sola, Cédric —afirmó Lauren y añadió—: ¿De verdad que va todo bien?

—Sí, perfecto, tranquilo —le dijo—. Te veo en un rato.

—De acuerdo —respondió Lauren, y colgó rápidamente.

Cédric se quedó pensativo, observando el teléfono como si en él pudiera encontrar el rastro de una conspiración, indicios de murmullos en la sombra. Se preguntó si estaba empezando a tener alucinaciones. Con más esfuerzo del previsto, apartó sus dudas y sus paranoias y se puso en marcha.

Mientras conducía a través de la ciudad, Cédric empezó a pensar que el tiempo de su investigación en solitario se había agotado. El día siguiente volvía a ser lunes y comenzaba una nueva semana de trabajo. Debía aparecer por la oficina y ocuparse de nuevos casos que requerirían dedicación completa. No tendría más tiempo para cuidar de Lauren. Debía dejar de protegerla y volver a su rutina. Necesitaba ayuda. Ir a la policía. Aunque no tuviera el apoyo de Simon, ni pruebas concluyentes, había llegado el momento de contar su historia a la policía. Solo así podría asegurarse de que Lauren recibiera la constante vigilancia que necesitaba.

Cédric también se preguntó si quizá había llegado el momento de contarle a Lauren la verdad. Su ignorancia sobre la amenaza que se cernía sobre ella empezaba a convertirse en una desventaja, y el conocimiento del peligro y su consecuente precaución se perfilaba como la única herramienta para hacerle frente. Pero primero debía encontrar un sitio seguro.

Cuando llegó a su apartamento se dio una ducha de agua muy caliente. Al rato ya se sentía más animado, recuperó las fuerzas y su mente se activó de nuevo. Mientras se vestía con ropa limpia, contempló por un instante los moratones que iban surgiendo por todo su cuerpo a causa de la caída por las escaleras. Decidió ignorarlos.

Cuando se disponía a abandonar el apartamento, de repente, pensó que no existía un sitio más seguro para esconder a Lauren del psicópata. En su piso ella estaría a salvo. Decidió arreglarlo un poco. Cédric ordenó el caos de la cocina, puso en marcha el lavavajillas, limpió el cuarto de baño y cambió las sábanas de la cama. Luego consultó la hora y advirtió que tenía que irse.

Pero cuando se disponía a abandonar el piso, sus ojos se posaron en la estantería del salón. Allí estaba, todavía apoyada en el bajo de la pared, señalando los dos grandes agujeros de yeso que se abrían en ella. La imagen le pareció de una privacidad dramática casi obscena. No podía permitirse dejarla así con Lauren en el apartamento y, siguiendo más un impulso que una decisión meditada, hizo lo que debería haber hecho hacía más de un año. Cogió la caja de herramientas y se dirigió al salón. Colocó las dos planchas de hierro a las que estaban soldadas unas varillas y las fijó a la pared mediante tornillos. Luego las insertó dentro de las perforaciones ubicadas en la parte posterior del estante y, acto seguido, lo aseguró con tornillos. Una vez recolocado el estante, puso los pesados libros de nuevo en él, recogió los trozos del candelabro de cerámica y los tiró a la basura junto con las tarjetas de felicitación de una Navidad que deseaba olvidar. Finalmente, guardó el retrato roto dentro de uno de los cajones de la cómoda con la promesa de encontrar muy pronto otro marco más adecuado para la fotografía de él con la que había sido su mujer. Antes de salir, observó de nuevo el apartamento y esta vez asintió satisfecho. Ahora sí estaba preparado para acoger a Lauren.

2

Media hora más tarde, Cédric aparcó su coche cerca del edificio Berlín. Como temía caer en otra trampa organizada por el psicópata, subió las escaleras que llevaban al apartamento de Lauren con extrema cautela, midiendo sus pasos, sopesando la seguridad de los diferentes peldaños que pisaba. Incluso abrió la puerta usando las llaves que había cogido de Lauren con estudiado sigilo.

El apartamento lo recibió vacío y silencioso, la radio estaba encendida y sonaba por lo bajo una canción antigua que Cédric reconoció como *It's bad for me*. Pensó que Lauren seguramente se había quedado dormida en la habitación. Se disponía a quitarse la chaqueta cuando lo vio. Apareció de repente por el pasillo y, cruzando el salón, entró en la cocina. Lo vio solo un par de segundos, de espaldas, pero fueron suficientes para activar su alarma. Había alguien más en el apartamento.

Cédric pensó en la presencia que había sentido a través del teléfono la última vez que habló con Lauren, y se preguntó si se lo estaba imaginando de nuevo, si esta vez estaba sufriendo una alucinación. Se quitó los zapatos y se acercó con pasos silenciosos a la cocina. Era real. El hombre estaba de espaldas a la puerta abriendo uno de los cajones. Los ojos de Cédric se desviaron hacia la foto de Alex en la nevera para comprobar que no era él. Era un desconocido. Un desconocido en el apartamento de Lauren.

Sin perder más tiempo, se le abalanzó sobre él, agarrándolo por detrás. El desconocido ahogó un grito, intentó soltarse tratando de golpear a Cédric. Pero este lo balanceó para hacerle perder el equilibrio. Forcejearon hasta que se golpearon contra un mueble. Una lámpara se estrelló rompiéndose en añicos. Cédric consiguió que el desconocido doblara las rodillas y, entre jadeos, logró inmovilizarlo contra el suelo. Era un hombre joven, con barba de tres días.

—¿Quién eres? —preguntó Cédric.

—Johannes —dijo el hombre.

—No te he preguntado cómo te llamas. Quiero saber quién eres.

—No me haga daño, por favor —suplicó él.

—Entonces ¡responde! —insistió Cédric con agresividad.

—¡Cédric, por Dios!

La voz de Lauren sonó de repente a sus espaldas. Se giró. Ella estaba en el umbral de la puerta mirando la escena con preocupación.

—¿Qué está ocurriendo? —preguntó.

—Estaba aquí dentro —dijo Cédric, señalando al desconocido.

Lauren miró al hombre joven, desconcertada.

—Le he abierto yo la puerta.

—¿Lo conoces? —preguntó Cédric.

—Se llama Johannes. Lo envían del hospital. Me ha estado chequeando la pierna.

—Dice la verdad —añadió Johannes entre dientes.

Cédric miró al joven, a quien aún sujetaba, pero no lo soltó. Se sacó el teléfono y marcó un número con la mano libre.

—Cédric, ¿qué estás haciendo? —protestó Lauren.

Él la ignoró y se llevó el teléfono al oído.

—¿Puedo hablar con el doctor Toussaint, por favor? —dijo—. De parte de Cédric Dereumaux.

—Esto es ridículo —volvió a gruñir el enfermero entre dientes.

Cédric esperó a que el doctor Toussaint se pusiera al aparato.

—Sí, dígame. —La voz del doctor sonó al otro lado de la línea.

—Buenas tardes. Perdone que le moleste, pero tengo aquí delante a un tal Johannes que dice que viene del hospital enviado por usted, ¿es eso cierto?

—Johannes Meijer, sí —declaró el doctor—. Es uno de nuestros mejores rehabilitadores. ¿Por qué lo pregunta?

—Solo quería cerciorarme —indicó Cédric—. Gracias.

Y colgó el teléfono. Cédric soltó al joven, que se puso en pie.

—Johannes, ¿estás bien? —preguntó Lauren.

El chico asintió, acalorado por el esfuerzo y la humillación.

—Yo sí —dijo. Luego miró a Cédric—. Podría denunciarle por agresión, ¿sabe?

—Hazlo, estás en tu derecho —respondió Cédric sin sonar desafiante.

El chico soltó un bufido y abandonó el apartamento.

Lauren observó a Cédric en silencio, tratando de comprender. Él estaba pensativo.

—¿Qué está pasando, Cédric? Dímelo —preguntó ella en un susurro, como esforzándose por llegar a sus pensamientos más íntimos.

Cédric le devolvió la mirada, resolutivo.

—¿Dónde tienes una maleta?

—¿Por qué?

—¿Dónde la tienes?

—En el armario del dormitorio —respondió Lauren—. ¿Para qué la quieres?

—Nos vamos de aquí —afirmó Cédric.

—¿Qué? —Lauren abrió los ojos, sorprendida—. ¿Dónde?

—A mi casa. Te vas a quedar allí hasta que te recuperes —afirmó Cédric y, sin esperar una reacción de Lauren, desapareció por el pasillo.

—¡Un momento! —exclamó ella, intentando hablarle—. Cédric, espera...

Pero él ya se encontraba dentro del dormitorio. Lauren chasqueó la lengua y avanzó por el pasillo con la ayuda de las muletas. Cuando alcanzó el umbral de la puerta, Cédric ya había inspeccionado la estantería alta del armario y había cogido una vieja y polvorienta maleta que llevaba todavía atada la etiqueta de un vuelo a París. Ahora descansaba abierta encima de la cama.

—¿Qué demonios crees que estás haciendo?

Cédric se volvió hacia ella mostrándole dos jerséis.

—¿Cuál prefieres? —preguntó.

Lauren ni siquiera se molestó en mirarlos.

—Ninguno. —La expresión de su rostro se endureció—. No voy a ningún sitio. Y menos a tu casa.

—Allí estarás mejor que aquí.

—Aquí estoy bien.

—En mi casa podré cuidarte —aseguró Cédric.

—Ya me cuidas aquí —replicó ella.

—No es lo mismo —dijo Cédric—. Mi apartamento está en un cuarto piso, sin ascensor.

Lauren parpadeó atónita.

—¿Estás de broma?

—Pero hay un montacargas —continuó Cédric—, un montacargas para subir y bajar tantas veces como quieras y no tener que usar las dichosas escaleras.

Lauren ladeó la cabeza y miró a Cédric directamente a los ojos.

—¿Tiene esto algo que ver con el escalón roto de ahí fuera?

—Más o menos —admitió Cédric entre dientes.

—Pensaba que ya lo habían arreglado.

—No es solo eso... —Cédric interrumpió sus palabras.

—Entonces ¿qué es? —preguntó ella.

Era evidente que Lauren sabía que él no le estaba contando toda la verdad. Cédric dudó unos segundos antes de pronunciarse.

—No quiero que vuelva a pasarte nada. Necesitas estar en un sitio más seguro, protegida.

—Hablas como si yo estuviera en peligro —intuyó Lauren, aguantándole la mirada—. ¿Es eso lo que crees? ¿Que estoy en peligro?

Cédric no supo qué responder y desvió la mirada.

—¿Qué clase de peligro? —quiso saber ella.

Él calló, la precaución todavía atándole la lengua.

—¿Qué está ocurriendo? —preguntó Lauren frunciendo el ceño.

Al cabo de un momento, Cédric rompió su silencio.

—¿Confías en mí?

—Sí, claro, pero...

—Entonces, ven conmigo a mi apartamento.

Lauren miró a Cédric dentro de sus ojos.

—Quiero saber la verdad —exigió.

—Ven conmigo y te la contaré —respondió él.

Se aguantaron la mirada un rato. Cédric volvió a sentir el desafío en ella.

—Parece que no tengo otra opción —dijo Lauren.

—No.

Lauren suspiró y retrocedió, aceptando el pacto.

—De acuerdo. Pero si voy contigo será con una condición.

—¿Cuál? —preguntó Cédric.

—Quiero que antes me acompañes a un sitio.

3

El paquete era de un tamaño mediano. Podía contener cualquier cosa. Su envoltorio, un papel azulado sin motivos decorativos, tampoco revelaba ninguna información. Nada hacía suponer que se trataba de un regalo. Siguiendo las instrucciones de Lauren, Cédric rescató el paquete del fondo de uno de los armarios, lo cual le hizo pensar que lo había comprado hacía tiempo y lo había guardado para una ocasión especial. No preguntó de qué se trataba, ni hizo referencia a su posible contenido. Simplemente, lo tanteó entre sus manos con discreción, encontrando que el paquete era más ligero y blando de lo que parecía a simple vista.

Ayudó a Lauren a terminar de hacer la maleta. Luego cerró la llave del gas y la luz, y abandonaron el apartamento justo cuando empezaba a anochecer. Después de cargar el equipaje en el maletero, Cédric ajustó el asiento del copiloto para que Lauren pudiera sentarse con la pierna extendida. Acto seguido, partieron hacia una dirección desconocida. Su destino era una calle situada a las afueras de la ciudad. La monótona voz del navegador iba dando a Cédric las instrucciones, qué calles tomar, dónde girar, qué salida de la rotonda coger. De vez en cuando, Lauren intervenía señalándole un atajo, era evidente que ella conocía el camino. Condujeron durante unos cuarenta minutos. En ningún momento Cédric le preguntó a Lauren adónde iban, ni tampoco mencionó el contenido del paquete, que ahora descansaba en su regazo y atraía su atención cada vez que echaba un vistazo a través del retrovisor derecho. Habían hecho un pacto y debían cumplirlo.

Cuando al fin llegaron a su destino, Cédric pudo comprobar que se trataba de un edificio austero en cuyo cartel podía leerse VILLA BRUGMANN. Parecía una especie de residencia, pero Cédric no podía estar seguro.

—¿Es aquí? —preguntó.

Lauren asintió.

—Puedes dejar el coche ahí mismo —dijo ella señalando una zona con otros vehículos estacionados.

Cédric aparcó y apagó el motor. Salió del coche y lo rodeó. Se disponía a ayudar a Lauren a bajar cuando esta sacudió la cabeza de manera negativa.

—Yo esperaré aquí —anunció.

Cédric oteó los alrededores con preocupación.

—Puedes encerrarme dentro si así te quedas más tranquilo —sugirió Lauren, y le entregó a Cédric el paquete con el envoltorio azul—. Habitación 403.

Él cogió el paquete y la miró en silencio. Luego cerró el coche con los seguros y empezó a dirigir sus pasos hacia la entrada del edificio.

El vestíbulo era un espacio impoluto que olía a desinfectante, moteado con lámparas de diseño y plantas tan asépticas como la sonrisa de la recepcionista.

—Buenas tardes —le dijo sin apenas parpadear—, ¿en qué puedo ayudarle?

—Necesito llevar esto a la habitación 403 —anunció Cédric, señalando el paquete azul.

—Firme en el libro de visitas, si es tan amable.

Cédric cogió un bolígrafo unido a la mesa con una cadena y garabateó en el libro su nombre bajo su atenta mirada.

—¿Ha estado aquí antes? —preguntó la recepcionista con perspicacia.

Cédric sacudió la cabeza con cautela. La recepcionista, entonces, asintió con un movimiento firme de cabeza y se dirigió a un chico cuyo uniforme recordaba al de un enfermero.

—Christian le acompañará —anunció sin perder la sonrisa.

Cédric siguió al chico a través de un laberinto de pasillos nítidos, hasta que se detuvo delante de una puerta. El enfermero inclinó la cabeza a modo de saludo y desapareció al doblar la esquina, dejando a Cédric enfrente de la habitación 403. Permaneció delante de ella durante unos segundos, sin saber muy bien qué hacer, hasta que tragó saliva y, al fin, llamó a la puerta con los nudillos. Del otro lado solo obtuvo un compacto silencio como respuesta. Cerró la mano sobre el pomo y abrió con cautela, como si esperara que un perro pudiera de repente lanzarse sobre él y quisiera tener la oportunidad de cerrarla para protegerse de su ataque.

La estancia era pequeña, con paredes de un color crema apacible. Parecía una fría habitación de hospital pero travestida con algunos muebles domésticos. Un cuadro en la pared, una lámpara de pie, una silla y una falsa chimenea eran algunos de los elementos que intentaban evocar cierta atmósfera hogareña, con contundencia pero sin estridencias. La distribución de los muebles había sido diseñada alrededor de una cama que desde el centro dominaba la estancia. En la cama descansaba un hombre con un tubo de respiración que le salía por una abertura practicada en la tráquea y lo conectaba a una máquina de ventilación mecánica que respiraba por él.

Cédric se acercó a ella. El paciente llevaba un pijama rosado de tono apagado y estaba cubierto por una sábana. Por la disposición de los pliegues de esta, Cédric intuyó que al hombre le faltaba parte de las piernas. Su rostro y sus manos también habían sido horriblemente mutilados. El costado derecho de su pecho se hundía hacia dentro de manera pavorosa, como si le faltara media caja torácica. Cédric se aproximó al hombre para observarlo de cerca. Su rostro estaba severamente deformado, como si la mitad de sus facciones se hubieran desmoronado. La forma de su cabeza se pronunciaba con una alteración, como si el cráneo se hubiera desencajado de su sitio. De repente, Cédric se dio cuenta de que el hombre lo estaba mirando fijamente con unos ojos oscuros e intensos. Pero de inmediato advirtió que no había ninguna expresión en ellos. Era una mirada ausente.

—¿Hola? —dijo de todos modos, para asegurarse.

El semblante del hombre no pareció alterarse lo más mínimo. Sus ojos seguían mirando un punto lejano. Cédric se agachó para inspeccionar su rostro más de cerca.

—¿Puede verme? —preguntó en voz baja mientras miraba con fijación dentro de unos ojos negros donde podía verse reflejado.

Contuvo su respiración, esperando ver en el brillo opaco de su mirada vacía el asomo de un destello, algo que le indicara que todavía había vida dentro de él.

—¿Puede al menos oírme? —susurró Cédric de nuevo.

—Claro que puede oírle —respondió de repente una voz.

Cédric se giró sobresaltado, encontrándose detrás de él a un enfermero con sobrepeso.

—Y posiblemente también verle —continuó el enfermero—. Así que mantenga las formas. Nunca se sabe al cien por cien lo que los pacientes sumidos en coma pueden percibir de lo que ocurre a su alrededor. Créame, sé de lo que hablo. ¿En qué puedo ayudarle?

—Traigo esto de parte de Lauren... —dijo Cédric, ofreciendo el paquete con el envoltorio azul.

El enfermero lo cogió, se acercó a la cama y, mostrándoselo al paciente, empezó a desenvolverlo.

—Vamos a ver. —Sus dedos dibujaron la emoción de un nerviosismo fingido.

El papel azul reveló al fin su contenido: un pijama azul. El enfermero lo desplegó y lo agitó delante del paciente para que pudiera verlo bien.

—¿Te gusta? —preguntó, esperando del hombre en coma una respuesta que no llegó nunca, tan solo el resoplido de las máquinas de respiración asistida—. Pues yo creo que el azul te sienta mucho mejor —resolvió el enfermero—, así que lo guardaremos para una ocasión especial. Quizá podríamos estrenarlo en Navidad, ¿qué te parece la idea, Alex?

El nombre resonó dentro de Cédric como una pelota cayendo por unas escaleras. Su mente invocó a un chico moreno y atractivo. Cédric volvió a mirar al hombre en la cama. Ni en un millón de años habría relacionado a ese paciente mutilado con el joven sonriente y lleno de vida de las fotografías pegadas con imanes en la nevera del apartamento de Lauren. Ese era Alex.

Cuando Cédric regresó al coche no pudo mirar a Lauren ni decir nada. Permaneció sentado delante del volante en silencio durante un largo rato, hasta que se sintió preparado para encajar la respuesta a la única pregunta que sus labios podían formular.

—¿Qué le ocurrió?

Lauren suspiró y se tomó su tiempo, hasta que también se sintió preparada para contarlo.

—Le gustaban los coches y la velocidad —empezó—. Tenía una maldita moto, una Kawasaki. Iba por una carretera a toda velocidad cuando se empotró contra un camión. Los médicos hicieron todo lo que pudieron para salvarle la vida, pero el hombre que has visto en la cama es todo lo que queda de él. Su cuerpo todavía sigue vivo, y puede que Alex también, atrapado dentro de él. Los médicos no pueden asegurarlo, pero ¿quién sabe?

Lauren hizo una pausa.

—Por eso no puedo desconectarle... Y por eso sigo viniendo aquí cada semana. Tengo que hacerlo. No puedo dejarlo. —Su voz tembló—. Después de todo, fue culpa mía.

—¿Culpa tuya? —replicó Cédric—. ¿No has dicho que tuvo un accidente?

Lauren levantó la mirada.

—Yo le compré la maldita moto —confesó—. Fue mi regalo especial por su cuarenta cumpleaños. Le regalé la maldita moto y justo unos días después tuvo el accidente.

Lauren cerró los ojos, encajando el dolor de su pierna y el del recuerdo.

—Lo siento, Lauren —susurró Cédric—. No sé qué decir...

—No hay nada que decir... ni nada que hacer —dijo ella, dejando que su mirada se perdiera en la distancia—. Una vez leí la historia de una mujer que conducía un coche y, sin querer, atropelló a un niño que murió en el acto. La mujer, incapaz de soportar lo que había hecho, se fue al bosque, cavó un agujero y se enterró en él.

Lauren miró a Cédric.

—Entiendo a esa mujer. Quería desaparecer de la faz de la tierra, como yo. Porque si eres responsable de algo así, no puedes escapar, aunque lo intentes. No puedes dejarlo atrás porque lo llevas contigo.

Cédric permaneció en silencio, alentando que ella pudiera continuar su relato.

—Durante un tiempo, al principio, traté de buscar su perdón. Necesitaba que él me perdonara por lo que había provocado. Iba al hospital cada día y me sentaba delante de él durante un par de horas, mirándole fijamente a los ojos cuando mis lágrimas me lo permitían y hablándole, suplicándole que me perdonara. Le miraba en lo más profundo de sus ojos, tratando de interpretar un simple parpadeo, una vacilación en la pupila, la más mínima señal.

»Pero pasaban los días, las semanas, y ese perdón, ese pequeño gesto que me hubiera liberado un poco de mi infierno, no llegaba. Y nunca llegó. Al contrario, empecé a sentir que Alex me juzgaba y me condenaba. No podía mirarle a los ojos. Incluso les pedí a los médicos si podían cerrarle los párpados porque no quería que él me siguiera acusando con su silencio y su mirada vacía. Un día cogí la maldita moto que le había regalado y me puse a recorrer la autopista con ella. Corrí a toda velocidad, y cuanto más aceleraba menos me importaba lo que pudiera pasarme. Llegué a desear que un camión como el que apareció delante de Alex apareciera también delante de mí y estrellarme contra él. La policía me arrestó antes de que esto pudiera suceder y me retiraron el carnet. Hice sesiones con psicólogos, luego terapias de grupo. Llevé a cabo rituales. Destrocé la moto, la machaqué hasta que no pude reconocerla y se convirtió en un puñado retorcido de hierros y metales. Nada ha servido. Nada ha conseguido disminuir mi sentimiento de culpa. No puedo cambiar nada. La gente te aconseja empezar de nuevo. Pero ¿cómo puedes hacerlo? Para empezar de cero debería nacer de nuevo, y no puedo nacer de nuevo, no es posible. He optado por reconocer mi dolor y aceptarlo. Así he llegado a la conclusión de que solo hay dos tipos de personas, las que crean y las que, como yo... —Lauren bajó la mirada para añadir—, destruyen.

—Lauren, eso no es cierto... —replicó Cédric.

—Lo es —le interrumpió—. Repaso mi vida y solo encuentro una escalada de destrucción. Alex fue la culminación. Arruiné una vida, la suya. Yo le destruí. —Lauren levantó de nuevo la cabeza para mirar a Cédric dentro de sus ojos—. Por eso no soportaría destruir a alguien más.

Entonces Cédric vio el miedo que había visto con anterioridad asomar en Lauren. Pero esta vez lo entendió.

—Ahora dime —concluyó—, ¿sigues creyendo que soy la que está peligro?

Tras unos segundos, Cédric decidió no contestar a la pregunta y arrancó el coche.

4

Condujeron por las calles silenciosas de la ciudad sin cruzar una palabra más, acompañados de solitarios vehículos. Cédric dio largos rodeos mientras, de vez en cuando, echaba ojeadas al espejo retrovisor para cerciorarse de que nadie los estaba siguiendo. Cuando estuvo seguro de ello, se dirigió al edificio donde vivía a través de un callejón oscuro, y aparcó justo en la calle de enfrente, por si el psicópata lograba identificar su coche.

—Hay que cruzar —dijo Cédric una vez se bajaron del vehículo.

Cédric ayudó a Lauren a atravesar la solitaria calle y entraron dentro del edificio. Ella no pudo evitar observar las escaleras y las diferentes zonas en obras, incluido el vacío donde debería estar el ascensor.

—Por aquí —señaló Cédric dirigiéndose a uno de los pasillos laterales.

Acto seguido, pulsó un botón en la pared para llamar al montacargas. Las puertas metálicas se abrieron con un ruido chirriante. Cédric cargó la maleta dentro y luego ayudó a Lauren. La pálida luz del interior del montacargas apenas trascendía la penumbra y el extremo de una de las muletas de Lauren pareció atascarse en algún punto oscuro del montacargas, haciéndola perder el equilibrio. Cédric la sujetó de inmediato.

—Ten cuidado —dijo señalando un hueco existente entre el suelo de madera del montacargas y la pared descubierta.

Cédric tiró de la muleta, desencajándola, y se la devolvió a Lauren. Puso en marcha el montacargas, que subió con lentitud y crujiendo hasta el cuarto piso.

Una vez dentro de su apartamento, Cédric se tranquilizó al fin. Lauren se dejó caer en uno de los cómodos sillones de la sala de estar mientras él se paseaba por su terreno seguro y a salvo, donde todo estaba bajo su control.

—Es un poco ruidoso durante el día, por los camiones —comentó—. He cambiado las sábanas, están limpias, y he comprado algo de comida. ¿Tienes hambre?

Lauren negó con la cabeza.

—¿Te apetece una copa?

Ella volvió a negar con la cabeza.

—Cualquier cosa que quieras, házmelo saber, ¿de acuerdo? —le dijo.

Lauren alzó la mirada hacia él.

—Hay algo que quiero... —dijo, atrayendo su atención—. Yo te he contado por qué creo que tú estás en peligro. Ahora quiero que tú me cuentes por qué crees que lo estoy yo.

Cédric la miró pensativo.

—De acuerdo —respondió y, suspirando profundamente, empezó a explicarle a Lauren toda la verdad.

16

Víctimas y destructores

1

Lauren escuchó a Cédric en silencio, muy quieta, sin interrumpirle, secuestrada por el relato de su investigación. Cuando Cédric le reveló que su accidente no había sido tal, su respiración se agitó dando muestras de inquietud, pero permaneció callada, escuchándole. Y cuando le confesó que detrás de su accidente se escondía un agresor perturbado, Lauren rompió el silencio y, con una mezcla de incredulidad y temor, preguntó quién podría hacer algo así.

Cédric evitó contestar directamente a la pregunta y se apresuró a afirmar que el de Lauren no era el único accidente que ese siniestro personaje había urdido. Había planeado otros que habían resultado exitosos. Cédric le contó algunos casos y le dio nombres, pero cuando Lauren preguntó por ellos, no quiso entrar en detalles. Argumentó que estaba convencido de que el escalón roto había sido otro intento de ese psicópata para causarle un daño irreversible a ella.

—Por eso creo que estás en peligro —concluyó Cédric—. Y por eso decidí traerte a mi apartamento. Aquí estás segura.

Lauren guardó silencio, pensativa, como si necesitara tiempo para encajar los hechos.

—No podía ocultártelo más tiempo —le confesó Cédric—. Tenía que decírtelo.

Lauren soltó un profundo suspiro y alzó la cabeza.

—No sé si creerte —se pronunció—, no sé si quiero creerte.

—Sé que es perturbador, pero no hay otra explicación.

—¿Y las otras víctimas? —preguntó Lauren—. ¿Has hablado con todas ellas?

Cédric asintió.

—¿Y qué dicen sobre esto?

—No me creen. Por eso no han podido ayudarme. Ninguna de ellas.

—¿Ni siquiera esa mujer que antes has mencionado...?

—¿Judith Legrand? —Cédric negó con la cabeza—. Está desequilibrada. No es fiable. —Hizo una pausa—. Por eso creo que ha llegado el momento de ir a la policía y que tome cartas en el asunto.

—¿Por qué no has ido antes? —inquirió Lauren sin ánimo recriminatorio.

—Quería estar seguro, convencerme de que la amenaza era real.

—Porque es real, ¿verdad, Cédric? —dijo Lauren mirándole fijamente, con inquietud.

Cédric le devolvió la mirada.

—¿Qué quieres decir? —preguntó él—. ¿Que está en mi cabeza?

—No, yo solo...

—Es real, Lauren —insistió Cédric, algo ofendido—. Alguien quiere hacerte daño. Alguien quiere que pierdas una pierna.

Lauren tembló ante esa afirmación y se sujetó la pierna lisiada como si quisiera protegerla. Cédric se apresuró a reconfortarla.

—Te prometo que voy a atraparle. ¿Me oyes?

Ella asintió, pero su inquietud iba en aumento.

—Pero ¿por qué? —logró preguntar, tratando de racionalizar la amenaza—. ¿Por qué alguien desea hacerme daño?

—Todavía no lo sé.

—Habrás llegado a alguna conclusión.

—No, lo siento —dijo él sacudiendo la cabeza con sinceridad.

Lauren se mordió el labio inferior y parpadeó con rapidez. Cédric había visto ese gesto en ella algunas veces y sabía que lo hacía cuando estaba nerviosa.

—¿Crees que yo también conozco a esa persona? Eso es lo que piensas, ¿verdad?

—Eso tendría sentido, aunque ahora no estoy muy seguro de ello —reconoció Cédric.

—Pero ¿quién podría ser? Porque aparte de mis compañeros de trabajo, no conozco a mucha gente en esta ciudad, y menos en Century Europa.

—Pues eso es lo que tenéis en común —apuntó Cédric—, que todos vivís en Century Europa.

—¿Y por qué nosotros? —preguntó ella, y su pierna le envió un destello de dolor que se transformó en una mueca.

—No lo sé —admitió él.

Podía sentir la frustración que se iba acumulando en Lauren al no obtener las respuestas que ansiaba. Aun así, ella siguió preguntando:

—¿Por qué alguien desearía torturarnos de esa manera?

—Tampoco lo sé.

—¿Y por qué a mí? —Lauren se llevó una mano a la frente, como si quisiera medirse la fiebre—. ¿Es que no es suficiente lo que he pasado con Alex para que venga un loco a intentar que tenga otro accidente?

Cédric la miró con un rápido movimiento de cabeza, como si dos piezas hubieran encajado de repente dentro de él.

—¿Qué has dicho?

—¿El qué? —replicó Lauren, ajena a la conexión que Cédric había establecido.

Pero Cédric se levantó de la silla. No necesitaba oírlo de nuevo.

—Quizá tenéis algo en común, después de todo —anunció mientras volvía a coger el maletín que contenía sus informes.

—¿A qué te refieres? —preguntó Lauren.

—A Judith también le ocurrió una desgracia —explicó Cédric—. Con Sandrin.

—¿Quién es Sandrin?

—Una niña —aclaró escuetamente. Ahora no quería hablar de ello.

—¿Y qué tiene que ver conmigo?

—No puede ser una coincidencia —dijo él a la vez que se ponía la chaqueta y se dirigía hacia la puerta.

—¿Adónde vas a estas horas?

Cédric se detuvo con la mano cerrada sobre el pomo de la puerta.

—Necesito hacer unas averiguaciones antes de llegar a una conclusión.

Y con la seguridad de que Lauren allí estaba a salvo y que había encontrado una nueva pista que seguir, abandonó su apartamento.

2

Cédric recordó que una vez oyó a alguien decir que las historias más tristes no se cuentan nunca porque se instalan en el corazón del que las escucha, muy adentro, y después es difícil librarse de ellas. Por eso, pensó, las historias más tristes deben llorarse en silencio y recordarse en soledad, para que se acaben olvidando y así no entristezcan el corazón de nadie más.

Sin embargo, esa noche, en el edificio de Seguridad Ciudadana, Cédric no necesitó que nadie se las contara. Él fue a buscar esas historias tristes en las noticias y en los artículos de los periódicos, siguiendo su rastro en las secciones de sucesos, en las páginas de diarios sensacionalistas, donde la morbosidad de los lectores se alimenta de la desesperación y el infortunio. Esas historias rezaban dramáticos titulares:

FATALIDAD EN BALTIMORE
INFORTUNIO DESDE UN PUENTE
ACCIDENTE EN KORTRIK
SINIESTRO EN VARSOVIA
TRAGEDIA EN NÁPOLES

De esta manera, a partir de los retazos de relatos personales, testimonios indiscretos y rumores a pie de página, pudo encajar todas las piezas: hechos, tramas, conflictos y personajes, de todas las historias. Eran, ciertamente, las historias más tristes para ser contadas.

SINIESTRO EN VARSOVIA narraba la historia de un funcionario de mediana edad de Wałbrzych que, tras una crisis personal, había decidido divorciarse tras una larga relación y había abandonado su trabajo para dedicarse a lo que realmente le gustaba: la fotografía.

Su lucha para recuperar su vida, que había malgastado al lado de una mujer a la que no amaba y en un trabajo que apenas soportaba, se había convertido también en una lucha contra el tiempo, hasta el punto de obsesionarse con él.

Quería disfrutar de cada día, de cada hora, de cada minuto, de cada segundo.

Para recuperar el tiempo perdido ni siquiera dormía. Arrastraba horas de sueño y siempre estaba cansado.

Un día tuvo que ir a Varsovia para entrevistarse con un posible cliente. Era un viaje largo, de seis horas en tren. Decidió que en coche iría más rápido puesto que solo tardaría la mitad, unas tres horas.

Su hermano intentó convencerlo de que era mejor que cogiera el tren, que no estaba en condiciones de conducir con tanto sueño atrasado.

Pero el fotógrafo no quería perder seis horas de su vida, desoyó a su hermano y cogió el coche.

Condujo durante dos horas seguidas y, aunque estaba cansado por la falta de sueño y sentía la urgencia de hacerse a un lado de la carretera y dormir un poco, no se detuvo en ningún momento.

Incluso cuando se quedó dormido al volante durante unos segundos, tampoco quiso detenerse.

Ya descansaría cuando llegara a Varsovia.

Y con el propósito de llegar cuanto antes, aceleró sin importarle si transitaba por la autopista, por carreteras secundarias o por barrios residenciales.

Fue en uno de esos barrios cuando el adolescente se le cruzó por delante. Un chico de apenas dieciséis años.

Sus reflejos, atenazados por noches en blanco y demasiado tiempo al volante, no fueron lo suficientemente rápidos para evitar el choque.

A causa del impacto, el chico se quedó tetrapléjico en una silla de ruedas.

Encontró también otra historia tan trágica como la primera: ACCIDENTE EN KORTRIJK. A Cédric no le costó imaginar lo que había ocurrido, y se encontró a sí mismo como si fuese un joven de apenas treinta años conduciendo por las carreteras de Kortrijk con su padre al lado. Padre e hijo habían estado haciendo unas compras de Navidad y habían discutido en medio de unos grandes almacenes delante de todo el mundo. El joven nunca se había llevado bien con su padre, pero las peleas se hicieron más frecuentes e intensas desde que su madre había muerto. Si lo soportaba era porque le prometió a ella antes de morir que él lo cuidaría. Pero algunas veces su padre era insoportable, como ese día, y después de la fuerte discusión, ahora sentado a su lado, todavía criticaba su manera de conducir.

El joven sabía que su padre se sentía humillado porque a causa de su visión insuficiente le habían retirado el carnet de conducir y dependía de él cuando quería desplazarse. Pero eso no le daba derecho a ser horrible con él y a señalarle lo mal que conducía, lo inseguro que se sentía a su lado, el miedo que tenía de que tuvieran un accidente. Incluso le llegó a insinuar que hubiera preferido ir a pie. Aquel último comentario consiguió enfadar tanto al joven que frenó el coche en seco y obligó a su padre a bajarse, dejándolo en medio de la autopista. El joven siguió conduciendo por la carretera de noche, con las manos apretando el volante con tanta fuerza que sus nudillos se volvieron blancos.

Pero mientras conducía pensó en lo mayor que era su padre y en lo mucho que había envejecido desde que su madre había muerto. También en lo solo que debía de sentirse sin ella, y en el miedo que tendría de que su único hijo lo abandonara. Al joven se le pasó el enfado. Con un giro de volante, dio la vuelta y fue a buscar a su padre. Pero cuando llegó al tramo de la autopista donde lo había dejado, justo a la altura de una gasolinera, se encontró con un coche de policía y una ambulancia. Su padre había sido atropellado cuando intentó cruzar en la oscuridad.

Había otra historia, INFORTUNIO DESDE UN PUENTE, triste y trágica como las demás, que tenía como protagonista a una mujer que vivía en Dusseldorf. Cédric podía imaginarse a la mujer en el salón de su casa, con muy poca iluminación, casi en la penumbra, en zapatillas, sus manos agarradas a un bol de palomitas, hundida en su sillón como si quisiera desaparecer en él, muy quieta, escuchando el timbre de la puerta, sus diminutos ojos fijos en la pantalla de un televisor enmudecido, esperando ver en ella su programa favorito mientras alguien seguía llamando, con insistencia, suplicando que la dejara entrar. La persona que llamaba a la puerta no era cualquiera. Era su amiga. De hecho, había sido su mejor amiga. Y lo había sido porque sabía escuchar y porque era una persona alegre que contaba las historias más divertidas que uno pudiera imaginarse.

Pero la depresión se había apoderado de esa amiga y ya no era una persona alegre, ahora siempre tenía miedo. La única manera que había encontrado la amiga de luchar contra su depresión era el alcohol y compartir su malestar con la mujer. La llamaba cada día y la visitaba a menudo. Había dejado de contar historias divertidas y ahora solo contaba las historias más siniestras. Además, ya no escuchaba, necesitaba que la escucharan... Y esa mujer de Dusseldorf se había hartado.

Aquella noche no quería hablar con ella, no quería escuchar sus tristes historias, ni siquiera quería verla, no. Aquella noche quería ver uno de sus programas favoritos y reírse un rato. Así que mientras la amiga aporreaba la puerta, la mujer de Dusseldorf permaneció inmóvil en el sillón, en la penumbra, deseando que se marchara, odiando a esa amiga, que tanto había querido. Cuando la amiga se fue y la mujer respiró aliviada, pudo devolver el sonido al televisor. Pensó que ya la llamaría el día siguiente. Arrinconó sus preocupaciones, se rio mucho y disfrutó de una velada que había sido planeada solo para ella.

Sin embargo, aquella misma noche, su amiga estaba tan ebria y desesperada que se tiró desde un puente y acabó con su vida.

Cédric leyó otra historia más, FATALIDAD EN BALTIMORE. Esta había sucedido en una tranquila calle de una zona residencial de Baltimore, donde los vecinos todavía trataban de olvidar una fatídica noche durante la cual tuvo lugar un robo con violencia que terminó con una víctima horriblemente torturada. Justo cuando los residentes hacían lo posible para volver a la normalidad, fueron sacudidos por el ruido de un disparo. La detonación resquebrajó el silencio de un sábado a primera hora de la mañana. Procedía de una de las casas familiares.

Cédric intentó imaginarse qué pasaría por la cabeza de aquel padre de familia cuando descubrió el origen del disparo. Dos meses antes, y a causa del robo con violencia, ese padre había sentido el aliento del terror soplándole en la nuca y por eso empezó a obsesionarse con la seguridad y con proteger a su esposa y su hijo.

Ese padre, que había comprado alarmas y cerrojos, pensó que eso no era suficiente y un día, por recomendación de un amigo suyo, decidió hacerse con una pistola. Aprendió a disparar con ella y, de ese modo, había empezado a sentirse más seguro. Llegó a la más absoluta convicción de que estaba preparado para cualquier amenaza y, si entraban ladrones en su casa, él podría defender a su familia. De hecho, tenía siempre la pistola cerca por lo que pudiera ocurrir, a todas horas, mientras comía, mientras veía la televisión, incluso mientras dormía.

Sin embargo, ese padre comprendió demasiado tarde, y entre lágrimas, que sin darse cuenta había decidido tener la pistola más cerca de lo que tenía a su hijo, y que su hijo, buscando estar más cerca de su padre, terminó encontrando por accidente la pistola, y como estaba tan aburrido, aquel sábado por la mañana se puso a jugar con ella y, sin querer, se voló la tapa de los sesos.

Había una última historia, TRAGEDIA EN NÁPOLES. En Nápoles había una joven madre que tenía un bebé de diecisiete meses. Solía ir al trabajo en coche. En su rutina, dejaba al bebé en la parte derecha del asiento trasero y de camino al trabajo efectuaba tres paradas: una para hacerse con el periódico, otra para dejar al bebé en la guardería y la última para comprar el almuerzo. Después, dejaba el coche en el aparcamiento exterior y se iba a trabajar. Cada día hacía lo mismo, en este orden. Era su rutina.

Ese día hacía un calor insoportable, un calor que se te metía en el cerebro al respirar y lo difuminaba todo. La joven madre estaba en una reunión de trabajo que se había alargado ya dos horas. La gente en la reunión se quejaba del calor asfixiante y de la temperatura. A ella, sin embargo, la inquietaba otra cosa. Algo no había ido bien esa mañana, aunque no podía precisar qué. Cuando repasó su rutina, no encontró nada anormal, excepto que el vecino había aparcado el coche tan cerca del suyo que no pudo abrir la puerta derecha como hacía de costumbre. Pero, aparte de eso, tras comprar el almuerzo, había mirado al asiento trasero por el retrovisor y lo había visto vacío y silencioso, lo habitual después de dejar al bebé en la guardería, así que luego había aparcado el coche, como cada mañana, y se había ido directa a la reunión, a la que llegaba tarde.

¿Qué era entonces lo que estaba mal? Había efectuado como siempre tres paradas. Una para comprar el periódico. Otra para dejar el bebé en la guardería. Y la última para hacerse con el almuerzo. Recordó que tras comprar el periódico también había mirado a través del espejo retrovisor y había visto la parte derecha del asiento trasero vacío. Entonces se dio cuenta de que nunca dejaba al bebé en la guardería antes de comprar el periódico. Algo estaba mal. No recordaba haber dejado al bebé en la guardería, pero el coche estaba silencioso y el asiento derecho de atrás vacío.

La joven madre abandonó la reunión y llamó a la guardería. Preguntó si su bebé estaba bien y le dijeron que ese día no había ido a dejarlo. Un escalofrío la agitó por dentro. Volvió a recordar que aquella mañana, como el vecino había aparcado el coche tan cerca del suyo, no había podido abrir la puerta del lado derecho. Por eso había tenido que utilizar la puerta izquierda, y por eso había dejado al bebé en la parte izquierda del asiento trasero del coche, y no en la derecha, esa parte que había estado vacía y silenciosa todo el rato, haciéndole creer que el bebé no estaba allí.

Corrió hasta el aparcamiento, donde estaba su coche, abrió la puerta que ardía a causa del sol recibido durante tres horas y, cuando lo hizo, el horror le golpeó en el estómago, algo que nunca había pensado que pudiera suceder. Había olvidado a su bebé dentro del coche y allí, encerrado, indefenso y expuesto a una temperatura infernal durante tres largas horas, el bebé había muerto.

Todas estas historias, que ya eran de por sí trágicas, ahora todavía lo eran más porque Cédric había conocido a sus protagonistas. Porque ese fotógrafo que dejó a un adolescente tetrapléjico se llamaba Jacek Majewski; porque ese hijo que había abandonado a su padre en la autopista en un enfado repentino se llamaba Émile Grouvelle; porque esa mujer que no abrió la puerta a su desesperada amiga se llamaba Helena Dunkel; porque ese padre que compró una pistola se llamaba Matthieu Tremblay, y porque esa mujer italiana que dejó a su bebé dentro del coche se llamaba Renata Barzetti.

Ellos eran los trágicos protagonistas de las historias más tristes. Historias que tenían en común a un ser humano destruyendo a otro por accidente; a inoportunos verdugos que luego debían seguir viviendo bajo la sombra de una muerte, lidiando con su culpabilidad, sus vidas impregnadas de inestabilidad y fracaso, de profundas heridas abiertas que nunca lograrían cicatrizar. Historias de improbables criminales cuyas vidas se arruinaron tanto como las de sus víctimas.

3

El lunes por la mañana, en lugar de ir al trabajo, Cédric condujo su coche hasta las oficinas de Urbanis y subió al despacho de su amigo. No había hablado con él desde esa incómoda reunión en el hotel.

Simon lo recibió con frialdad. Ni siquiera lo invitó a sentarse.

—Tengo una reunión en diez minutos —dijo antes de que Cédric pudiera abrir la boca.

—Es más de lo que necesito —aseguró él.

—¿Y bien? —Simon cruzó los brazos sin molestarse en ocultar su incomodidad—. Supongo que has pedido disculpas a las víctimas de esos accidentes.

—No se trata solo de ellos —dijo Cédric, que no quería hablar de eso.

Abrió su maletín y sacó un amasijo de fotocopias de los diferentes periódicos. Una expresión de alarma se dibujó en el rostro de Simon.

—Antes de ellos hubo otras víctimas, y estas sí que tuvieron accidentes reales —declaró Cédric.

Simon se agitó y dijo:

—No creo que tenga ganas de oírte.

Pero Cédric hizo caso omiso de la reacción de su amigo.

—Pues esta vez vas a oírme. —Su voz casi se transformó en una orden—. Lauren Marsh le compró una moto a su novio y él está en coma a causa de un accidente de tráfico. Judith Legrand estaba cuidando a una niña que terminó con grandes quemaduras en las manos y en la cara. El doctor Tremblay adquirió una pistola con la que su hijo se disparó jugando. —Cédric siguió sacando más documentación y enumerando los diferentes casos casi sin respirar—. Grouvelle abandonó a su padre en medio de una autopista tras una discusión, donde fue atropellado. Jacek Majewski también atropelló a un adolescente al que dejó tetrapléjico. La señora Dunkel no ayudó a una amiga con depresión y esa amiga se suicidó. Renata Barzetti olvidó a su bebé dentro del coche durante horas y murió por el calor.

Cédric se detuvo y al fin cogió aire. Cuando lo hizo, miró dentro de los ojos de Simon con firmeza.

—¿Tienes bastante con todo esto o quieres más ejemplos? Porque, siguiendo este patrón, he encontrado más casos de otros accidentes que todavía tengo que investigar, pero no hay que ser muy listo para ver que son igual de sospechosos.

—Basta, Cédric —dijo Simon alzando la voz—. No quiero seguir con esto. No puedo más.

—¿No lo entiendes? Ellos no son las víctimas —insistió Cédric—. Antes fueron responsables de otros accidentes y ese psicópata les está haciendo pagar por ello.

Simon se dio la vuelta y se refugió tras su mesa.

—Esta conversación termina aquí y ahora mismo... —dijo sin tan siquiera mirar a Cédric, quien se puso hecho una furia y, de repente, se abalanzó sobre la mesa volcando su contenido al suelo con inusitada violencia. Simon se quedó paralizado.

—¿Es que no me has escuchado? —gritó—. Hay un psicópata ahí fuera castigando a personas, haciéndoles sufrir accidentes amañados, arruinando la vida de gente que ya está destrozada por dentro, y tú, ¿vas a quedarte aquí sin hacer nada?

El silencio sostenido entre los dos fue interrumpido por la puerta del despacho abriéndose. Una secretaria muy alterada se asomó y miró a Cédric con preocupación. Simon levantó una mano hacia ella.

—Todo está bien, Claire, de verdad.

La secretaria cerró la puerta de nuevo con desconfianza. Simon se volvió hacia Cédric.

—Son accidentes —dijo tratando de controlar el tono de su voz—. Son solo accidentes —repitió, y esta vez un resoplo de rabia se le escapó por entre los dientes—. ¡Solo son malditos accidentes! No hay nada sospechoso en ellos. No hay nada anormal. Has estado demasiado tiempo encerrado en casa sin hablar con nadie, solo contigo mismo. Observa a tu alrededor, Cédric. Accidentes como los que describes suceden todos los días. Suceden a todas horas. Suceden a cada minuto. Atropellos, caídas, desgarros, fracturas, explosiones, incendios... Dejan gente mutilada, lisiada, en coma, en silla de ruedas, en una cama de hospital, incluso hay quien muere. Y nadie, absolutamente nadie, sospecha que haya un psicópata detrás de ellos. ¿Sabes por qué? Porque seguirán sucediendo mientras la gente sea tan descuidada como tú...

Simon interrumpió sus palabras y apretó el puño.

Cédric frunció el ceño.

—¿Como yo? —preguntó.

Simon respiró hondo, tratando de calmarse.

—Lo que quiero decir es que deberías dejar de castigarte —explicó, evitando mirar a Cédric a los ojos.

—¿Castigarme? ¿Qué estás diciendo?

Simon se agachó y recogió los informes del suelo con manos temblorosas.

—Ahora no tengo tiempo —se excusó encaminándose hacia la puerta—. Como ya te he dicho, tengo una reunión y...

Pero Cédric lo agarró con fuerza por el brazo.

—No. Contéstame. ¿Por qué me estoy castigando? —preguntó.

El rostro de Simon se ensombreció.

—Por lo ocurrido —susurró, y fue como si una serpiente le silbase a Cédric en el rostro—. Ya sabes a qué me refiero.

El silencio entre ellos se volvió espeso.

Cédric miró dentro de sus ojos y la oscuridad que vio agitarse en ellos le hizo temblar. De repente, comprendió a qué se refería.

—El estante se desprendió, Simon —aclaró.

—Tú lo colocaste en la pared —respondió Simon sin dudar—. Y tú pusiste tus cosas en él. Es normal que te sientas culpable.

Su rencor engulló el aire alrededor de Cédric, empezando a asfixiarle.

—No me siento culpable, tú eres el que me está culpando.

—No fuiste al hospital —le acusó Simon entonces.

—Ella dijo que se encontraba bien. —Cédric trataba de excusarse.

—Pero no se encontraba bien —le recordó Simon. Rezumando tanto odio que Cédric casi podía olerlo.

—Creímos que había sido solo un golpe en la cabeza, nos fuimos a dormir...

—Y esa noche dormiste bien, ¿verdad, Cédric? —interrumpió Simon.

Su odio despedía una pestilencia insoportable, literal, proveniente de su boca.

—Porque seguiste durmiendo —continuó, obligando a Cédric a respirar su hedor—. Mientras Danielle estaba agonizando a tu lado, quizá pidiendo ayuda, tú seguiste durmiendo.

El hedor alcanzó a Cédric y le penetró la garganta. Sus palabras regurgitaron, indecisas, temblorosas.

—Fue solo un accidente —balbuceó—. Podría haberle pasado a cualquiera.

En el rostro de Simon se abrió un abismo de dolor.

—No a mí —afirmó.

En su odio pestilente había un destello de deseo frustrado, un sentimiento oculto que Cédric nunca pensó que fuera tan profundo ni que Simon lo hubiera dejado pudrirse hasta convertirse en un lodazal de rencor y oscuridad.

Cédric salió a la calle y caminó sin rumbo durante horas, con las palabras de Simon todavía atragantadas en la garganta, resonando en su cerebro, donde las acciones de un doloroso acontecimiento parecían de repente una horrible sentencia. Porque Cédric volvió a verse a sí mismo colocando el estante en la pared, pero esta vez con desidia, para terminar cuanto antes una tarea impuesta. Y también se vio a sí mismo poniendo sus libros y sus objetos personales encima sin tener en cuenta su peso. Oyó incluso un crujido indicando que el estante necesitaba ser afianzado, una queja que él ignoró por completo. También volvió a ver, dos días más tarde, el estante descolgándose de la pared y golpeando a Danielle en la cabeza, y a Danielle diciendo que no quería ir al hospital, y a él, que por estar demasiado cansado ese día no insistió más sobre el asunto porque quería irse a la cama y dormir.

Después se imaginó a Danielle pidiendo ayuda en la oscuridad, murmurando su nombre con un susurro débil y agonizante que sus propios oídos decidieron no oír y seguir durmiendo. Finalmente, vio a Danielle muriendo a su lado mientras él seguía soñando.

¿No era eso lo que realmente había pasado? ¿Quién era la víctima en esa historia? ¿No había ocultado una cadena de acciones descuidadas con el disfraz de un accidente? Sin poder contenerse más, Cédric se metió en un callejón oscuro para vomitar. Vomitó tantas veces que acabó escupiendo sangre y sintió que el estómago casi se le daba la vuelta. Sin embargo, sabía que por mucho que vomitara ya no podía expulsar la verdad. Esa se había quedado muy dentro y para siempre. La verdad era que él, sin querer, también había destruido a alguien, él había destruido a Danielle.

Esta certeza abrió un abismo de dolor dentro de él y lo vació tanto que solo quedó un envoltorio de sí mismo flotando, como en la cadencia de un sueño. Se dejó llevar por sus pasos. Caminó sin rumbo, por entre una multitud de peatones, cruzó calles, dobló esquinas, bajó escaleras, pero ni sus pasos ni su cuerpo le pertenecían. La explosión de dolor había sido tan insoportable que su cuerpo se había visto incapaz de absorberlo, digerirlo, había desbordado su cauce humano y, como si sus miembros se hubieran negado a sentir más pena, había optado por cerrarse y quedarse anestesiado por completo.

Por otro lado, la mente de Cédric se tornó más lúcida que nunca, permitiéndole pensar con una agudeza que normalmente no poseía. Era un estado contradictorio, desconcertante, pero para él no era desconocido. Lo había sentido con anterioridad, aquel aciago día, cuando nunca había amanecido y deseó que se hiciera de noche de repente. El día que había experimentado lo que él llamaba «las tinieblas a la luz del día».

Cédric chocó con alguien y el impacto le devolvió a la realidad. Era un hombre de mediana edad vestido con traje.

—¡Vigile por dónde va! —le gritó el ejecutivo, molesto.

Cédric advirtió que le había derramado el café que sostenía. Por poco le había manchado el traje. El ejecutivo lo apuñaló con la mirada y se alejó de él maldiciendo por lo bajo. Cédric hizo caso omiso y miró a su alrededor. Había pasajeros esperando, absortos en sus pensamientos, sus teléfonos, sus libros o tan solo quietos, escuchando música o en silencio. Se encontraba en el andén de un metro. Se preguntó cómo había ido a parar hasta esa estación, pero ahora también esperaba el tren con ellos.

Observó la vía. Sus pasos, disfrazados de pasajero impaciente, se acercaron al borde del andén. Se inclinó para otear a través del túnel. Acto seguido, avanzó hacia el comienzo del andén, justo por donde aparecería el primer vagón. Lo hizo porque sabía que los que se arrojan a la vía desde allí siempre mueren. Con el tren irrumpiendo en la estación a 45 kilómetros por hora, aunque el conductor intente echar el freno o clave las ruedas en las vías, el tonelaje que arrastra y hace que un vagón o dos se deslicen por la vía. No hay escapatoria posible. Es la muerte segura y, hasta cierto punto, indolora a causa de su inmediatez, aunque esto poco le importaba ahora. Era un suicidio perfecto, no como el que quiso llevar a cabo hacía más de un año en la soledad de su despacho, cuando intentó colgarse con la corbata y fracasó estrepitosamente.

Cédric había asumido que no era capaz de suicidarse en solitario, de organizarlo y ejecutarlo. Como en tantas cosas en la vida en las que había necesitado ayuda, no le extrañó que también necesitara ayuda para matarse. En este caso, un escenario como una estación de metro, un colaborador espontáneo como el maquinista y un tren a 45 kilómetros por hora convertido en un artefacto mortal.

Esta vez no dudaría ni le temblaría el pulso. Esta vez no dependería de que el nudo de la corbata fuera lo suficientemente resistente. Esta vez funcionaría, porque solo debía arrojarse a la vía en el momento de la entrada del tren y nadie, nadie en absoluto, podría salvarle.

Una chica lo empujó por detrás pero se disculpó enseguida con una sonrisa.

—Perdone.

Cédric no le devolvió la sonrisa, solo hizo un asentimiento de cabeza. Cruzó miradas con la chica, que frunció el ceño, como si hubiera percibido sus pensamientos suicidas. Los viajeros se acumulaban alrededor de él como una multitud impaciente. La luz del tren apareció en la distancia, al fondo del túnel, como un guiño macabro. Cédric aprovechó que la gente se apretujaba para aproximarse al borde del andén con discreción. Flexionó ligeramente las rodillas para coger el impulso que necesitaba para saltar. Todos los pasajeros estaban distraídos mirando en dirección al tren que se acercaba. Pensó en lo traumático que sería para ellos lo que él se disponía a hacer y, por un momento, se imaginó sus rostros alterados por el horror y el desconcierto.

Pensó en las dos personas con las que había interactuado, el ejecutivo y la chica, y se preguntó cómo les afectaría su suicidio, hasta qué punto serían devorados por la incertidumbre de lo que hubieran podido hacer para detenerlo y así evitar su muerte. ¿Se culparían ellos de haber estimulado la decisión de llevarlo a cabo? ¿Cómo de mal se sentiría el ejecutivo que le había gritado e insultado? ¿Pensaría que su agravio lo había incitado a hacerlo? ¿Creería que si hubiera sido más amable lo podría haber evitado? Y la chica que lo había empujado sin querer, ¿pensaría ella que le había dado la idea de hacerlo? Se preguntó cuánto tiempo esos dos pasajeros albergarían esas dudas oscuras, esos pensamientos inquietantes, cómo eso afectaría a sus vidas, hasta cuándo arrastrarían esa desazón y si algún día conseguirían librarse de ella.

No consiguió responderse. Tampoco le importó lo más mínimo.

También pensó en el conductor del tren. Sabía que lo condenaba porque no le daría ninguna oportunidad de reaccionar y detener el tren para evitar su muerte, y también sabía que su imagen arrojándose a las vías lo perseguiría en sus pesadillas. Con toda probabilidad, su suicidio le supondría un trauma y tendría que darse de baja de su trabajo durante una temporada. Acudiría a un psicólogo hasta que se recuperara y, aunque se recuperase, a partir de entonces no podría entrar en la estación sin pensar en ello.

Cédric incluso se imaginó las reacciones de los viajeros que estuvieran dentro del primer vagón. Pudo ver sus miradas furtivas bajo las ruedas mientras abandonaban la estación, con sus corazones estremecidos de irrealidad, sacudidos por el desconcierto, sus mentes agitadas y ensombrecidas.

Tampoco le importó. No le importaba nada ni nadie. Ni siquiera le importaba si moriría con dignidad. Solo quería aprovechar ese apagón temporal del dolor para terminar con él para siempre, antes de que creciera de nuevo dentro de él y lo volviera loco. Estaría mejor muerto, como Danielle.

Mientras daba un paso al vacío, se imaginó a Danielle sonriendo y perdonándole.

Pero el tren ya había entrado en la estación y estaba pasando a gran velocidad delante de él. Sus pensamientos lo habían distraído y había calculado mal la velocidad del tren. Una mujer mayor lo agarró por la manga del abrigo.

—Tenga cuidado —le dijo, obligándole a retroceder mientras los vagones pasaban ante sus ojos como una vertiginosa secuencia de su propia vida.

El tren desaceleró y se detuvo al fin, dejando la puerta del último vagón enfrente de él, invitándole a entrar. Cédric no quería coger ese tren. La puerta se abrió y los pasajeros empezaron a salir, azotados por las prisas.

Ante la muchedumbre que se le echaba encima, se volvió y se dejó arrastrar por ella, avanzando por los pasillos, subiendo escaleras, siendo empujado hacia arriba. Mientras iba camino de la superficie, sintió cómo el dolor le explotaba por dentro, expandiéndose por sus entrañas, invadiendo los recovecos de su cuerpo hasta alcanzar su mente que, hasta entonces lúcida, se desdibujaba de nuevo.

Salió de la boca del metro como si el mismo infierno lo regurgitara. La luz del sol le alcanzó los ojos, que parpadearon y tuvieron que acostumbrarse a él, como si hubieran permanecido mil años en una cueva oscura. Su alrededor vibró con un rugido de energía en algarabía. Una música le llegó de algún lado; la risa de una pareja y el lloro de un bebé, de otro. La vida, fastuosa y exuberante, lo abrazó con generosidad y lo sedujo, y él no tuvo más remedio que dejarse conquistar de nuevo.

Pensó en Lauren. Se avergonzó de haber tenido la idea de matarse ahí abajo como una rata en la oscura y deprimente estación del metro. Pero no había sido él. Habían sido las tinieblas. Esas que lo visitaban a veces a plena luz del día.

17

Esbozo de un monstruo

1

No era un monstruo. Quizá había destruido a un ser humano por accidente, y no a cualquier ser humano, sino a la persona a la que más había querido. Pero él no era un monstruo.

Cédric recordó a los psicólogos insistiendo en que él solo había sido una víctima más de las circunstancias y a los médicos repitiendo una y otra vez que lo más probable fuese que esa noche Danielle, una vez dormida en la cama, no volvió a despertarse. Pero sus palabras ya no producían en él el efecto sedativo de antaño.

Ahora ya no importaba que el derrame hubiera sido rápido y letal, sin agonía, y que la muerte de Danielle hubiera sido silenciosa, sin un sollozo en la oscuridad, sin un lamento de auxilio en forma de suspiro apagado.

Aquella noche ninguno de los médicos estuvo presente en la habitación, solo él. Y él había estado durmiendo. Nadie podía saber con certeza cómo había muerto Danielle, si había sufrido, si había pedido ayuda o si Cédric, en el caso de despertarse, la hubiera podido salvar.

La acusación de Simon le había abierto una herida profunda y sangrante, una de las que anegan y ahogan por dentro: que él también había sido el causante de la muerte de Danielle, que él colocó el estante en la pared y puso sus pertenencias en él, que inconscientemente él estuvo preparando todo el montaje para que Danielle tuviera el accidente. Él era el único responsable de lo sucedido. Él había matado a Danielle.

Pero él no era un monstruo.

Porque un monstruo era alguien que planeaba, diseñaba y organizaba accidentes de manera intencionada, con el propósito de lisiar a otra gente. El psicópata era un monstruo; él no.

De repente la mera existencia de ese siniestro personaje saneó de alguna manera a Cédric porque lo alejó de su propia oscuridad y lo convirtió en el héroe del relato, no en el villano. Aunque era un héroe que arrastraba su propia tragedia y que debía perdonarse a sí mismo. Por eso, la única manera de conseguirlo era atrapar a ese psicópata, sacarlo a la luz e impedir que siguiera causando más daño. Cédric sabía que dejaría de sentirse un monstruo cuando atrapara a uno de verdad.

2

En la comisaría de policía le atendió una agente eficiente pero distante. Cuando supo que Cédric quería denunciar que alguien se encontraba en peligro, lo hizo pasar a una de las salas destinadas a los interrogatorios. Al cabo de unos minutos, se unió a ellos un inspector que se presentó como Maarten. Cuando le preguntó sobre los motivos que lo habían llevado a la comisaría, de pronto Cédric tuvo que contener el impulso de confesar su implicación en las circunstancias del accidente de Danielle y luchó contra la macabra necesidad de declararse el conspirador de su desgracia, el culpable de su muerte.

Durante más de una hora, Cédric les estuvo explicando todo lo que había conseguido averiguar sobre los inquietantes accidentes en Century Europa. La agente y el inspector siguieron el relato con interés, tomando notas y solo interviniendo para aclarar algún punto que resultaba confuso. Incluso dedicaron tiempo a examinar las pruebas fotográficas, las anotaciones, los recortes de prensa y otros documentos reunidos por Cédric. En un momento dado, fueron interrumpidos por otro agente de policía que sin mediar palabra entregó una carpeta al inspector. Tras leer con discreción su contenido, el inspector evitó mirarlo directamente durante los siguientes minutos. Así fue como Cédric supo que esa carpeta contenía un informe que hablaba de él. Sintió una nueva punzada de culpabilidad, pero la ahogó de inmediato y siguió con la explicación de su relato.

Al cabo de media hora, habían dejado de tomar notas y el interés por los recortes de periódico había desaparecido. Empezaron a intercambiarse miradas entre ellos. En ese instante, Cédric se dio cuenta de que, como ya se temía, solo les había convencido en parte.

—¿Tiene algo más que pueda enseñarnos? —preguntó al fin el inspector, señalando los documentos que estaban encima de la mesa—: Además de todo esto.

Cédric maldijo por dentro una vez más a Simon por no haberle apoyado. Si hubiera acudido con él a la policía, las cosas habrían sido diferentes.

—No me creen, ¿verdad? —dijo Cédric a modo de conclusión.

—No es usted a quien tenemos que creer —explicó el inspector—, sino a las pruebas.

Cédric observó los documentos y se pasó la mano por la frente.

—¿No considera que estas evidencias son suficientes?

—No son ni siquiera evidencias. Son solo indicios, señor Dereumaux —aclaró el inspector—. Y los indicios son susceptibles de ser interpretados.

Cédric suspiró. De repente, se sentía agotado.

—Ese psicópata existe. Lo he visto. Incluso lo he perseguido.

La habitación parecía más pequeña y oscura. Su mano empezó a temblar y Cédric la escondió debajo de la mesa.

—Tienen que ayudarme a atraparlo antes de que vuelva a atacar a Lauren —imploró.

El inspector cruzó los dedos de las manos, como si con ese gesto quisiera hacerse entender con mayor claridad.

—Para atrapar a un psicópata no solo necesitamos pruebas o evidencias, señor Dereumaux, también necesitamos víctimas —dijo el inspector.

Cédric rebuscó entre sus papeles encima de la mesa.

—Aquí tiene a las víctimas —dijo, extrayendo un documento con una lista de nombres—. Y puede incluir entre ellas a Lauren Marsh y a mí mismo, ya que, como le he contado antes, caí rodando por las escaleras en lugar de ella.

El inspector ignoró el documento y le sostuvo la mirada a Cédric.

—¿Por qué ninguna de las víctimas que usted menciona ha denunciado durante estos años que sus accidentes no fueron tales accidentes?

—¡Porque no lo han sabido hasta ahora! —respondió Cédric, y se dio cuenta de que había alzado demasiado el tono de voz.

—¿Y por qué no están aquí con usted ahora mismo? —preguntó el inspector.

—Porque no lo admiten. No aceptan que sus accidentes fueron preparados. Tienen miedo. —Cédric se inclinó ligeramente hacia delante—. Pero quizá, si usted hablara con ellos, encontraría información sobre ese psicópata.

El inspector y la agente de policía se intercambiaron otra mirada.

—Ellos tienen que haber visto a ese psicópata —insistió.

—No necesariamente —respondió el inspector.

—Estoy seguro de que es alguien cercano y lo conocen —afirmó.

El inspector volvió a negar con la cabeza.

—Quizá en el caso de la primera víctima, pero...

—¿Por qué la primera? —interrumpió Cédric.

El inspector suspiró.

—Porque la primera de las víctimas de un psicópata es la que suele revelar más información sobre él —dijo sin ganas de dar demasiadas explicaciones.

—¿En serio? ¿Cómo es eso?

—Porque es el origen, el comienzo de todo. En la mayoría de los casos incluso existe relación entre la víctima y el psicópata; esa relación puede ser familiar, vecinal, sexual. Las otras víctimas suelen constituir una repetición, un hábito, un ritual que ha desencadenado la primera.

Cédric asintió, pensativo, y se abalanzó de nuevo hacia los papeles que todavía estaban encima de la mesa tratando de ordenarlos.

—Tengo todos los casos aquí, puedo deducir quién fue la primera víctima si los pongo en orden cronológico. —El tono de su voz delató cierta exaltación.

—No tiene por qué hacerlo ahora —indicó el inspector.

—Será solo un minuto.

El inspector lo detuvo de manera firme pero con amabilidad.

—Antes de proseguir, nos gustaría que hablara con alguien más —dijo el inspector.

—¿Quién? —preguntó Cédric.

—Uno de nuestros compañeros —dijo el inspector—. Llevará a cabo un test.

—¿Un test? —repitió Cédric.

—No es nada complicado —le aseguró el inspector, y trató de sonreír.

Cédric entrecerró los ojos.

—¿Se refiere a un test psicológico?

—Puede llamarlo como quiera —resolvió el inspector.

La sala se llenó de un silencio tenso. Cédric trató de controlar su creciente estado de frustración.

—¿Es realmente necesario? —preguntó.

—Me temo que sí —respondió el inspector—. Y también es necesario que conteste a algunas preguntas que le hará nuestro compañero.

—¿Como cuáles? —preguntó de nuevo.

—Como, por ejemplo, por qué dejó de trabajar hace más de un año —dijo el inspector con resolución. Y luego añadió para suavizar—: Y, una vez lo haya hecho, nosotros seguiremos hablando.

En el aire de la habitación se instaló otro silencio incómodo. De algún punto del pasillo llegó el eco de una puerta al cerrarse. Cédric sonrió con ironía al oírla. Sabía que la oportunidad de recibir ayuda por parte de la policía también se había cerrado como esa puerta y que, a partir de ahora, todo sería una pérdida de tiempo.

El compañero que el inspector mencionaba era con toda probabilidad un psicólogo de la policía que lo avasallaría a preguntas y descubriría las razones que lo llevaron a la suspensión laboral hacía más de un año. Lo interrogaría sobre la muerte de Danielle y sobre su crisis, su intento de suicidio, sus sesiones con el psiquiatra y su medicación. El inspector solo vería en él a alguien con un desequilibrio emocional, un terreno abonado para las alucinaciones y los relatos macabros, las conspiraciones paranoicas y las segundas oportunidades imaginadas.

Cédric volvió a mirar al inspector y a la agente por última vez, como para asegurarse de que no iba a obtener ninguna ayuda de ellos, y acto seguido dijo a modo de conclusión:

—Entiendo. Lo haré.

—Perfecto —celebró el inspector, levantándose de la silla—. Le llevaré ante esa persona.

Cédric también se levantó y empezó a guardar todos los documentos. Cuando salieron al pasillo, se giró hacia el inspector.

—¿Podría ir al lavabo un momento, si no es molestia?

—Por supuesto. Es allí al fondo, a mano derecha. Le esperaré aquí.

Recorrió el pasillo hasta doblar la esquina y perderlos de vista. En lugar de ir al lavabo, abrió otra puerta y se metió por un laberinto de despachos. Los cruzó sin prisa para no llamar la atención, rodeando el edificio hasta que logró alcanzar la salida. Allí saludó a otro agente de policía dándole las gracias y al fin salió a la calle, donde apresuró el paso para perderse entre la multitud.

Antes de que el cielo abriera sus entrañas de nuevo desencadenando otro diluvio, Cédric condujo hasta Century Europa y aparcó el coche en su sitio habitual, desde el que podía ver el apartamento de Lauren. Allí, dedicó tiempo a estudiar los accidentes de todas las víctimas. Esta vez los puso en estricto orden cronológico para descubrir cuál fue el primero. El primer ataque encubierto. El origen de todo. Repasó las fechas una y otra vez hasta estar completamente seguro. No había duda alguna. El primer accidente correspondía al doctor Matthieu Tremblay.

3

Cuando Cédric llamó a la puerta del apartamento de Tremblay no obtuvo respuesta, aunque advirtió cierta agitación detrás de las cortinas corridas en la ventana. El viejo estaba dentro, pero no quería hablar con él. Volvió a golpear la puerta con los nudillos, esta vez más fuerte, y acompañó sus golpes gritando a través de la puerta:

—¡Sé que está en casa, doctor Tremblay. No pienso moverme de aquí hasta que hable con usted!

La amenaza surtió efecto y al cabo de un momento la puerta se abrió, tímida e insegura, hasta que el fatigado rostro del doctor Tremblay apareció asomando por ella, sus ojos clavados en Cédric.

—No es un buen momento —anunció el anciano—. Será mejor que vuelva otro día. —Y con estas palabras trató de cerrar la puerta de nuevo.

Sin embargo, el pie de Cédric se lo impidió con rapidez.

—Lo siento, pero no puedo esperar —dijo Cédric—. Es urgente.

Y empujó la puerta, consiguiendo escabullirse dentro del apartamento.

—Espere, no puede... —protestó el anciano, tratando de detenerle.

—Solo quiero hablar con usted... —empezó a decir Cédric entrando en el salón—. Tengo algo importante que decirle...

De inmediato interrumpió sus palabras cuando descubrió que en el salón se encontraba el último grupo de personas que esperaba ver. La señora Dunkel, el señor Grouvelle y el señor Majewski, incómodos, estaban en silencio. Cédric parpadeó varias veces, como si quisiera quitarse de encima una alucinación.

—¿De qué va todo esto? —preguntó.

La voz de Tremblay sonó a sus espaldas.

—Finalmente decidimos reunirnos y hablar entre nosotros —explicó mientras empujaba su silla de ruedas dentro del salón—. Teníamos que descubrir si su teoría era posible.

La señora Dunkel encendió otro cigarrillo, nerviosa.

—Tiene razón —dijo dando una larga calada—, no podíamos seguir ignorando algo como esto.

Los dos otros hombres asintieron con la cabeza, suscribiendo las palabras de ella.

El doctor Tremblay observó a Cédric con atención y continuó:

—Así que hemos estado toda la tarde recordando nuestros accidentes.

—Repasando las circunstancias que los rodearon —dijo Émile.

—Examinando los detalles —añadió Majewski.

Cédric los contempló a todos.

—¿Y han llegado a alguna conclusión? —preguntó.

—Todavía no —admitió Tremblay—, pero justamente estábamos hablando de alguien con quien, al parecer, todos nos cruzamos en algún momento antes de nuestros accidentes.

—¿Quién? —quiso saber Cédric.

Hubo un momento de silencio hasta que Émile anunció:

—Un agente de seguros.

—¿Un agente de seguros? —repitió Cédric.

—Sí —intervino la señora Dunkel—. A todos nosotros se nos acercó unos días antes de nuestros accidentes un agente de seguros.

—¿Pueden describirlo? —preguntó Cédric, intrigado—. ¿Cómo era?

Se miraron entre ellos.

—Ahí está el problema —admitió Tremblay.

—Todos lo recordamos de manera diferente —apuntó la señora Dunkel.

Cédric frunció el ceño, tratando de entender.

—Explíquese.

—Yo, por ejemplo, lo recuerdo alto y rubio —dijo la señora Dunkel—. En cambio, Matthieu lo recuerda pelirrojo y de mediana estatura.

—Yo recuerdo a un hombre moreno, con gafas —comentó Émile.

—El agente de seguros que recuerdo yo, en cambio, no llevaba gafas —dijo el señor Majewski.

—¿Cómo era, Jacek? ¿Puedes describirlo? —le animó Tremblay.

Mientras el ciego seguía hablando sobre el aspecto del misterioso agente de seguros, la mirada de Cédric se perdió más allá, justo detrás de él, atraída por un leve movimiento al fondo del oscuro pasillo del apartamento, donde solo había una habitación con la puerta medio abierta. A través de ella no podía verse nada de lo que había dentro de la habitación, solo un espejo que colgaba en la pared enfrente de su entrada. Fue en el reflejo de ese espejo donde algo se agitó, en una especie de vacilación silenciosa y lenta, como de alguien que permanece escondido y no quiere ser descubierto, delatando una siniestra presencia agazapada detrás de la puerta.

Cuando esa sombra se agitó de nuevo, durante un instante Cédric pudo atisbar un rostro reflejado en el espejo... y lo que vio le estremeció. Porque, aunque la concavidad del espejo ofrecía una distorsión fantasmagórica de sus facciones, era evidente que la figura que se encontraba escondida y escuchando detrás de la puerta carecía de boca.

No tenía boca.

—¿Cree que se trata del monstruo, señor Dereumaux? —le preguntó Majewski en ese momento.

Cédric dejó de mirar al espejo y se concentró en los ojos blancos del ciego.

—¿Cómo dice? —No había estado escuchando.

—Me refiero a las diferentes personas que hemos descrito —explicó Majewski—. Aunque físicamente no coincidan, ¿usted cree que se trata del mismo individuo que buscamos?

Cédric no sabía qué responderle y se quedó en silencio.

La señora Dunkel intervino:

—Quizá se disfraza para ser diferente cada vez —dijo dando otra calada al cigarrillo.

—¿De verdad piensas que alguien se tomaría tantas molestias? —preguntó Émile en tono jocoso.

—¿Por qué no? —replicó la señora Dunkel—. Sería la única manera de proteger su identidad.

La conversación entre ellos se animó por momentos, pero Cédric no les escuchaba. Su mirada seguía clavada en el espejo de la habitación al fondo del pasillo. Allí estaba. El monstruo sin boca. Él sí que estaba escuchando la conversación con atención desde detrás de la puerta. De alguna manera, había conseguido colarse dentro del apartamento de Tremblay y asistir a una reunión a la que no había sido invitado, una en la que se hablaba de él. Cédric miró al grupo, que seguía discutiendo en animada charla, ajeno a que estaban siendo espiados, escuchados, controlados por aquella cosa cuyo reflejo Cédric solo podía ver en parte.

Pensó cómo debía actuar. No quería alarmar al grupo, ni tampoco alertar al monstruo. Quería capturarlo sin que se diera cuenta. Tenía que ser cauteloso y discreto. Cruzó primero una mirada con el doctor Tremblay. Luego se acercó a él y se inclinó para susurrarle algo sin ser oído por el resto.

—Tengo que hablar con usted —le dijo.

El doctor Tremblay lo miró intrigado.

—Le escucho.

—En privado —pidió Cédric.

El doctor Tremblay se desplazó con la silla de ruedas al rincón más alejado del salón seguido por Cédric. Allí lo miró con atención.

—¿Y bien? ¿Qué quiere decirme? —preguntó.

Cédric abrió la boca para comunicarle al anciano que la persona que estaban intentando rastrear se encontraba en la habitación que había al fondo del pasillo, cuando de repente advirtió que la señora Dunkel abandonaba el salón y se alejaba por el pasillo oscuro, con toda seguridad para ir al cuarto de baño. Quiso detenerla, puesto que era inevitable que no reparara en el inquietante rostro reflejado en el espejo. Como si hubiera leído el pensamiento de Cédric, la mujer se detuvo en medio del pasillo y permaneció inmóvil de espaldas a ellos, mirando hacia la habitación medio abierta. No había duda de que ella también había descubierto que había un intruso en el apartamento y que estaban siendo espiados.

Cédric advirtió el desconcierto de la señora Dunkel. Esperó a que se volviera y diera la alarma. Pero, de repente, hizo algo completamente inesperado: se dirigió a la habitación del fondo y cerró la puerta que, hasta entonces, había estado entreabierta. Luego se volvió buscando a Cédric con la mirada. No obstante, este desvió el contacto con sus ojos haciéndose el distraído. Con el rabillo del ojo, vio a la señora Dunkel intercambiar una mirada de preocupación con Émile, y a este con Tremblay.

¿Qué estaba pasando?, se preguntó Cédric, aunque se respondió casi de inmediato: ellos lo saben. Percibió la mirada de Émile sobre él mientras empezaba a sentir como si sus piernas estuviesen hechas de barro.

—¿Qué es lo que quería decirme? —preguntó Tremblay.

Cédric miró al doctor a los ojos. Seguía esperando una respuesta. Sin embargo, la mente de Cédric estaba demasiado ocupada para poder responder. Se encontraba encajando las piezas, dándose cuenta de que igual había interpretado la situación al revés. Ellos sabían que el monstruo estaba ahí. Sabían que el monstruo sin boca había estado escuchando toda la conversación, agazapado en la habitación del fondo. Y, con toda seguridad, lo sabían porque ellos lo habían escondido ahí cuando Cédric llamó a la puerta para que no lo viera. Por eso Tremblay no había querido abrirle, y por eso había tratado de detenerle cuando Cédric se escabulló dentro del salón.

El monstruo no era el intruso. El intruso era Cédric. Él era el que no había sido invitado a la reunión. Así comprendió que en esa reunión no habían estado hablando del monstruo: habían estado hablando de él.

—Señor Dereumaux, ¿va todo bien? —le preguntó Tremblay, preocupado.

—Sí, todo bien —aseguró Cédric tratando de sonreír, aunque sentía el sudor frío cayéndole por las sienes.

—Creo que lo que tenga que decirme puede decírnoslo a todos —anunció Tremblay señalando a Émile, Majewski y también a la señora Dunkel, que ya había regresado del cuarto de baño. Y añadió—: Al fin y al cabo, todos nosotros estamos implicados en el asunto.

Los tres invitados se acercaron a Cédric, rodeándole.

—Porque supongo que quería hablar conmigo de ese hombre que, según usted, amaña los accidentes, ¿verdad? —comentó Tremblay.

Cédric asintió.

—Exactamente —dijo tratando de transmitir cierta serenidad pero con sus oídos chillando señales de peligro.

—¿Y qué es lo que sabe, señor Dereumaux? —preguntó el anciano.

En esta ocasión, Cédric notó una amenaza en su voz, como si estuviera interrogándole.

—¿De qué? —contestó, sabiendo que todas sus reacciones, sus gestos, sus palabras estaban siendo analizados.

—Del hombre que está detrás de los accidentes.

Tenía que escapar del apartamento lo antes posible y, para conseguirlo, debía impedir que ellos descubrieran que sabía más de la cuenta. Tremblay se acercó a él.

—Dígame qué sabe de ese hombre.

—Ese hombre no existe —respondió Cédric trazando una estrategia.

La afirmación los cogió a todos por sorpresa. Se miraron

sin saber cómo reaccionar. Cédric aprovechó el momento para desarrollar su historia.

—Todavía no entiendo cómo me vino esa idea a la cabeza. La de alguien preparando accidentes. Es una idea ridícula —explicó, tratando de que la incomodidad jugara a su favor.

Ellos lo miraban fijamente. Cédric tragó saliva.

—Debo admitir que al principio tenía sentido, pero ahora es muy embarazoso. —Hizo una pausa y luego miró al doctor—. Esto es lo que quería decirle, doctor Tremblay.

El grupo lo observó en silencio, hasta que Tremblay enarcó las cejas.

—No sé qué decir —confesó.

—No hace falta que diga nada —continuó Cédric—. He estado bajo mucha presión últimamente. Mi esposa murió hace dos años a causa de un accidente y todavía estoy tratando de superarlo. Pensé que volver al trabajo sería beneficioso, pero está claro que no ha sido así. —Cédric suspiró, dando por finalizada su confesión—. Por eso quería disculparme con usted, doctor Tremblay, y, por supuesto, también con los demás, por haberles obligado a recordar sus accidentes y causarles tanto malestar, algo que era completamente innecesario. Por favor, les ruego que acepten mis disculpas.

Se miraron los unos a los otros.

—No se preocupe. Creo que en nombre de todos puedo decir que las aceptamos —declaró Tremblay.

Cédric se dirigió a la puerta de salida pasando al lado del anciano cuando, de repente, Tremblay le agarró por el brazo, sobresaltándolo.

—¿Está seguro de que no quiere decirme nada más? —El anciano miraba a Cédric fijamente.

Él asintió con la cabeza. Tremblay entonces aflojó el brazo, Cédric se soltó al fin y, abriendo la puerta, abandonó el apartamento.

Cuando salió del edificio siguió andando con lentitud y

sin volver la vista atrás. No se detendría hasta que estuviera fuera de su campo de visión porque sabía que lo estaban observando desde la ventana.

Cuando Cédric dobló la esquina, se detuvo y se apoyó contra la pared con las piernas temblorosas. Aunque no tuviera todas las respuestas, ya no necesitaba buscarlo más. Había encontrado finalmente al monstruo.

18

Conspiración en la noche

1

Hacía más de una hora que Cédric había abandonado el apartamento de Tremblay y, preso de una gran desazón, se había refugiado detrás de una pared. Decidió que permanecería ahí escondido, espiando el apartamento. También había intentado en vano encajar todas las piezas del inquietante rompecabezas pero cada vez tenía menos sentido. Durante todo ese tiempo de vigilancia nada destacable había ocurrido en el apartamento. Cédric detectó algún tenue movimiento de cortinas, pero era evidente que todo el grupo seguía dentro, incluido el monstruo, y que mantenían la reunión que Cédric había interrumpido con su presencia. Se preguntó de qué estarían hablando. Aguantó el frío hasta que oscureció por completo y las farolas de la zona residencial de Century Europa se encendieron. Ninguna luz pareció encenderse dentro del apartamento de Tremblay. Cédric estaba seguro de que no había perdido de vista la puerta en ningún momento. Tenían que seguir dentro.

Media hora más tarde, la puerta del apartamento se abrió y de ella salió una mujer que Cédric nunca había visto. Era de mediana estatura, delgada y de actitud nerviosa. Caminaba deprisa, llevaba un abrigo grande y una bufanda que la cubría hasta los ojos. La mujer se detuvo cerca de donde Cédric estaba escondido y, creyendo que no había nadie, se quitó la bufanda. En ese momento, Cédric pudo ver el rostro de la mujer. Probablemente como consecuencia de un macabro accidente, allí donde debería tener la boca podía verse la escalofriante cicatriz de una herida que se había replegado y cerrado sobre sí misma. La comisura izquierda seguía abierta todavía y se alargaba por la mejilla en una abertura antinatural en forma de boca. El efecto resultante era que del perfil derecho la mujer parecía que carecía de boca y del perfil izquierdo, que tenía la boca cruelmente desplazada hacia la mejilla izquierda. Esa mujer, que estaba escondida dentro del apartamento de Tremblay para que Cédric no descubriera su presencia, era la que él había visto reflejada en el espejo y casi seguro que era la misma que David Mertens había confundido con el monstruo.

La mujer sin boca encaminó sus pasos hacia el aparcamiento. Cédric la siguió pero sin perder de vista el apartamento del doctor. La mujer se acercó a una furgoneta, la puso en marcha, encendió las luces y condujo hasta la misma entrada del apartamento. Una vez allí, la puerta del edificio volvió a abrirse y salieron Tremblay, la señora Dunkel, Majewski, Émile y dos personas más que Cédric no había tenido ocasión de conocer: un hombre al que le faltaba media pierna y caminaba con la ayuda de unas muletas, y otro hombre con un brazo paralizado que andaba algo torcido. Cédric llegó a la conclusión de que esos dos hombres debían de estar escondidos con la mujer sin boca. Era obvio que el grupo no quería que Cédric supiera que existían más víctimas de los accidentes. Pero ¿por qué? ¿Qué es lo que trataban de ocultar? Cuando todos ellos empezaron a subir a la furgoneta, Cédric se deslizó hasta su coche sin ser visto. Quería estar preparado para seguirla cuando se pusiera en marcha.

La carrera a través de la ciudad fue un infierno de vehículos, lluvia y semáforos, aunque la densidad del tráfico algunas veces ayudó a Cédric a pasar desapercibido entre los otros coches. Al principio no estaba seguro de hacia dónde se dirigían, pero al cabo de un rato una inquietante sospecha fue tomando forma dentro de él. Tardó un poco en admitirlo. Sin embargo, cuando lo hizo, la constatación le golpeó con un escalofrío. La furgoneta se dirigía a su propio domicilio. Sabían dónde vivía. Cédric vio cómo aparcaban en el callejón anexo y, ocultos en la oscuridad, descendían de la furgoneta, entrando en su edificio por la puerta lateral sin ser vistos. Como ignoraban que estaban siendo observados, Cédric decidió jugar con esa ventaja y, bajando del coche, se dirigió a la puerta principal.

2

El vestíbulo parecía más oscuro de lo habitual. También más silencioso y siniestro, como si una amenaza desconocida se hubiera instalado en la atmósfera. Cédric se aproximó al pie de las escaleras y miró hacia arriba, observando todos los pisos. No había nadie subiendo por ellas. Se preguntó dónde habían ido cuando oyó un ruido sordo procedente de unos de los pasillos laterales del vestíbulo. Se dirigió hacia allí, aprovechando la penumbra para esconderse. Justo en la entrada del pasillo que llevaba al montacargas había una barrera que Cédric no recordaba. En ella colgaba un cartel anunciando que el montacargas estaba averiado, se disculpaban por las molestias y rogaban usar las escaleras. Ignoró el aviso y se asomó al pasillo con cautela. Desde ahí vio a Émile al fondo, guiando con su muñón la mano de Majewski hacia una lámpara encendida en la pared. Cuando el ciego entró en contacto con ella, introdujo las manos dentro del plafón y desenroscó la bombilla, dejando el pasillo en tinieblas. Estaban oscureciendo las estancias. Era parte del plan.

Cédric avanzó con cuidado por el lúgubre pasillo, palpando las paredes, tratando de no hacer ningún ruido. La lentitud con la que caminaba impidió que sus pies tropezaran con unas barras de metal que había en el suelo. Pensó que las habían dejado allí expresamente para que un intruso tropezara con ellas y les revelara su presencia. Una vez hubo doblado la esquina, vio los destellos de dos linternas en la oscuridad, justo alrededor del montacargas. Émile y Majewski se encontraban a poca distancia, vigilando la entrada del pasillo. Tremblay y el hombre torcido estaban sujetando las puertas del montacargas para que permanecieran abiertas, y dirigían la luz de sus linternas al interior del ascensor. A su lado se encontraban la señora Dunkel y la mujer sin boca custodiando una caja de herramientas.

—¿Está desconectado? —preguntó Tremblay.

—Completamente —respondió el hombre torcido, que parecía ser un técnico.

—Perfecto —dijo el doctor, y se volvió hacia la mujer sin boca—. Sarah, tú tienes casi su altura y debes de pesar lo mismo. ¿Te importaría...?

Sarah cogió las muletas del hombre torcido y fingió con ellas una cojera en la pierna derecha. Cédric sabía a quién estaba imitando Sarah cuando, con la ayuda de las muletas, entró dentro del montacargas. En silencio y con cuidado de no atraer la atención de Majewski, Cédric se acercó un poco más para poder atisbar lo que estaba sucediendo. Sarah se detuvo enfrente del panel de control. Iba a pulsar el botón cuando Tremblay la interrumpió:

—Lauren es zurda —matizó.

Sarah corrigió la postura y pulsó el botón con la mano izquierda.

—Bien, no te muevas —ordenó el doctor Tremblay.

Sarah se quedó congelada en esta posición, mirando a Tremblay.

—Fijaos cómo apoya todo el peso de su cuerpo en el lado derecho —observó el doctor dirigiéndose al hombre torcido, que reaccionó con rapidez y, agachándose, empezó a marcar con tiza un círculo alrededor de la pierna derecha y la muleta que Sarah sujetaba, cubriendo el área lo suficiente como para incluir el panel de mandos.

—Lo tengo —dijo el hombre torcido.

Tremblay se dirigió a la señora Dunkel y a Sarah:

—Empezad a preparar el panel.

La señora Dunkel cogió la caja de herramientas y se unió a Sarah dentro del montacargas. Ambas empezaron a desmontar el panel donde se encontraban los mandos para hacerlo subir y bajar. Cédric observó que trabajaban deprisa, sabiendo lo que hacían a la perfección, siguiendo un plan. El panel se desencajó de la estructura con facilidad.

—Pesa bastante —se quejó la señora Dunkel, y el hombre torcido acudió con rapidez a ayudarla.

—Preparadlo para que se desprenda con solo pulsar el botón —ordenó Tremblay.

Entre todos transportaron el pesado panel fuera del montacargas seguidos por Sarah, que portaba la caja de herramientas. Lo dejaron en el suelo y se agacharon para seguir trabajando en él, modificándolo.

—Mientras tanto, ya podemos ir preparando el hueco.

El hombre torcido y el hombre de las muletas entraron y empezaron a recortar la parte del suelo que habían marcado antes con la tiza.

—Procurad romperla de una sola pieza, que parezca que pueda haber cedido a causa de un impacto —aconsejó Tremblay.

Los dos hombres terminaron de desencajar la pieza de madera. No era fácil, aunque hacían toda la fuerza que podían.

Sarah se unió a ellos para ayudarles. Tremblay cambió el ángulo de la linterna para que vieran mejor lo que estaban haciendo. Por un momento, en la pared del fondo se proyectó una sombra fantástica... y esa sombra tenía tres piernas y un brazo de más. Además, el rostro de esa fantasmagoría tenía el de la mujer sin boca.

Allí estaba. El monstruo que a David Mertens le había parecido entrever aquella fatídica noche en la zona de obras. No era ningún monstruo. Era un grupo de gente ayudándose mutuamente para realizar una acción física completa, una unión de carencias que creaba el efecto óptico de un juego de sombras, que invocaba a un ser extraordinario capaz de poseer un número impar de brazos o de piernas y que, al mismo tiempo, podía carecer de manos o de boca, o tener de repente varias cabezas y muchos pares de ojos.

Parte del suelo de madera cedió al fin a causa de la presión y se desencajó de una sola pieza, insinuando la amenaza de un boquete. Los tres retrocedieron para mostrárselo a Tremblay, quien, inclinándose hacia delante, lo observó con detenimiento.

—Perfecto —aprobó el doctor—. Volved a poner el panel en su sitio con el extra de peso y recolocad el suelo de manera que pueda aguantar a una persona.

Con rapidez, pero evitando el boquete del suelo, el panel de mandos fue incorporado a su sitio. Luego la pieza que había sido desencajada del suelo fue recolocada de nuevo. Todo el mundo salió del montacargas y se unió a Tremblay. Cédric podía haber interrumpido o aprovechar ahora que estaban ocupados para subir a su apartamento y desaparecer con Lauren, pero no podía dejar de mirar el plan que ellos estaban llevando a cabo. Se sentía repelido y al mismo tiempo fascinado por lo que estaba presenciando. No podía hacer otra cosa que permanecer en las sombras y espiar cada uno de sus movimientos.

—Vamos a probarlo —dijo Tremblay, y se volvió a Sarah, que cogió las muletas de nuevo—. Ve con cuidado, no quiero que te hagas daño.

Sarah asintió e interpretó la rutina de los movimientos que en apariencia Lauren llevaría a cabo. Entró dentro del montacargas y se acercó al panel de mandos del ascensor, su pierna y su muleta derecha situándose dentro del perímetro del suelo inestable recolocado, que crujió pero aguantó su peso. Una vez estuvo delante del panel de mandos, Sarah descansó todo su peso en el lado derecho y pulsó el botón con la mano izquierda. El panel se desprendió cayendo sobre el suelo, que cedió bajo su peso tragándose la pierna derecha de la mujer. El hombre torcido se apresuró a sujetarla antes de que su pierna quedara atrapada entre el hueco del elevador y la pared. Rápidamente, la ayudó a levantarse mientras Tremblay sonreía satisfecho.

—Preparadlo todo y poned en marcha el montacargas. Yo voy a hacer una llamada —dijo Tremblay a la vez que se alejaba con el móvil.

Una parte del suelo manipulado cediendo bajo demasiado peso, del que nadie sospecharía porque era un montacargas que habían estado cargando con más peso del aconsejado. El accidente ya estaba preparado. Lo habían amañado furtivamente y Cédric había sido testigo de toda esa conspiración, planeada en secreto y ejecutada en la oscuridad. Recordó las palabras de Judith Legrand advirtiéndole sobre cómo «ellos» habían preparado su accidente. Cédric no tenía ninguna duda de que Judith se había referido al grupo formado por Tremblay y los demás. Aunque no podía evitar seguir considerándolos como víctimas de sus propios accidentes, ahora debía encajar algo difícil de entender: que aquellos que habían sufrido un accidente también se entregaban a la perversidad de preparar uno que iba dirigido a otra persona.

Sin terminar de comprender los motivos que los impulsaban a hacerlo, Cédric estaba seguro de algo: el origen de toda esa macabra cadena de accidentes parecía residir en el doctor Tremblay. Él se alzaba como el cerebro de toda la operación. Intentó imaginar cómo había llegado a esa situación. No le fue difícil pensar en Tremblay traumatizado tras la muerte de su hijo y luego teniendo por casualidad su accidente. Si el accidente de Tremblay había sido el origen de todo, tenía que haber sido real. Pero tras sufrirlo, quizá algo cambió en él, quizá tuvo una especie de revelación, quizá creyó que tenía una misión: la de condenar a gente que él consideraba culpable y sentenciarla a tener un accidente diseñado por él.

Pero si eso realmente era así, ¿por qué sus víctimas luego lo ayudaban a preparar más accidentes? ¿Cómo lograba convencerlas para seguir destruyendo a más personas? ¿Qué tipo de control psicológico ejercía sobre ellas? Cédric pensó que quizá Tremblay era lo más parecido al líder de una secta, aunque no comprendía cómo conseguía ejercer su poder. Tampoco comprendía esa fijación con Lauren. ¿Por qué por tercera vez planeaban un accidente destinado a ella? ¿Es que acaso se trataba de algún tipo de venganza encubierta?

Cédric frenó el aluvión de preguntas que su mente ansiosa generaba y pasó a trazar un plan para actuar contra ellos. Ahora que habían descubierto dónde vivía, primero tenía que trasladar a Lauren a un lugar seguro. Ya había visto suficiente. Tenía que aprovechar la ventaja de que ellos no sabían que él había estado espiándoles y sacar a Lauren del edificio.

Retrocedió por el pasillo cuando, de repente, sus pies tropezaron con las barras de metal esparcidas en el suelo. Majewski se volvió de inmediato atraído por el ruido.

—¡Quietos! —ordenó.

Y los demás obedecieron. Cédric tampoco se movió. Los oídos de Majewski escrutaron la oscuridad.

—Creo que hay alguien ahí —resolvió, y su dedo señaló con exactitud donde estaba Cédric.

La señora Dunkel dirigió el haz de su linterna hacia la zona del pasillo mientras Émile avanzaba con actitud amenazante, dispuesto a enfrentarse al intruso. Cédric no tuvo otra opción que salir corriendo hacia el vestíbulo. Lo cruzó tan rápido como pudo y empezó a subir las escaleras hacia su apartamento. No dejó de correr hasta que alcanzó la puerta de su apartamento. Cuando entró, la cerró de un portazo. Lauren estaba de pie en el salón, mirándole.

—Cédric, ya era hora, ¿dónde demonios has estado? —le preguntó, preocupada.

Él ignoró la pregunta y la observó con atención.

—¿Te encuentras bien?

—Sí, claro, pero anoche me dejaste muy inquieta.

—Lo siento, no era mi intención. —Cédric echó un vistazo a la puerta, angustiado y pensativo a la vez, intentando trazar un plan para escapar.

—La policía ha llamado esta tarde. Quieren hablar contigo. Dicen que te negaste a hacer un test.

—No sé ni por qué me molesté en pedirles ayuda —confesó él.

—¿Les contaste tu teoría sobre los accidentes?

—Sí.

—¿Y qué te dijeron? —preguntó Lauren.

—No me creyeron —respondió él—. De todas maneras, estaba equivocado. No hay un psicópata, Lauren.

—Me alegro de oírlo —suspiró, aliviada—, porque estaba empezando a preocuparme de que estuvieras perdiendo la razón —dijo, y se puso el abrigo encima.

En ese momento, Cédric se dio cuenta de que Lauren iba calzada.

—¿Adónde vas? —exclamó sorprendido.

—Me han llamado de la residencia, algo le ha ocurrido a Alex. Necesitan que vaya urgentemente —explicó mientras se dirigía hacia la puerta.

—Espera. —Cédric se interpuso entre Lauren y la puerta—. No creo que sea una buena idea.

—No te preocupes. Les he dicho que me manden un taxi. Y debe de estar esperándome abajo. Estaré de vuelta en dos horas.

Lauren intentó acercarse a la puerta rodeando a Cédric pero este no la dejó pasar. La miró con seriedad en sus ojos.

—Es una trampa —afirmó.

—¿De qué hablas?

—Quieren que uses el montacargas para que tengas un accidente.

Lauren sostuvo a Cédric la mirada durante un momento, luego rio con nerviosismo.

—Cédric, no...

—Sé que no me crees, pero los he visto.

—Por favor, no empieces de nuevo con...

—He visto cómo preparaban la trampa —la interrumpió—. Son ellos. Son todos ellos.

La expresión de Lauren se endureció.

—No tiene ninguna gracia. Ahora apártate. Tengo que ir a ver a Alex.

Pero Cédric no se movió.

—Alex está bien. Ellos son los que te han llamado.

—Sal de en medio —ordenó Lauren.

—Lo siento, pero tengo que impedírtelo.

—¿Es que vas a retenerme aquí contra mi voluntad? —Lauren alzó la voz.

—Si es necesario, sí —contestó Cédric con firmeza.

—¡Basta! He dicho que te apartes.

—¿Es que no lo entiendes? —le gritó Cédric—. Solo quiero lo mejor para ti.

—¿Lo mejor para mí? —gritó Lauren también—. Hace apenas una semana que me conoces. ¿De verdad crees que puedes entrar en mi vida y saber lo que es mejor para mí? ¿Quién te crees que eres?

Cédric la señaló con el dedo, amenazante.

—Si coges el montacargas, esta vez vas a perder la pierna.

—Lo sé —respondió ella.

Cédric parpadeó, confuso.

—¿Cómo que lo sabes?

—Porque eso es justamente lo que les he pedido: perder la pierna.

—¿Qué estás diciendo? —balbuceó él.

Pero antes de que la mujer pudiera responder, se oyeron los golpes de alguien llamando a la puerta.

Cédric volvió a mirar a Lauren, sin entender.

—¿Qué está ocurriendo aquí? —preguntó.

Lauren no contestó, tan solo alargó el brazo y abrió la puerta.

19

La salvación de Lauren

Lauren se hizo a un lado para permitir entrar a Tremblay. Al anciano le siguieron Émile, la señora Dunkel, Majewski, el hombre con muletas y el hombre torcido. Entraron despacio y en silencio, como en una invasión sigilosa, y a medida que ocupaban la estancia Cédric se encontró a sí mismo retrocediendo y buscando la mirada de Lauren, pero esta ni siquiera le miraba a los ojos. La última en entrar fue Sarah, que cerró la puerta tras ella con una tétrica delicadeza. Luego, todos se volvieron hacia él y lo rodearon lentamente.

La primera en romper el grupo fue la señora Dunkel, que se dirigió hacia las ventanas y, con un gesto tan prosaico como amenazador, empezó a cerrar las cortinas oscureciendo de manera progresiva la habitación. El hombre de las muletas arrastró uno de los muebles lejos de la pared y hurgó detrás de él hasta que encontró el cordón del teléfono. Con un movimiento rápido y preciso, tiró de él y lo arrancó. Sarah acercó a Cédric una de las sillas colocándola detrás de él y, con un ademán, le invitó a sentarse. Cédric se negó a hacerlo. Fue entonces cuando Émile y el hombre torcido avanzaron hacia él de forma amenazadora.

—Un momento, un momento... —balbuceó.

Pero los dos hombres lo agarraron por el pecho y los brazos, inmovilizándolo. Intentó soltarse, pero ellos eran más fuertes y empezaron a arrastrarlo hasta la silla que Sarah todavía sujetaba. Se resistió con todas sus fuerzas, en una batalla sin violencia pero de una intensidad espeluznante, un forcejeo mudo solo moteado por resoplidos en el aire. Era un desafío de fuerzas que viniendo de personas con aparentes desventajas físicas convertían la pelea en un espectáculo indigno.

Por un momento, pareció que los dos hombres nunca conseguirían su objetivo, pero la señora Dunkel se unió a ellos y obligó a Cédric a doblar las piernas por la fuerza, permitiendo que Émile y el otro hombre lo sentaran al fin en la silla. Le agarraron ambos brazos por las muñecas y los doblegaron hasta que lograron situarlos por detrás de ella. En ese momento, el hombre de las muletas intervino atando las manos de Cédric con el cable del teléfono que había arrancado de la pared.

Siguió forcejando, aunque su lucha ya era inútil. Miró una vez más a Lauren, pero esta seguía apartando la mirada. Por el contrario, el doctor Tremblay lo observaba con atención, siguiendo cada pequeño detalle. En un momento dado, extrajo un pañuelo de uno de sus bolsillos y lo agitó hacia Sarah, que se apresuró a cogerlo. Tremblay entonces le susurró una instrucción al oído y la mujer se acercó a Cédric mientras sus nerviosas manos estrujaban el pañuelo convirtiéndolo en una bola. El hombre de las muletas terminó de atar las muñecas de Cédric con un nudo tan fuerte que no pudo evitar gritar de dolor, instante que Sarah aprovechó para meterle el pañuelo hecho una bola dentro de la boca a modo de mordaza. Cédric se sacudió una vez más tratando de escapar, angustiado, pero todo fue en vano. Lo habían inmovilizado.

Por su parte, el grupo fue recuperando el aliento, todavía jadeando por el esfuerzo. Se separaron de Cédric para unirse de nuevo a Tremblay, que lo seguía mirando sin inmutarse. El anciano esperó con paciencia hasta que Cédric se calmó y dejó de agitarse. No habló hasta que se cercioró de tener toda su atención.

—Lo siento, señor Dereumaux —dijo, y parecía hablar en nombre del grupo—, pero ha estado causando un montón de problemas y me temo que ahora necesitamos que permanezca quieto durante un rato.

Cédric miraba a Tremblay fijamente.

—¿Está todo listo? —preguntó Lauren de repente desde la puerta.

El anciano se volvió con la silla de ruedas hacia ella y asintió.

—Tengo que reconocer que modificar el montacargas ha sido más sencillo de lo que me esperaba.

—Tan pronto como lo vi, pensé que sería perfecto —dijo Lauren.

—Tuviste una buena idea —reconoció Tremblay.

—Fue Cédric quien me la dio —dijo Lauren, y en ese momento por fin cruzó su mirada con él. La sostuvo unos segundos, mirándole a los ojos hasta que Tremblay les interrumpió atrayendo de nuevo la atención de Lauren.

—Hemos creado un hueco entre el suelo y la pared del montacargas —anunció—. La versión oficial del accidente es que la caja de mandos estaba suelta y se desplomó llevándose parte del suelo. Se supone que ese trozo de suelo al ceder atrapa tu pierna derecha.

—Entiendo —dijo Lauren.

—Y hemos colgado el cartel de NO FUNCIONA para que nadie más use el montacargas excepto tú —añadió Majewski.

Tremblay se deslizó hasta Lauren.

—El escenario recrea el resultado del accidente. La caja ya se ha desplomado. El suelo ya ha cedido. El hueco entre el suelo del elevador justo enfrente del panel está preparado. Lo que tienes que hacer es muy fácil. Coge el montacargas en esta planta y baja hasta el primer piso. Una vez allí, agáchate e introduce la pierna en el hueco hasta la rodilla. Luego sujétate bien a la reja que tienes justo encima para aguantar el impacto. Una vez te asegures bien la posición, pulsa el botón de subida al cuarto piso.

—¿Y esta vez perderé la pierna? —preguntó Lauren.

—Hasta la mitad del muslo —aseguró Tremblay—. Tienes mi palabra.

En el rostro de Lauren se dibujó una sonrisa. Cédric, incapaz de soportarlo, cerró los ojos con dolor. No era posible que esa fuera la misma Lauren que había conocido hacía una semana, la mujer que él había cuidado y tratado de proteger de un peligro cada vez más real y asfixiante. Por mucho que entendiera la profundidad de su desesperación, no podía comprender que alguien como Lauren tuviera el oscuro anhelo de sufrir un accidente que la mutilaría para siempre. Era como si la realidad que Cédric había conocido hasta ahora de repente se doblegara mostrando una versión perversa, deformada y grotesca de la misma. Con los ojos todavía cerrados, deseó que cuando volviera a abrirlos nada hubiera cambiado desde la noche anterior, cuando trajo a Lauren a su apartamento. Deseó que todavía estuvieran ellos dos solos planeando un futuro que parecía mucho mejor compartido. Pero el deseo de Cédric no se cumplió, y cuando abrió los ojos de nuevo, el grupo seguía en el salón y Lauren se había inclinado para abrazar a Tremblay.

—Gracias por todo —dijo agradecida.

El doctor le acarició la barbilla, sonriendo.

Acto seguido, Lauren miró a los otros.

—Y gracias a todos vosotros también —dijo con una emoción sincera.

Los allí presentes se miraron entre ellos satisfechos y luego miraron a Tremblay, esperando más instrucciones.

—Podéis iros. Ya me quedo yo con ella —dijo el doctor—, Y también con él —añadió señalando a Cédric.

Todo el mundo asintió y empezaron a desfilar hacia la puerta. Antes de abandonar el apartamento, se detenían y obsequiaban a Lauren con un apretón de manos, un emotivo beso en la mejilla o un fuerte abrazo. La felicitaban por su decisión, le deseaban suerte, celebraban el acontecimiento del accidente antes de que este sucediera. Cuando la puerta se cerró y se quedaron solos en el apartamento, Lauren se dirigió a Tremblay, nerviosa.

—Primero tengo que ir al cuarto de baño.

—Tómate el tiempo que necesites —la tranquilizó Tremblay.

Lauren le sonrió una vez más y se encerró en el lavabo. Tras unos segundos, Tremblay se volvió hacia Cédric como si de repente fuera consciente de su presencia en la estancia, y deslizó su silla de ruedas hasta él.

—No se preocupe. No está en peligro. El accidente es seguro. Está totalmente controlado —le contó—. Preferimos zonas en obras o en construcción simplemente porque es más fácil planear los accidentes, suelen ser más creíbles como... accidentes en sí. —Tremblay hizo una pausa—. No quiero que piense que solemos operar todos juntos, en grupo, pero el caso de Lauren es especial, y en parte se debe a usted. Nos ha obligado a adoptar ciertas medidas extremas que no me agradan.

El anciano le extrajo el pañuelo de la boca. Cédric soltó una arcada. Un hilo de saliva cayó por su barbilla. Tosió, recuperando la voz.

—¿Qué le habéis hecho?

—¿Quiénes? ¿Nosotros a Lauren? —preguntó Tremblay.

—Sí. ¿Cómo demonios la habéis convencido de hacer una cosa así?

Tremblay lo miró, incrédulo.

—¿De verdad cree que le hemos lavado el cerebro? —dijo, y se echó a reír—. ¿Que la convencimos para que ella misma cayera dentro de la fosa séptica? Fue ella quien nos lo pidió.

Y fue ella quien nos lo volvió a pedir cuando no consiguió perder la pierna en el primer accidente. Por eso preparamos uno nuevo alterando uno de los peldaños de las escaleras, pero usted arruinó nuestro plan.

Tremblay suspiró, negando con la cabeza.

—Eso activó nuestra alarma. No estábamos seguros de lo que sospechaba, así que teníamos que descubrirlo, por eso Lauren accedió a trasladarse aquí, a su apartamento, para averiguar lo que usted sabía realmente. Y luego se dio cuenta de que no sabía nada, pero descubrió algo más... el montacargas. Fue entonces cuando nos llamó y nos propuso utilizarlo para recrear el accidente que haría que perdiera la pierna de manera definitiva.

Los ojos de Cédric se clavaron en los del doctor Tremblay rezumando odio.

—Todavía no me cree, ¿verdad? —preguntó el anciano—. No soy un loco, ni poseo la capacidad de manipular la voluntad de las personas, señor Dereumaux. Siento decepcionarlo, pero tan solo soy lo que usted ve, un médico retirado.

—Es más que eso —gruñó Cédric entre dientes—. Sé que todo empezó con usted. —Mantuvo la mirada fija, exigiendo un relato que diera sentido a todo.

Tremblay observó a Cédric muy serio.

—En eso tiene razón.

El anciano bajó la cabeza, observando las uñas de sus manos, pensativo. Al cabo de unos segundos, volvió a levantarla y le devolvió la mirada.

—De hecho, todo empezó con la muerte de mi hijo. Mike se disparó a sí mismo. Solo tenía ocho años. —Tremblay se permitió sonreír un instante mecido en su recuerdo, pero retomó de inmediato el relato con gravedad—. Un accidente. Eso es lo que dijo todo el mundo. Los forenses, la policía, los vecinos, mis amigos, mi esposa. «Ha sido un accidente. Le podía haber pasado a cualquiera. Un simple accidente.» Todo el mundo tenía esa palabra en la boca. Pero yo sabía que no había sido un accidente y creo que todo el mundo, en el fondo, también lo sabía. Yo lo había provocado. Si yo no hubiera comprado esa pistola, aquello nunca hubiera ocurrido. Fue culpa mía. Yo era el responsable de la muerte de Mike. Yo maté a mi propio hijo, yo destruí a la persona a la que más quería en este mundo.

Tremblay se movió hacia la ventana y miró a través de las cortinas.

—Cuando fui consciente de eso, el infierno se desató dentro de mí. Empecé a beber, primero por las noches y luego también durante el día. No quería ver a nadie. No quería hablar con nadie. No escuchaba a nadie. Lo único que oía era la voz de Mike dentro de mi cabeza. A todas horas. Me despidieron del hospital donde trabajaba. Entré en depresión. Mi mujer me abandonó. Volví a Europa. Dejé de beber y visité a psicólogos, psiquiatras, terapeutas. Tomé pastillas. Me refugié en iglesias e intenté acudir a un Dios en el que nunca había creído. —Tremblay miró a Cédric—. Nada, absolutamente nada funcionó. Me di cuenta de que nuestra sociedad no está preparada para ayudar a las personas que, como nosotros, hemos destruido a otro ser humano sin querer. Estamos sentenciados a cargar con la más terrible de las condenas, a escuchar la voz de unas víctimas que no podemos silenciar, a estar manchados de una sangre que nunca conseguiremos limpiar. Somos responsables del más espantoso de los crímenes, el que está fuera de la ley y por el que nunca seremos castigados.

La mirada de Tremblay se perdió de nuevo en sus recuerdos.

—Odié tanto mi vida que al final traté de quitármela. Quise pegarme un tiro en la cabeza pero ya no tenía acceso a ninguna arma. Así que planeé matarme de otra manera, cortándome las venas en la bañera. Lo preparé todo, pero en el último momento pensé que era demasiado fácil, que estaba siendo un cobarde, que lo único que realmente hacía era huir de mis responsabilidades. Era un final demasiado amable incluso, porque la muerte supondría terminar con mi dolor insufrible. Me di cuenta de que eso era lo que siempre había estado haciendo con mis pacientes, con pastillas, con sedantes, apagar el dolor, y que era lo que estaba dispuesto a hacer también conmigo mismo. Demasiado complaciente. No era lo que buscaba. Tenía que haber otra solución.

El rostro de Tremblay se iluminó.

—Y la encontré. Un día, cuando Platon se subió a un árbol y trataba de bajarlo, casi resbalé y, de repente, me vino la idea a la cabeza. Era médico y sabía con exactitud cómo proceder para romperme la columna vertebral, justo en el centro de las vértebras, que es desde donde el cerebro transmite a las piernas. Así que lo hice. Y fue terrible. Un verdadero calvario. El dolor más insoportable explotó y se instaló dentro de mí durante mucho tiempo, tanto tiempo que llegó a acariciar mi alma lisiada y empezó a sanarla. Luego me invadió una gran calma. Era como si el mundo estuviera equilibrado de nuevo. Me convertí en una persona diferente, fue casi como... como...

—¿... volver a nacer? —dijo Cédric con ironía.

Tremblay lo miró, sonriente.

—Sí, exactamente. Toda mi vida prescribiendo pastillas para quitar el dolor, cuando sanar la mente pasaba por el castigo en el cuerpo... —concluyó Tremblay—. Este fue el origen de todo. Después empecé a contárselo a la gente que se encontraba en la misma situación. Iniciaba la conversación haciendo la confidencia del oscuro secreto y, por supuesto, me miraban como si estuviera loco, rechazaban la simple idea, incluso se indignaban. Pero cuando se planteaban seriamente una pequeña destrucción controlada como la posibilidad de sanar su tormento, de expiar la culpa, de infligirse el castigo, todo empezaba a cobrar más sentido.

—Convenciéndolos para que arruinasen sus vidas.

Tremblay negó con la cabeza.

—¿Acaso mucha gente de manera inconsciente no busca su destrucción, no sabotea sus planes, no arruina sus vidas? ¿Por qué no hacerlo de forma sensata? ¿Por qué no diseñar una destrucción a medida, ordenada, personal, según las necesidades de cada caso? ¿Qué hay de malo en ayudar?

—Eso no es ayudar a la gente. Eso es destrozar personas —le acusó Cédric—. Solo un maníaco seguiría causando daño a otros después de ser responsable de la muerte de su hijo.

Tremblay le lanzó una mirada llena de furia y golpeó la silla.

—¡No le permito que hable así! —gritó—. Esa gente ya estaba destruida. Quizá seguían paseando por la calle, haciendo la compra, trabajando cada día, pero estaban desesperados, quebrados por dentro, caminaban por el borde de un abismo, respiraban solo tragedia. No querían seguir viviendo. ¿Tiene usted idea de a cuánta gente le he impedido que se matara? Ni la más mínima. Quizá algunos acaben deformados, en silla de ruedas, cojeando o con muletas, pero al menos serán capaces de seguir moviéndose por la vida.

—¿Gente como Judith Legrand? —Desafió a Tremblay con la mirada.

—Todo el mundo tiene fracasos —respondió Tremblay—. Judith no estaba preparada.

En ese momento, la puerta del cuarto de baño se abrió y Lauren salió, apoyada en sus muletas, mostrando una actitud determinante. Intercambió un gesto de asentimiento con Tremblay y, evitando mirar a Cédric, se dirigió a la puerta.

—Lauren, por favor —la llamó él.

Ella se detuvo justo delante de la puerta de espaldas a Cédric.

—No lo hagas —le imploró.

Lauren permaneció quieta un par de segundos hasta que

abrió la puerta y abandonó el piso. Cédric cerró los ojos con dolor y frustración. Cuando volvió a abrirlos, miró directamente a Tremblay.

—¿Qué va a sucederme a mí? —preguntó.

El anciano sacó de uno de sus bolsillos una afilada navaja. La abrió mostrándosela a Cédric, quien abrió los ojos horrorizado. Tremblay sonrió.

—No se preocupe. Esto es solo para cortar el cable y soltarle en unos minutos, después del accidente.

Las palabras de Tremblay activaron la alarma en la cabeza de Cédric. El accidente de Lauren iba a suceder al fin y de la manera más horrible posible, con la autolesión como terapia. Cédric agudizó el oído y pudo oír los pasos de Lauren con las muletas alejándose del piso, acercándose al montacargas que Tremblay y el grupo habían dejado preparado en la cuarta planta. Miró de nuevo al anciano. Después de su explicación había dejado de parecerle un psicópata capaz de lavar el cerebro y convencer a personas de sufrir un accidente. Ahora se asemejaba más bien a un guardián inofensivo y vulnerable.

Cédric podía entender las conclusiones a las que había llegado y la macabra teoría que había desarrollado. Él mismo se había encontrado empujándose a la destrucción después de lo de Danielle, incluso había intentado suicidarse. Reconocía que los que destruyen a los demás, en el fondo, persiguen la destrucción de ellos mismos, así que usar ese impulso destructor para sanarlos no dejaba de tener sentido. Aunque había otras vías para la cura; quien destruye puede aprender a construir también. Cédric era el ejemplo. Él había estado a punto de empezar a construir algo con Lauren, alejándose de la condena del pasado, de la tortura de su soledad, mirando hacia un futuro que por primera vez parecía estimulante. Y estaba seguro de que Lauren también lo sentía porque sabía que ella había dudado más de una vez. Había dudado justo antes de tener el primer accidente, cuando se detuvo para observar la calle en obras, indecisa, antes de caer dentro de la fosa. Por eso el accidente salió mal y se había salvado la pierna, porque ella había dudado de si quería lisiarse en realidad.

También había dudado la primera noche que Cédric durmió en su apartamento, cuando a la mañana siguiente ella se olvidó del peldaño roto que la aguardaba para que pudiera culminar su accidente. La vio sonriendo, feliz y haciendo planes de futuro. Y también había dudado hacía solo un momento, cuando se detuvo ante la puerta para escuchar a Cédric suplicarle que no llevara a cabo el accidente en el montacargas.

Quizá Lauren tenía una actitud desafiante, quizá había llegado a la conclusión de que perder la pierna en un accidente era el único camino para su recuperación, pero Cédric sabía que no estaba convencida del todo. Tenía que impedir que cometiera semejante barbaridad. Ella lo había salvado a él. Ahora él tenía que salvarla a ella.

Los pensamientos de Cédric se interrumpieron cuando oyó que los pasos de Lauren en el rellano se detenían. Luego oyó el ruido de cómo quitaba el cartel que habían colgado en la puerta del montacargas. Tenía que hacer algo y tenía que hacerlo ya.

Aunque estuviese atado, pensó que, al contrario de Tremblay, él podía utilizar las piernas y decidió pasar a la acción.

—Lo siento —le dijo al anciano—, pero tengo que salvarla.

Y con una fenomenal patada, empujó la silla de ruedas con todas sus fuerzas y esta se deslizó hasta chocar con violencia contra uno de los muebles. El impacto hizo que Tremblay soltara la navaja, que cayó al suelo. Con un movimiento rápido, Cédric se puso de pie, cargando a sus espaldas la silla a la que estaba atado, y antes de que el anciano pudiera reaccionar lo embistió de nuevo. Este se desplomó en el suelo con un gemido, golpeándose la cabeza. De inmediato, Cédric retrocedió hasta donde estaba la navaja y se dejó caer de lado para que sus manos pudieran cogerla a tientas.

De reojo, vio a Tremblay observándole, con un hilo de sangre cayéndole por la sien a causa del golpe. Los dedos frenéticos de Cédric se cerraron sobre la navaja abierta y, aunque se cortaron con la afilada hoja, lograron sujetarla bien. El anciano empezó a arrastrarse por el suelo hacia él para impedirlo pero las manos de Cédric ya operaban, tratando de seccionar el cable que lo ataba a la silla.

—Vamos, vamos... —se dijo a sí mismo, impregnado de sudor, mientras del rellano llegaba ahora el ruido metálico de la puerta del montacargas abriéndose.

Cédric se hizo dos cortes más por encima de las muñecas pero aguantó el dolor. Justo cuando el anciano estaba a punto de alcanzarlo, consiguió al fin librarse del cable. Se puso en pie y se dirigió hacia la puerta.

—¡No quiere salvarla a ella! —le gritó Tremblay—. Quiere salvarse usted.

Cédric ignoró al anciano y salió en estampida hacia el rellano, en dirección al montacargas. Alcanzó a ver a Lauren dentro, terminando de cerrar la puerta de metal.

—¡Lauren, no! ¡Espera un momento! —gritó Cédric.

Lauren levantó la cabeza y lo miró durante un segundo. Él aprovechó para lanzarse hacia la puerta e intentar abrirla, pero antes de que lo consiguiera, ella pulsó el botón y el montacargas empezó a descender con un siniestro crujido metálico.

—¡Mierda!

Cédric golpeó la doble puerta con frustración mientras veía a Lauren desaparecer.

Se lanzó de inmediato a las escaleras y bajó los escalones de dos en dos. Siguiendo el plan de Tremblay, Lauren estaba llevando el montacargas a la primera planta. Ahí se prepararía para el accidente y mandaría el montacargas de nuevo hacia arriba con el objetivo de perder la pierna durante la subida. Si Cédric quería impedirlo tenía la oportunidad de llegar abajo y detenerla antes de que pudiera activarlo de nuevo.

Cédric bajaba tan deprisa que tropezó y estuvo a punto de caerse por las escaleras, pero reaccionó a tiempo y se sujetó a la barandilla. El dolor de su anterior caída resonó por todo su cuerpo. Pero nada lo detuvo. Siguió descendiendo, cruzando los rellanos a toda velocidad, en una enloquecida carrera vertical, sorteando una jungla de peligros poblada por materiales de obra, máquinas de construcción, cables colgantes y suelos levantados.

Había alcanzado el rellano del primer piso cuando el ruido metálico se detuvo. El montacargas había llegado a la planta baja antes que él.

—¡No, no! —exclamó, y trató de apresurarse en el último tramo cruzando veloz el vestíbulo.

Saltó la barrera y torció por el pasillo corriendo. Fue entonces cuando la vio. Lauren terminaba de meter la pierna dentro de la abertura practicada en uno de los lados del suelo de madera. Después vio cómo se agarraba con fuerza a la reja con la mano derecha para aguantar las sacudidas cuando la pierna fuera destrozada.

Mientras se aproximaba a la puerta del montacargas, Cédric alcanzó a ver cómo la mano izquierda de Lauren tanteaba el interior del panel de mando, ahora al descubierto, disponiéndose a pulsar el botón de subida. También vio cómo ella cerraba los ojos en una extraña expresión mezcla de horror y esperanza. Cédric se abalanzó tan rápido como pudo sobre la puerta del montacargas y tiró de ella con todas sus fuerzas justo cuando Lauren pulsaba el botón de subida.

La puerta se abrió y con ella los ojos de Lauren, que se encontró a Cédric observándola mientras recuperaba el aliento. Se sostuvieron la mirada durante unos segundos, hasta que

Cédric la agarró casi levantándola del suelo y la arrastró fuera del montacargas, lejos del peligro.

—¡No, no! —Lauren trató de deshacerse de él—. ¿Qué crees que estás haciendo?

Cédric no contestó.

—No quiero ir contigo, no puedes obligarme. ¡Suéltame!

Pero él era más fuerte y la condujo hasta la salida del edificio.

—Puedes seguir forcejeando si quieres, pero te aseguro que no voy a tener ningún problema en dejar tus muletas atrás y cogerte en brazos si es necesario —aseguró mientras salían al exterior.

Lauren abandonó el forcejeo. Parecía que había comprendido que no podía hacer nada para evitarlo y lo último que deseaba era llamar la atención de la gente. Cédric detuvo los coches y la obligó a cruzar la calle. Ambos alcanzaron su coche, aparcado en la acera de enfrente, mientras el tráfico de la calle se reanudaba. Se detuvieron en silencio.

—Lo has estropeado todo —se lamentó Lauren.

Cédric se volvió hacia ella.

—Te he salvado —le corrigió—. No tienes por qué hacerte más daño.

Ella no respondió, evitando su mirada.

—¿No es hora de empezar a curar las heridas?

Lauren no levantaba la vista del suelo.

—Yo también destruí a alguien —confesó Cédric—. Me negaba a verlo, pero ahora sé que soy el único responsable de ello. Te comprendo, Lauren, sé lo que significa sentirse destrozado hasta el punto de no querer vivir, lo que es sufrir un dolor insoportable y no saber cómo terminar con él.

Lauren alzó la cabeza y lo miró a los ojos.

—¿Y qué piensas que intentaba hacer? —dijo ella.

—Destruirte más.

Ella negó con la cabeza.

—Me niego a creer que esta sea la única opción —añadió Cédric—. Y sé que tú tampoco lo crees.

—No sabes lo que creo.

—Lo he visto. Momentos de felicidad, en tu mirada, en tus risas.

—Era mentira. Lo fingía.

Cédric negó con la cabeza.

—No es cierto. Incluso te olvidaste de que te habían preparado el peldaño en las escaleras para tu segundo accidente. Te olvidaste por completo de ello.

El rostro de Lauren se ensombreció.

—Y casi te destrocé a ti —se apresuró a reconocer—, como destrocé a Alex.

—Pero no lo hiciste —replicó Cédric.

—Sería cuestión de tiempo. —Lauren hizo una pausa—. ¿Es que no te das cuenta, Cédric? Solo sabemos destruir.

—No. Podemos construir algo juntos. Quizá cuando estamos a solas con nuestro dolor solo pensamos en hacernos daño, pero si estamos juntos podríamos cuidarnos. Cuidaríamos mutuamente de no hacernos daño.

Cédric miró a Lauren dentro de sus ojos.

—Quizá esta sea nuestra última oportunidad —dijo.

Lauren le devolvió la mirada en silencio, aguantándola.

—¿De verdad lo crees?

Cédric asintió.

—Está bien —admitió Lauren finalmente—. Puede que tengas razón.

Él sonrió y la abrazó con tanta fuerza que una de las muletas se cayó al suelo.

—Vámonos de aquí —le susurró al oído.

Lauren asintió.

Cédric se agachó lentamente para recoger la muleta que se había caído al suelo pero cuando volvió a levantarse, Lauren había desaparecido. Aprovechando el momento de descuido, con la ayuda de una sola muleta, había empezado a cruzar con rapidez la calle por donde habían venido para regresar al edificio.

—¡Lauren! —gritó Cédric, y salió corriendo tras ella.

Ella se giró y luego caminó más rápido, huyendo de él, en una carrera enloquecida, sin calcular los pasos. Cédric estaba a punto de alcanzarla cuando un gran camión salió de la nada y arrolló a Lauren. El impacto la lanzó por los aires arrojando su cuerpo contra el asfalto con un golpe seco y, aunque las enormes ruedas frenaron casi de inmediato, eso no evitó que le pasaran por encima crujiéndole los huesos.

20

La única salida

Los frenos del camión soltaron un aullido monstruoso y todo quedó en un silencio compacto, asfixiante y sobrecogedor, como si el tiempo de repente se hubiera detenido. Una sensación onírica de irrealidad inundó a Cédric mientras permanecía de pie en medio de la calle, sin poder moverse, sin osar parpadear, sin atreverse a respirar, tratando de entender lo que había ocurrido, esperando estar soñando y despertar de una espantosa pesadilla.

La puerta del camión se abrió con un chirrido y de ella descendió el conductor, un hombre pálido y confuso. Cédric volvió a la realidad. No estaba soñando. Tampoco era una pesadilla de la que poder despertar. Lauren había sido atropellada, había sido lanzada por los aires y luego había caído desplomada sobre el cemento para ser engullida y arrastrada por las ruedas, hasta que el camión la había escupido de nuevo.

Cédric empezó a caminar, primero vacilante, luego con pasos largos, cada vez más deprisa, para terminar corriendo hasta llegar donde se encontraba el cuerpo inerte de Lauren. Allí se detuvo para contemplar la catástrofe. Sus miembros estaban retorcidos en una posición innatural, las articulaciones dislocadas, su mandíbula desencajada en un grito mudo de hueso y sangre.

—Dios mío —exclamó llevándose las manos detrás de la nuca sin saber qué hacer.

El conductor se tambaleó y, emitiendo un gemido, empezó a vomitar. Cédric levantó la mirada y vio que cerca del conductor, en el suelo, se hallaba la pierna seccionada de Lauren. El atropello la había arrancado de su cuerpo y ahora yacía hecha jirones cerca de las ruedas. Volvió a mirar a la mujer y advirtió el charco de sangre que iba creciendo alrededor de ella. Su pierna estaba sangrando a borbotones por la herida. Sin perder un segundo, Cédric se agachó a su lado.

—Aguanta —dijo mientras se quitaba la corbata.

Rodeó con ella el extremo de la pierna seccionada y practicó un nudo a modo de torniquete para detener la hemorragia. Lauren no emitía sonido alguno. Cédric se inclinó sobre su boca entreabierta para comprobar si todavía respiraba. No detectó ningún signo de que así fuera. Acto seguido, le auscultó el pecho, pero su corazón no parecía latir. Entonces cogió su muñeca, contorsionada y cubierta de sangre, y trató de encontrarle el pulso. Lo percibió tan débil que iba apagándose poco a poco. Estaba al borde del fallo respiratorio. Cédric se quitó entonces la chaqueta con rapidez y se puso a practicar una reanimación pulmonar. No iba a dejar que se muriera. Lauren tenía que aguantar hasta que llegara la ambulancia.

El conductor del camión había dejado de vomitar y se acercó por detrás de Cédric, todavía pálido y en estado de shock.

—¿Qué demonios estaba haciendo en medio de la carretera? —empezó a protestar muy nervioso—. Apareció de repente, de entre los coches, no la vi cruzar...

Cédric lo ignoró. Estaba demasiado ocupado practicando la reanimación cardiopulmonar. Con los dedos entrelazados, dejaba caer todo su peso sobre el pecho de Lauren con un movimiento rápido e intenso.

—Juro que no la vi cruzar... Ha sido un accidente, usted lo ha visto todo, ¿verdad? Ha visto que fue un accidente —repetía el conductor.

Después de una serie de compresiones torácicas, Cédric

procedió a realizar las ventilaciones artificiales. Tapando la nariz de Lauren, inspiró y colocó su boca en la de ella para expulsar el aire. Luego observó su pecho esperando que se elevara. Pero no pasó nada. El cuerpo de Lauren no reaccionaba. Seguía inmóvil. Justo en ese momento empezó a oír la sirena de una ambulancia acercándose. Cédric, sin desanimarse, volvió a repetir la operación.

—Dios mío, está muerta —se lamentó el conductor con las manos en la cabeza—. ¡Está muerta!

—¡Cállese! ¡Cállese de una vez! —le gritó Cédric sin dejar de practicar las compresiones torácicas. Dirigiéndose al cuerpo de Lauren, le empezó a hablar—: Lauren, ¿me oyes? Aguanta, vamos, no me dejes. No puedes dejarme.

La ambulancia llegó y un grupo de paramédicos se bajó y se acercó hasta el cuerpo de Lauren. El conductor del camión se volvió hacia ellos.

—No la vi. Estaba en medio de la calle —repetía—. Lo juro. Ha sido un accidente. Solo un accidente.

Uno de los paramédicos cogió al conductor por el brazo y se lo llevó hacia la ambulancia. El resto rodeó a Cédric, que seguía practicando la respiración asistida, y empezaron a examinar el cuerpo.

—Señor... —le dijo uno de ellos con intención de detenerlo.

Pero Cédric no parecía oírle y seguía ejerciendo las presiones torácicas sobre el pecho de Lauren.

—Por favor, señor, deje que nos ocupemos nosotros —insistió el paramédico, y esta vez le sujetó a Cédric las manos con delicadeza.

Antes de que pudiera reaccionar, el paramédico lo levantó del suelo y empezó a alejarlo de la zona del siniestro mientras sus compañeros tomaban el relevo.

—Le encontré el pulso. Todavía respira —informó Cédric al paramédico—. Dígales que todavía respira.

—No se preocupe. Ya lo saben —lo tranquilizó.

Cédric volvió la vista hacia atrás para comprobar lo que estaba ocurriendo y vio al grupo de paramédicos moviéndose con un frenesí de urgencia controlado. Habían colocado a Lauren encima de una camilla y estaban usando el desfibrilador. Más allá, también pudo ver a alguien recogiendo del suelo la pierna mutilada de Lauren e introduciéndola dentro de una bolsa de plástico. La imagen era tan devastadora que no podía contener las lágrimas. Se sentía mareado. Decidió cerrar los ojos y dejarse llevar. No le importaba dónde iba. No le importaba lo que el paramédico le estaba diciendo. Cédric no le escuchaba. Su mente había decidido reproducir una y otra vez la imagen del camión arrollando a Lauren.

Cuando alcanzaron la ambulancia, el paramédico invitó a Cédric a tomar asiento en una de las camillas. Él no opuso resistencia. Sus piernas empezaban a flaquear. Un médico empezó a inspeccionarle.

—¿Cómo se llama? —preguntó.

—Cédric Dereumaux.

—¿Sabe qué día es hoy?

Cédric no estaba seguro.

—¿Miércoles?

Las manos del médico inspeccionaban su cuello, las articulaciones, sus brazos, sus piernas, cerciorándose de que la sangre que Cédric llevaba en la ropa no fuera suya.

—¿Le duele algo? —preguntó el médico.

—No. Estoy bien. Yo estoy bien. Es ella la que necesita ayuda.

Se volvió para señalar a Lauren y en ese momento se dio cuenta de que el frenesí de paramédicos alrededor de Lauren se había detenido. Ya no se encontraban encima de ella. Habían dejado de usar el desfibrilador y el grupo se separaba de la camilla. Cédric advirtió que uno de ellos se acercaba a él, pensativo.

Lo supo. Supo de inmediato lo que aquel médico emisario le iba a decir, porque sintió como si le estallara un grito desgarrador dentro de la cabeza.

—Lo siento —le dijo el médico.

—Todavía tenía pulso —susurró Cédric con la voz rota, sin ni siquiera saber por qué lo decía. Luchó por contener las lágrimas, aunque los ojos le quemaban por detrás de las córneas.

—Hemos hecho todo lo posible —le aseguró con voz amable.

Cédric asintió y no volvió a levantar la cabeza, derrotado.

—¿Era su pareja? —preguntó el hombre.

—No exactamente. —Cédric sintió por dentro cómo se abría un abismo y caía en él sin tener dónde sujetarse—. Acababa de conocerla. No tuvimos tiempo.

Su mano temblaba tanto que se la metió en uno de los bolsillos del pantalón. El paramédico hizo una pausa, mostrando respeto.

—¿Sabe si ella tenía familiares?

Cédric negó con la cabeza.

—Estaba sola —respondió—. De hecho, oficialmente, yo soy el pariente más cercano.

—Tendremos que contactar con usted para el certificado de defunción —le informó el paramédico.

Cédric volvió a asentir con la mirada fija en la punta de su zapato.

—¿Sabe si ella era donante de órganos?

—Ni idea. Lo siento.

—No se preocupe. ¿Sería tan amable de rellenar un informe para nosotros?

—Por supuesto —afirmó él, aunque desease responder lo contrario.

El paramédico le proporcionó una hoja y un bolígrafo que Cédric cogió con los dedos temblorosos, todavía manchados de sangre. Trató de concentrarse en las diferentes cuestiones del formulario. Leyó una de las preguntas pero no logró entenderla. La volvió a leer una y otra vez. Seguía sin comprender el enunciado. Su mente estaba secuestrada por una desesperación que iba en aumento. Incapaz de rellenar como era debido el formulario, al final se rindió y alzó la cabeza para devolvérselo al médico, pero el hombre se había alejado y estaba hablando con un agente. Fue entonces cuando Cédric se dio cuenta de que la policía había llegado y el área había sido debidamente acordonada. Los curiosos se amontonaban detrás del perímetro de protección.

Entonces vio pasar la camilla con el cuerpo de Lauren. Allí estaba lo que quedaba de ella, enterrada dentro de una bolsa de plástico. Cédric la contempló en silencio con ojos llorosos. Su corazón le dolía al palpitar. Su mano temblaba sin control. Cada parte de su cuerpo estaba llorando y rompiéndose por dentro, resquebrajándose en mil pedazos que ya nunca conseguiría unir.

Se imaginó qué diría Lauren al verse a sí misma, destruida después de haber sufrido tanto. Al fin y al cabo, había tenido un accidente, pero no uno provocado sino uno verdadero, quizá uno deseado. La había arrollado un camión enorme como el que seguramente había atropellado a Alex, de cuya tragedia se sentía tan responsable. Quizá para ella era el final que había deseado. Quizá incluso era un final feliz.

Para Cédric también era el final, pero el suyo era peor que cualquier muerte. Era un final disfrazado de comienzo de una catástrofe que anticipaba un gran cataclismo sin precedentes, los preámbulos de una hecatombe. Cédric pensaba que su desesperación no podía ser más profunda y ahora se daba cuenta de lo equivocado que estaba. Aunque se sostenía sobre el asfalto, sentía como si el suelo hubiera desaparecido bajo sus pies y se derrumbaba, cayendo en picado, sin posibilidad de aminorar o agarrarse a nada. Caía a plomo, se despeñaba, desmoronándose a una velocidad de vértigo que lo aturdía de angustia porque no podía vislumbrar el final de la caída, ni prever el impacto o la magnitud de la colisión. Era una caída que lo rompería en añicos, que le resquebrajaría el alma, una caída de la que no estaba seguro de poder levantarse de nuevo.

Mientras su desplome continuaba por dentro, en un abismo insondable y oscuro de dolor, profiriendo un aullido de desconsuelo que resonaba por todas sus cavidades más íntimas, pensó que la tragedia de Lauren era todavía peor que la de Danielle. Porque si la primera lo llenó de culpa, la segunda, al haber podido ser la oportunidad de sanar la primera, ahora lo había condenado.

Uno de los agentes de policía que había estado intercambiando unas palabras con el paramédico se aproximó a Cédric.

—Siento su pérdida —dijo con tacto—. Sé que es un momento terrible para usted, pero ¿podría contestarme a unas preguntas?

Cédric asintió en silencio.

—¿Dónde estaba cuando ocurrió el accidente?

—Justamente ahí. —Señaló una zona entre los coches.

—¿Y qué estaba haciendo en ese momento?

—Iba a cruzar la calle.

—¿Se acuerda de lo que ocurrió antes del accidente? —preguntó el agente.

—¿Qué quiere decir?

—¿A qué velocidad iba el camión?

—No me acuerdo.

—¿Viró con brusquedad?

—No.

—¿Quizá trató de esquivar a un perro?

—No creo.

—¿Es posible que otra persona en ese momento también estuviese cruzando la calle?

—No lo sé.

—¿Recuerda algún otro vehículo maniobrando de forma sospechosa?

—Tampoco lo sé.

—Haga un esfuerzo —sugirió el agente.

—Lo hago, pero no me acuerdo.

—¿Es posible que...?

—Fue culpa mía —declaró Cédric, interrumpiéndolo.

El agente parpadeó.

—¿Perdón? ¿Cómo dice?

—Olvídese del camión. —Cédric hablaba con contundencia pero sin alzar la voz—. Olvídese del perro y del vehículo sospechoso. Yo la estaba persiguiendo y ella estaba huyendo de mí. Fue culpa mía.

El agente de policía lo observó.

—¿Por qué estaba huyendo de usted?

—Porque quería salvarla —respondió Cédric.

—¿De qué?

—De ella misma.

En el agente se asomó cierta preocupación, pero continuó con el interrogatorio.

—¿Y qué ocurrió después del impacto?

—¿A quién le importa lo que ocurrió después o antes del impacto? —Cédric alzó la voz—. ¿Va eso a cambiar las cosas? No. Ella está muerta. Ha tenido un accidente por mi culpa. Yo soy el único responsable.

—Trate de calmarse, señor —aconsejó el agente.

—No lo entiende. Yo la he destruido.

Un par de paramédicos acudieron rápidamente al oír los gritos de Cédric.

—¡La he destruido! —aulló, y empezó a temblar de manera febril.

Estaba furioso. Tendría que haber salvado a Lauren del peligro que sintió que la acechaba desde el momento en que la conoció. Debería haber detectado de dónde procedía realmente la amenaza. Quizá había evitado que llevara a cabo su destrucción en el montacargas pero ahora, comparado con la fría muerte sobre el asfalto, el accidente cuidadosamente planeado se dibujaba como la anécdota de un rasguño, la burla de un mal menor, un capricho ingenuo que solo hubiera supuesto algo tan prosaico como la pérdida de una pierna.

Sí, él había evitado el accidente del montacargas pero también la arrastró al exterior del edificio, la obligó a cruzar la calle hasta su coche y le dio la espalda pensando que la había convencido. Ella intentó volver al edificio huyendo de él con la ayuda de una sola muleta y, al salir detrás de ella gritando, Lauren cruzó la calle sin mirar y...

Él, que siempre había podido imaginar todos los accidentes, visualizarlos, intuirlos antes de que sucedieran, no había tenido la capacidad de ver este, el de Lauren. Cédric sabía por qué. Porque lo había causado él. Comprendió que cuando uno mismo provoca el accidente nunca lo ve venir.

Él había destruido a Lauren de la misma manera que hacía dos años había destruido a Danielle.

Uno de los médicos obligó a Cédric a echarse sobre la camilla. El otro empezó a preparar una jeringuilla.

—La he destruido —volvió a repetir entre sollozos.

—Escuche, está sufriendo un shock —le comunicó el médico—. Voy a ponerle una inyección.

Le sujetó el brazo para permitir que su compañero le encontrara con rapidez una vena pero Cédric ni siquiera le escuchó. Seguía cayendo en un remolino de pensamientos agitados por su desesperación.

El accidente de Danielle solo había sido una iniciación, pensó. La muerte de Lauren era su gran fracaso, porque suponía la constatación de la existencia del impulso destructor en él, como si se tratara de una abominación que anidaba en lo más profundo de su ser. Mientras el médico le insertaba la aguja inoculándole el suero, sintió repugnancia de sí mismo. Se despreció por haber destruido la oportunidad de ser feliz.

Sintió odio. Se odiaba tanto que se hubiera rasgado la cara hasta que no quedara rastro de ella. Se hubiera hundido la mano en el pecho hasta lograr arrancarse su dañado corazón. El desprecio hacia sí mismo por arruinar lo que amaba alcanzó la épica de una maldición. Cédric blasfemó con las palabras más atroces, los deseos más oscuros, los insultos más indignos. Se escupió a sí mismo en una oscuridad sin perdón. Enterró la reconciliación, la compasión y la piedad, y se declaró a sí mismo una guerra que no terminaría nunca. Su vida se había convertido en un infierno.

—Esto le ayudará —prometió el médico.

Cédric negó con la cabeza.

—No creo que nada pueda ayudarme.

Los ojos de Cédric, sumidos en una tristeza infinita, se posaron en la lejanía, donde terminaban de poner la camilla de Lauren dentro de la ambulancia.

—Ella pudo ayudarme. Ella estuvo a punto de salvarme, pero ahora no hay nada que pueda salvarme. Nada.

Cerró los ojos y trató de invocar el catastrófico futuro que le aguardaba. Se vio acechado permanentemente por sombras que se alargaban durante la noche. Eso era lo que le esperaba. Un mundo de noches en blanco y pesadillas con los ojos abiertos, donde el amanecer no significaba alivio, sino la condena de un nuevo día. Comer sin apetito, pasear sin rumbo y respirar dolor. Se acabaron las sonrisas, la tranquilidad del alma, el placer del cuerpo, el reposo de la mente. Se acabó la vida.

El médico se dirigió a Cédric.

—¿Se encuentra mejor? —preguntó.

Cédric no respondió.

—Sé que ahora todo le parece oscuro y terrible, pero encontrará una salida —le dijo.

Cédric asintió sin escucharle. Una salida.

Pensó en esa mujer que, tras atropellar a un niño, se fue al bosque, cavó un agujero y se enterró en él. Sentía lo mismo que esa mujer. Quería desaparecer para siempre. Esa era la única salida. Con la muerte de Danielle ya había vivido toda la agonía de un ejército de psicólogos con consejos de manual que no entendían nada sobre el dolor y de psiquiatras que se limitaban a recetar una medicación que nublaba la mente. No podía seguir viviendo así. Tenía que desaparecer, eliminarse. Lamentó no haber sido capaz de arrojarse a las vías del tren porque hubiera podido evitar otra muerte. Se hizo la promesa de suicidarse mejor. No le importaba abrirse las venas en una bañera o tirarse desde lo alto de un edificio. Tan solo quería poner fin a su dolor porque no se veía capaz de soportarlo más. Esa era la única salida.

La ambulancia partió, dejando al descubierto a los espectadores curiosos que se habían estado congregando detrás del perímetro de seguridad. De repente, Cédric advirtió que entre ellos se encontraba el doctor Tremblay, sentado de nuevo en la silla de ruedas, observando con atención todo lo que sucedía.

—Siempre hay una salida —le dijo el médico a Cédric—. Y estoy seguro de que la encontrará.

El hombre le dedicó un gesto de esperanza y se alejó. Los ojos de Cédric se encontraron con los de Tremblay y los dos hombres se sostuvieron las miradas sin desafío.

Una salida, volvió a pensar. Quizá había una salida que no fuera la muerte después de todo. Quizá esa salida a tanto dolor la había tenido delante de él todo ese tiempo.

A paso lento, Cédric descendió de la camilla y empezó a caminar hacia donde se encontraba el doctor Tremblay. El anciano no se movió y aguardó con paciencia hasta que Cédric se detuvo justo frente a él. También parecía muy afectado por la muerte de Lauren.

—Fue un accidente —le dijo Tremblay.

Cédric negó con la cabeza.

—No. Ha sido culpa mía.

Tremblay suspiró con empatía.

—Cédric —dijo despacio—, sé que ahora no quiere escucharme, pero puede salir de todo esto...

—Lo sé —respondió Cédric, y miró hacia la entrada de su edificio.

Sintió cómo crecía en él una extraña determinación.

—Doctor Tremblay...

—¿Sí?

—¿Será muy doloroso? —preguntó.

—No más doloroso de lo que siente ahora —respondió el anciano—. Sentirá otro tipo de dolor, será como...

—Nacer de nuevo —lo interrumpió Cédric.

Tremblay volvió a asentir.

—Sí, exacto, como nacer de nuevo —repitió.

Cédric se quedó pensativo un momento y luego dijo:

—Solo deme diez minutos antes de dar la alarma, ¿de acuerdo?

El doctor Tremblay asintió. Acto seguido, Cédric se encaminó hacia su edificio. Se abrió paso entre el grupo de curiosos que se había congregado en la calle y entró dentro. Las luces de la ambulancia y de los coches de policía se proyectaban sobre las paredes del vestíbulo.

Caminó por el pasillo lateral hasta el montacargas. Abrió la pesada doble puerta y luego la puerta interior. La luz blanca lo recibió parpadeando de manera siniestra. Cédric cerró las puertas. De pie, observó el hueco abierto entre el suelo y la pared.

De repente, aquello le pareció lógico. Pensó en Lauren y en Danielle. Estaba preparado para recibir un dolor insoportable. Brindó por ellas y les dedicó su destrucción como homenaje.

Se agachó e insertó la pierna derecha dentro hasta que quedó bien encajada justo a la altura del muslo. Acto seguido, se agarró con una mano a la reja más cercana para poder sujetarse en el momento del impacto. Su otra mano acarició el botón de subida. Sintió náuseas pero las aguantó. Respiró hondo llenando sus pulmones de aire, cerró los ojos y pulsó el botón.

El montacargas se puso en marcha con un ronquido grave y lúgubre, ascendiendo hacia la cuarta planta. Cédric sintió de inmediato como si unas tenazas invisibles le atraparan la pierna y empezaran a desgarrar sus músculos. Un dolor insoportable de nervios destrozados explotó desde la pierna extendiéndose por todo el cuerpo. Sintió cómo las articulaciones se desencajaban y los tendones se retorcían, cómo el fémur se quebraba con un horrible chasquido, y cómo sus huesos crujían mientras eran aplastados. Sintió la fiebre invadiendo su cuerpo y no pudo evitar orinarse encima. Miró hacia abajo y vio con horror su pierna siendo triturada, agitándose con violencia en un amasijo de músculo y hueso, escupiendo sangre a borbotones. Su visión se volvió borrosa. Sus oídos ensordecieron. Su conciencia se apagó. Cédric abrió la boca para gritar y con ese grito todo desapareció y se volvió oscuro.

21

Renacimiento

La oscuridad era dolorosa. Sin embargo, se trataba de un dolor plácido que envolvía como un abrazo, un dolor en el que refugiarse y permanecer en él flotando. Un dolor en el que perder sin miedo la conciencia y abandonarse porque conectaba de tal manera con las aflicciones más íntimas que, en lugar de causar más daño, parecía proteger del resto de los agravios y tormentos. En esa oscuridad amortiguada dominaba una pulsión sonora grave y rítmica pero agradable porque parecía ir al compás del latido del propio corazón.

Cédric, acurrucado, no podía moverse. No tenía frío, ni calor, ni sed, ni hambre. No sentía nada. Su mente estaba quieta, su conciencia en reposo, su alma tranquila. No sabía dónde se encontraba. Intentó abrir un poco los párpados pero a su alrededor solo había oscuridad y una humedad que olía a sangre, orina, metal y carne desgarrada. Era un olor fuerte pero reconfortante porque provenía de él mismo.

De repente, la oscuridad fluctuó, como si alguien estuviera a punto de profanarla desde el exterior. Cédric cerró los ojos. No quería abrirlos de nuevo. El grave sonido rítmico se detuvo y oyó un conjunto de voces apagadas. Intentó escucharlas pero sus oídos todavía estaban sordos. Un nuevo ruido mecánico empezó a sonar y la atmósfera pareció sacudirse con él. En algún lugar, una rendija empezó a ensancharse, creando una abertura que permitió la entrada de la luz brillante del exterior. Cédric mantuvo los ojos cerrados pero sintió en sus párpados esa luz invasora y, temblando, se agazapó todavía más sobre sí mismo.

Poco a poco, sus oídos comenzaron a distinguir algunos sonidos de nuevo, como si escucharan por primera vez, y pudo identificar tras el ensordecedor ruido mecánico voces humanas.

—¡Parad, parad la máquina! ¡Está justo detrás de la puerta! —gritó una voz.

El ruido mecánico se detuvo de inmediato, ya se había creado una abertura ovalada.

—¿Puedes verlo? —preguntó otra voz.

—Sí —contestó la primera, y luego se dirigió a Cédric—: Hola, ¿puede oírme?

Cédric podía oírlos, pero apenas podía moverse. No respondió. Estaba temblando de frío. Su piel volvía a registrar la temperatura de su alrededor.

—Ha perdido mucha sangre —dijo alguien—. Necesitamos sacarlo de inmediato.

—Su pierna está atrapada.

—Olvida la pierna. Está destrozada —confirmó otra voz.

Un par de manos penetraron por el boquete oval con extremo cuidado, hasta alcanzar la cabeza de Cédric. Se sobresaltó pero se acostumbró al instante al contacto.

—Le tengo —informó—. Así es, ahora lo vamos a levantar muy lentamente, ¿de acuerdo?

Las manos empezaron a pasar la cabeza de Cédric a través del agujero.

—Con cuidado. Haz un poco de fuerza.

La cabeza apareció en el otro lado de la doble puerta y otro par de manos surgió justo en ese momento para ayudar a pasar los hombros a través de la abertura.

—Así es. Empuja. Un poco más —iba indicando otra voz.

Otras manos le doblaron los brazos sobre el pecho.

—Ya casi lo tenemos.

A medida que atravesaba el boquete y los bomberos lo iban agarrando, Cédric empezaba a sentir que su cuerpo respondía al tacto. Era como si lo tocaran por primera vez. Su cuerpo iba despertando de nuevo a los sentidos.

Cuando iban a pasar sus piernas se detuvieron. Cédric sintió una punzada de dolor. Notó que algo tiraba de la pierna derecha.

—Necesitamos cortar esto —anunció uno—. Rápido, prepara un torniquete.

Cédric comprendió que su cuerpo todavía estaba unido a la pierna destrozada, atrapada dentro del montacargas por algún jirón de músculo, tendones y hueso como si fuera un cordón umbilical.

Una tercera persona le enrolló un plástico circular alrededor de la parte superior del muslo mientras los bomberos lo sujetaban.

—Le va a doler un poco, pero casi hemos terminado, ¿de acuerdo? —le dijo entonces una voz femenina.

Cédric asintió con los ojos cerrados y contuvo la respiración mientras los paramédicos se armaban con una sierra. Estaba aterrorizado. Temía no poder soportar el dolor que se cernía sobre él. La sierra se puso en marcha y empezó a seccionar el amasijo de carne. Cédric dejó escapar un grito que sonó como si gritara por primera vez.

Sin embargo, el dolor no estalló como un relámpago furioso. Se deslizó de manera suave por su interior, como una caricia, hasta que consiguió llegar a lo más profundo de su ser y soplarle el alma.

Cédric dejó de gritar y respiró. Respiró de nuevo, como si nunca antes hubiera respirado, e inmediatamente rompió a llorar. Lloró como si nunca en su vida hubiera llorado y entre lágrimas abrió los ojos, parpadeando de dolor por la luz brillante que procedía de los fluorescentes. En efecto, sintió que era como si abriera los ojos por primera vez y, poco a poco, consiguió ver una sombra. Esa sombra a medida que se perfilaba se convirtió en una mujer que lo miraba con inmensa ternura. Esa mujer era Danielle. Y también Lauren.

—Ya está, ha pasado todo —le susurró como dándole la bienvenida.

La respiración de Cédric se fue normalizando y sus lágrimas secándose en sus mejillas.

Había nacido de nuevo y la vida volvía a presentarse ante él con la generosidad apabullante de mil promesas.

Ahora formaba parte de un grupo que había iluminado las tinieblas ensombreciendo más sus almas, que había logrado levantarse de sus prematuras sepulturas descendiendo a los abismos, que había conseguido domesticar un dolor salvaje y voraz entregándose a sus zarpas y dentelladas.

Y empezó a inundarle por dentro una calma paulatina, una serenidad que no había conocido hasta entonces, la que surge después del arrebato de la destrucción, cuando se llega a la inequívoca convicción de haberse roto tanto que ya no queda nada más para destrozar y la única alternativa es empezar a construir de nuevo.

El alma de Cédric se llenó de gozo.

Y mientras en sus labios asomaba una sonrisa, pensó en las miles de personas que habitaban Century Europa, y se preguntó cuántas de ellas en la soledad de sus apartamentos, sin el escudo de sus rutinas y las risas ajenas, lidiaban con aflicciones desgarradoras, tormentos, desoladoras derrotas, y de repente sintió ganas de gritarles que había una luz al final de esa calle oscura, una esperanza, que podían nacer de nuevo y volver a construir, aunque para ello primero debían tener un accidente.

Agradecimientos

A Francesc, por explorar conmigo los orígenes de esta historia,

A Charlotte, Simon, Chris, Paul y Juan por sus consejos y aportaciones a la misma,

A Lara y David por ayudarme a convertirla en libro,

A Alberto por creer en él,

A Palmira por creer en mí.